ROULEMENTS DE TAMBOURS
POUR RANCAS

MANUEL SCORZA

ROULEMENTS DE TAMBOURS POUR RANCAS

roman péruvien

traduit par Claude Couffon

BERNARD GRASSET
PARIS

L'édition originale de cet ouvrage a été publiée en 1970 à Barcelone par les Editions Planeta sous le titre :

Redoble por Rancas.

© *Manuel Scorza et* **Editions** *Grasset & Fasquelle, 1972.*

Pour Cecilia, toujours.

« Tout sera oublié et rien ne sera réparé. »

MILAN KUNDERA.

AVERTISSEMENT

Ce livre est la chronique désespérément vraie d'un combat solitaire : celui que livrèrent dans les Andes centrales, entre 1950 et 1962, les hommes de quelques villages visibles seulement sur les cartes d'état-major des détachements qui les rasèrent. Les protagonistes, les crimes, la trahison et la grandeur qui animent ses pages portent presque leurs noms véritables.
Hector Chacon, le Nyctalope, se meurt depuis quinze ans au bagne del Sepa, dans la forêt amazonienne. Les gardes civils restent sur les traces du poncho multicolore d'Agapito Roblès. A Yanacocha j'ai cherché en vain, un soir livide, la tombe de Rémi le Bossu. Quant à Firmin Espinoza, la balle qui l'abattit sur un pont du fleuve Huallaga doit en savoir sur lui plus long que moi.
Le docteur Monténégro, juge au tribunal de première instance depuis trente ans, se promène toujours sur la place de Yanahuanca. Le colonel Marruecos a reçu ses étoiles de général. La Cerro de Pasco Corporation, *pour les intérêts de laquelle on a fondé trois nouveaux cimetières, a révélé dans son dernier*

bilan vingt-cinq millions de dollars de bénéfices. Plus qu'un romancier, l'auteur est un témoin. Les photographies qui seront publiées dans un album séparé et les enregistrements au magnétophone qui ont recueilli ces atrocités prouvent que les excès de notre livre sont de pâles descriptions de la réalité.

Certains faits ainsi que leur date exacte, certains noms ont été exceptionnellement modifiés pour protéger les justes de la justice.

M. S.

New York, le 3 (UPI). Les gains de la *Cerro de Pasco Corporation* durant les neuf premiers mois de cette année ont augmenté sensiblement. Malgré le coût élevé de production et une grève de huit semaines dans une compagnie subsidiaire des Etats-Unis, ainsi que l'a annoncé le président de cette organisation, M. Robert P. Koenig, les bénéfices nets durant cette période ont atteint la somme de 31 173 912 dollars, autrement dit 5 dollars 32 par action.

Les ventes, au cours des neuf premiers mois de 1966, représentent un total de 296 538 020 dollars, contre 242 603 019 l'année dernière.

Expreso, Lima, 4 novembre 1966.

I

OU LE LECTEUR ENTENDRA PARLER D'UNE TRÈS CÉLÈBRE PIÈCE DE MONNAIE

A l'angle de la place de Yanahuanca, ce même angle où, avec le temps, la garde d'assaut surgirait un jour pour fonder le second cimetière de Chinche, par un jour pluvieux de septembre, le soir exhala un habit noir. L'habit, à six boutons, exhibait un gilet barré par la léontine en or d'une Longines authentique. Comme tous les soirs depuis trente ans, l'habit descendit vers la place pour se livrer durant soixante minutes à son imperturbable promenade.

Il pouvait être sept heures, en ce frileux crépuscule, lorsque l'habit noir s'arrêta, consulta sa montre et se dirigea vers un grand bâtiment à trois étages. Tandis que son pied gauche musardait en l'air et que son pied droit opprimait la deuxième des trois marches qui relient la place au galandage, une piécette de bronze s'échappa de la poche gauche du pantalon, roula en tintinnabulant et s'arrêta sur la première marche. Don Héron de los Rios, le maire, qui attendait depuis un bon moment l'occasion de donner respectueusement du chapeau, cria :

— Don Paco, vous avez perdu une pièce d'un sol !

L'habit noir ne se retourna pas.

Le maire de Yanahuanca, les commerçants et les gamins s'approchèrent. Allumée par les derniers rayons de l'or crépusculaire, la piécette flambait. Le maire, très sombre — une sévérité qui n'émanait pas seulement de l'heure —, fixa les yeux sur la monnaie et leva l'index : « Que personne n'y touche ! » La nouvelle se propagea comme une traînée de poudre. Toutes les maisons de la sous-préfecture frémirent en apprenant que le docteur don Francisco Monténégro, juge au tribunal de première instance, avait perdu une pièce d'un sol.

Les rigolos, les amoureux et les piliers de bistrot sortirent des premières ombres pour l'admirer. « C'est le sou du docteur ! », chuchotait-on, plein d'émoi. Le lendemain, dès potron-minet, les commerçants de la place la corrodèrent de leurs regards craintifs. « C'est le sou du docteur ! », répétaient-ils, impressionnés. Sermonnés par le directeur de l'école — « Gare aux imprudents ; la paille du cachot guette leurs parents ! » —, les écoliers l'admirèrent à midi : la piécette prenait le soleil sur son tapis déteint de feuilles d'eucalyptus. Vers quatre heures, un gamin de huit ans la taquina avec une branchette : ce fut la seule bravade que se permit l'ensemble de la ville.

Et durant douze mois, on n'y toucha plus.

Une fois calmée l'ébullition des premières semaines, la ville et ses alentours s'habituèrent à vivre avec la piécette. Les commerçants de la place, responsables en première ligne, surveillaient les curieux d'un œil tentaculaire. Précaution inutile : le dernier traîne-savate du lieu savait que s'il s'emparait de cette monnaie — équivalent théorique de cinq biscuits ou d'une poignée de brugnons — il risquait pire que la prison. La piécette devint une véritable attraction. Les gens en firent le but de leurs promenades. Les amoureux se donnaient rendez-vous autour de son scintillement.

La seule personne à ne pas savoir que sur la place de Yanahuanca il existait une pièce de bronze destinée à mettre à l'épreuve l'honnêteté de la chatouilleuse cité fut le docteur Monténégro.

Tous les soirs, au crépuscule, il faisait vingt fois le tour de l'endroit. Tous les soirs il répétait les deux cent cinquante-six pas qui constituent le périmètre de son quadrilatère poussiéreux. A quatre heures, la place fourmille ; à cinq heures, elle est encore un lieu public ; mais à six heures c'est un désert. Aucune loi n'interdit qu'on s'y promène alors ; pourtant, soit parce que la fatigue vient à bout des passants, soit parce que les estomacs réclament le dîner, à six heures la place se vide. Une heure plus tôt, le demi-corps d'un homme courtaud, bedonnant, aux petits yeux hagards dans un visage olivâtre, émerge du balcon d'une grande maison à trois étages dont les fenêtres restent toujours voilées par un épais brouillard de rideaux. Durant soixante minutes, ce gentilhomme presque sans lèvres contemple, absolument immobile, le désastre solaire. Quelles contrées son imagination parcourt-elle ? Fait-il le recensement de ses propriétés ? Fait-il le compte de ses troupeaux ? Manigance-t-il de lourdes peines ? Rend-il visite à ses ennemis ? Qui pourrait le dire ? Cinquante-neuf minutes après le début de son entretien avec le soleil, le magistrat autorise son œil droit à consulter sa montre ; puis il descend l'escalier, franchit le portail bleu et s'achemine avec gravité vers la place déjà vide. Les chiens eux-mêmes savent qu'entre six et sept on n'aboie pas ici.

Quatre-vingt-dix-sept jours après cette soirée qui vit rouler la monnaie du docteur, le bistrot de don Glicerio Cisneros vomit une poignée de poivrots. Sous l'effet d'une eau-de-vie mauvaise conseillère, un vrai tord-boyaux, Incarnation Lopez s'était proposé de s'emparer de la piécette mythologique. Les soûlards gagnèrent la place en titubant. Il était dix heures du soir. Incarnation, qui marmottait des obscénités, braqua sa lampe électrique sur la pièce de bronze, devant les ivrognes, aimantés. Incarnation ramassa la pièce, la réchauffa dans la paume de sa main, la fourra dans sa poche et s'éloigna au clair de lune.

Le lendemain, en pleine gueule de bois, il apprit des lèvres blêmes de son épouse l'énormité de son exploit. Livide comme le cierge à cinquante centavos que sa femme faisait brûler devant le Christ miraculeux, il gagna la place d'un pas incertain, entre des portes qui se fermaient en hâte, et ne retrouva ses couleurs naturelles qu'à la vue de la piécette, déposée par lui, somnambule, sur la première marche.

L'hiver et son cortège de pluies abrutissantes, le printemps, l'automne et ses déchirures et, à nouveau, la saison des frimas passèrent sur la pièce. C'est ainsi que toute une commune dont la vocation était la rapine à grande échelle se convertit à l'honnêteté. Tout le monde savait que sur la place de Yanahuanca moisissait une pièce de monnaie pareille à toutes celles qui circulaient, une pièce d'un sol ornée à l'avers des armes de la République — quinquina, lama et corne d'abondance — et dont le revers exhi-

bait la caution morale de la Banque du Pérou. Mais personne n'osait y toucher. Une floraison aussi imprévue de bonnes mœurs enflamma l'orgueil des anciens. Tous les soirs ils auscultaient les enfants qui rentraient de l'école :
— Et la pièce du docteur ?
— Toujours au même endroit !
— Personne n'y a touché.
— Trois muletiers de Pillao sont restés un moment à la regarder.
Les vieillards levaient l'index, mi-sévères mi-pavaneurs :
— C'est bien ! Entre gens honnêtes, pas besoin de cadenas !
A pied ou à cheval, la renommée de la pièce parvint jusqu'aux hameaux les plus lointains, à dix lieues à la ronde. Craignant qu'une imprudence n'attirât sur les villageois un fléau plus cruel que le mauvais œil, les gendarmes battirent la campagne et allèrent de maison en maison annoncer que sur la place d'Armes de Yanahuanca vieillissait une monnaie à laquelle on ne devait toucher à aucun prix ! Il ne s'agissait pas qu'un de ces culs-terreux, descendant à la ville acheter des allumettes, « découvrît » le trésor ! La Sainte-Rose, l'anniversaire de la bataille d'Ayacucho, la Toussaint, Noël et la messe de minuit, les Saints-Innocents, le Nouvel An, les Rois, mardi gras, le mercredi des Cendres, la semaine sainte et, pour recommencer le cycle, l'anniversaire de l'Indépendance nationale, planèrent sur la pièce. Personne n'y toucha. Dès qu'arrivaient des étrangers, les gamins braillaient : « Attention, messieurs-dames ! C'est la pièce du docteur ! » Les étrangers

esquissaient un sourire moqueur, mais l'œil sourcilleux des commerçants ne prêtait guère à la plaisanterie. Un jour pourtant un voyageur de commerce, que le simple fait d'être le représentant d'un grossiste de Huancayo boursouflait comme un paon (soit dit en passant : après l'affaire, Yanahuanca ne lui passa plus aucune commande), demanda en rigolant :

— Alors, elle se porte bien, cette piécette ?

Ce fut Consécration Mejorada qui lui répondit :

— Vous, si vous n'êtes pas d'ici, je vous conseille de la boucler !

— Je suis d'où ça me plaît ! répliqua notre fanfaron, en marchant sur la pièce.

Du haut de ses deux mètres, Consécration — un nom prédestiné — lui barra la route en tonitruant :

— Essaie un peu d'y toucher !

Le freluquet se figea sur place. Consécration, qui dans le fond était un mouton, battit en retraite un peu honteux. Au coin de la rue, il tomba sur le maire qui le félicita :

— Bravo, mon vieux ! Belle leçon ! C'est ça, la droiture !

Le soir même, on savait dans tous les foyers que Consécration, dont le seul exploit connu était de descendre d'un trait un litron d'eau-de-vie, avait sauvé la ville. Au coin de la rue, son heure avait sonné. Le lendemain, les boutiquiers de la place d'Armes, fiers de ce qu'un gars de chez eux eût cloué le bec à l'un de ces m'as-tu-vu de Huancaïns, l'embauchèrent comme fort des halles au tarif de cent soles par mois.

La veille de la Sainte-Rose, patronne de la police, spécialiste ès mystères, presque à la même heure où, un an plus tôt, il l'avait perdue, les yeux de souris du docteur Monténégro aperçurent la pièce. Lorsque l'habit noir s'arrêta devant la marche archicélèbre, un murmure passa comme un frisson sur la place. Ce soir-là, au cercle, le docteur, fier de sa découverte, révéla :

— Messieurs, je viens de trouver une pièce d'un sol sur la place !

La province entière respira.

II

OU L'ON PARLE DE L'EXODE UNIVERSEL DES ANIMAUX DE LA PAMPA DE JUNIN

Le vieux Fortuné trembla : le ciel avait une couleur corbeau, comme en cette matinée où tous les animaux du globe avaient fui. Dans l'aube d'un ciel décomposé les bêtes se sauvaient. Quelqu'un les avait sans doute alertées. Eperviers, buses, oiseaux chanteurs, sansonnets, moineaux, colibris se mêlèrent dans une même panique ; oubliant leur inimitié, les buses volaient accouplées avec les moineaux. L'azur se cribla d'ailes effrayées. Abdon Médrano surprit une constellation de chouettes sur les toits. Ebranlés par les clignements d'yeux des hiboux, les gens de Rancas aperçurent d'inconcevables escadrons de chauves-souris, en fuite elles aussi vers les terres de la liberté. Une masse d'ailes immondes chuchota sur les toits du village. On n'avait jamais vu ça de mémoire d'homme. Qui aurait pu se souvenir d'un pareil exode ? Quelqu'un les avait sans doute alertés. Les animaux de la nuit désertaient les ténèbres et se précipitaient, blessés par la lumière, vers les ravins de La Oroya. Rancas se prosterna, marmotta des prières. Le visage tout griffé, à genoux, bras en croix, don Théodore Santiago s'écriait : « C'est Dieu qui nous punit ! C'est Dieu qui nous punit ! » Autour de lui les dents claquaient comme sous un assaut de paludisme, et il malmenait le ciel : « C'est Dieu qui nous punit ! C'est Dieu qui nous punit ! » Hommes et femmes se jetaient dans les bras les uns des autres ; agrippés aux jupes de leurs mères, les enfants sanglotaient. N'ayant attendu, semblait-il, que la migration des oiseaux de nuit, des taches de canards sauvages et une foule d'oiseaux inconnus se mirent à onduler. L'humanité s'agenouillait, suppliait, gémissait. Devant qui ? si Dieu tournait le dos aux hommes avec dédain. Le ciel craquait, sur le point de s'effondrer. Un tonnerre canin fendit la pampa vers l'est : des mâtins squelettiques, la langue pendante, détalaient loin des villages. Les chevaux frémissaient de nausée ; ceux qu'on avait élevés à l'écurie, ne reconnaissant pas la voix de leurs maîtres, piaffaient et ruaient, verts de sueur. Comme les viscaches et les lézards, ils cherchaient une issue. L'effroi des sabots ne s'était pas encore éloigné lorsqu'une avalanche de rats flagella le village. Des cochons d'Inde — les seuls à rappeler le paradis des fourneaux — s'élancèrent aveugles, lamentables, sous la grêle des sabots. Et les chiens eux-mêmes, mêlant leurs noms, gémissaient sourdement au milieu des brebis qui agonisaient, têtes tournées vers la peur. Rancas était un sanglot. A midi, ce fut le tour des poissons. Quelqu'un les avait sans doute alertés. Fleuves et ruisseaux devinrent tout noirs. Les truites abandonnaient les eaux limpides des hauteurs et descendaient les rivières empoisonnées par les scories des mines. Elles bondissaient sur les eaux troubles. Quelqu'un avait dû leur annoncer qu'on allait couper l'eau.

Fortuné trottait sur l'interminable pampa de Junin. Sur son visage bleuissait une couleur qui n'était pas celle de la fatigue. Depuis deux heures, bouche ouverte, il trottait, trottait. Ses pieds épuisés ralentissaient leur course, se mettaient à marcher et se tournaient du côté de la route. A n'importe quel moment, dans un instant peut-être, le brouillard cracherait les lourds camions, et ces visages de cuir qui allaient piétiner Rancas. Qui arriverait le premier ? Le convoi qui longeait le grand virage ? Ou lui, Fortuné, qui transpirait parmi les pierres et les rochers ? Rancas, avec ces milliers d'animaux moribonds qui l'entouraient comme un collier, Rancas finirait par sombrer dans la somnolence. Arriverait-il à temps ? Et même s'il donnait l'alerte, comment se défendraient-ils ? Avec des bâtons ? Avec des frondes ? Les autres leur jetteraient une sommation, et pan ! leur tireraient dessus. Il trottait, bouche ouverte, en avalant un ciel plein de vautours. De mauvais pressentiments galopaient sur ses talons. Il devina les formes confuses de la pampa. Chaque roche, chaque mare, chaque touffe, monotones, identiques pour les étrangers, étaient gravées dans sa mémoire. Il courait, courait, courait. Sur cette steppe que les étrangers maudissaient et que les chauffeurs haïssaient, sur ce désert où seules deux ou trois heures de soleil vous réconfortent, lui, Fortuné, était né et avait grandi, travaillé, admiré, conquis, aimé. Mourrait-il ici ? Il parcourut des yeux ce continent de brebis mortes, ces douzaines, ces centaines, ces milliers de squelettes nettoyés par les vautours. Les noms de ses animaux à lui, il les connaissait : *Coton, Plumette, Fleur-des-Champs, Cactus, Fanion, Noiraud, Coquette, Joli-Trèfle, la*

Flemme, Coquin, Fortuné ; tous se confondaient dans la puanteur de la malédiction. « *Cactus, Cactus, mon petit Cactus.* » Il s'épuisa sur l'herbe acérée. Les camions n'apparaissaient toujours pas. Ses yeux se heurtèrent au couvercle de fer d'un ciel bouché à la clameur et s'y blessèrent. Qui supplier ? Le père Chassan repoussait les cent soles qu'il encaissait d'ordinaire pour attendrir le Bon Dieu. Il repoussait la respectueuse insistance de Rivera, le chef de la communauté. Il ne voulait pas les tromper. Le père Chassan regardait, tête basse, le Crucifié. Fortuné courait, courait, courait. Rivera le Délégué[1], Abdon Médrano et Fortuné étaient descendus à Huariaca supplier le petit père d'interrompre sa neuvaine. Ils avaient supplié et supplié. Et le petit père était venu dans l'église crasseuse, bourrée de pêcheurs. Rancas se berçait encore d'illusions et croyait que l'eau bénite pouvait écarter le danger. Qui arriverait le premier ? Guillaume le Boucher ou Fortuné le Lent ? Quelqu'un avait dû alerter les animaux, leur dire que le serpent de barbelés clôturait le monde. Les hommes le savaient déjà. Cela faisait des semaines que la Clôture était née dans les chaumes de Rancas. Et Fortuné courait, tremblant d'être rejoint par ce long serpent qui, sur les hommes, avait l'avantage de ne pas manger, de ne pas dormir, de ne pas prendre de repos. Les gens de Rancas, de Yanacancha, de Villa de Pasco, de Yarusyacan, avaient su, avant les hiboux ou les truites, que le ciel allait s'effondrer. Mais ils

---

1. En espagnol, *el personero* : chef d'une communauté indigène, élu en assemblée publique. Son mandat dure quatre ans. Représentant légal de la communauté, il est chargé des rapports avec les autorités et l'administration. *(N.D.T.)*

ne pouvaient échapper. La Clôture barrait les chemins. Atterrés, ils ne pouvaient que prier sur les places. Il était trop tard. Les barbelés n'interdisaient pas vraiment le passage, mais où auraient-ils fui ? Les habitants des basses terres pouvaient descendre dans les forêts ou remonter les cordillères. Mais eux vivaient sur le toit du monde ! Un ciel renfrogné était suspendu au-dessus de leurs chapeaux, un ciel hostile à leur prière. Il n'y avait plus d'issue, plus de pardon, plus de retour possibles.

III

SUR UN CONCILIABULE QUE CES MESSIEURS DE LA GARDE CIVILE AURAIENT AIMÉ SURPRENDRE EN TEMPS UTILE

— Tout le monde est là, annonça Pille-Etables, le voleur de bétail.
— Combien sont-ils ? demanda Chacon, le Nyctalope. Il demandait ça histoire de demander, car ses yeux, capables de déceler dans la nuit la trace d'un lézard, distinguaient entre les rochers de Quencash les visages qui attendaient sur les pierres, dans l'herbe, sous le ciré de la nuit.
— Sept hommes et neuf femmes, Hector.
— Les femmes, c'est moins froussard que les hommes ! pérora la Sulpicia, dans sa jupe trouée.
— Les hommes de guet sont à leur poste ? demanda, méfiant, le Voleur de chevaux.
— Dis-nous le fond de ta pensée, Hector. (C'était le Balafré qui parlait.)
— Vous avez apporté à boire ?
Le Voleur de chevaux fit sauter le bouchon de maïs et empoigna la bouteille. Hector Chacon, le Nyctalope, passa en revue la file de visages tendus ; il rejetait avec force la fumée de sa cigarette. Cela faisait dix ans qu'il rêvait de ces cigarettes, de ces cris, de cette haine.

— Dans cette province — on percevait à peine sa rancœur — il y a quelqu'un qui nous humilie et qui nous écrase ! Dans les prisons, j'ai vu les délinquants supplier le Christ Jésus : les assassins et les fils de putes s'agenouillent et récitent en pleurant la prière au Juge des juges. Alors Jésus se calme et leur pardonne. Mais ici il y a un juge que les paroles et les prières ne calment pas. Et qui est plus puissant que le Bon Dieu !

— Jésus ! Marie ! Joseph ! dit la Sulpicia en se signant.

— Tant qu'il sera en vie, personne ne sortira de ce fumier ! C'est en vain que nous réclamons les terres qui nous appartiennent ! Notre délégué dit qu'il va plaider mais c'est de la foutaise ! Les délégués sont les larbins des grands.

— Les délégués, dit le Voleur de chevaux, sont les complices du juge. Bustillos et Valle se remplacent à tour de rôle : l'un est notre représentant un an tandis que l'autre se repose ; l'année suivante, c'est l'autre qui devient notre représentant.

— Leur force c'est de s'entendre comme larrons en foire ! dit la Sulpicia.

— Et qui ose leur chercher des poux dans la tête, hein ?

— Quand on m'a mis en taule, poursuivit Chacon, nous avions deux fois plus de terres. En cinq ans, le juge et son domaine de Huarautambo ont tout avalé.

— Le délégué a porté plainte, annonça Pille-Etables. La confrontation aura lieu le 13.

Chacon se mit à rire :

— Vous verrez. Votre confrontation et tout le reste, le docteur Monténégro s'en torchera le cul !

Pour qui s'oppose à lui, ce type-là a deux prisons : une dans son hacienda et l'autre dans la ville.

— Il n'y a pas de solution pour qu'on nous paye ce qu'on nous doit, dit Pille-Etables, amer.

— Alors ? Qu'est-ce que tu proposes, Hector ?

— La confrontation aura lieu le 13 décembre. Eh bien ! ce jour-là, je le descendrai !

Les chouettes protestèrent.

Après un silence, Pille-Etables dit en tremblant :

— Le jour où Monténégro mourra, la police brûlera Yanacocha et nous tuera tous.

— C'est à voir.

— Explique-toi.

— Il faut jouer la comédie.

— Et comment ?

— Par exemple, en inventant une bagarre ; si deux ou trois des nôtres sont retrouvés morts, la justice dira qu'il s'est agi d'une dispute.

— Si cet homme-là meurt — Sulpicia prit un air dur —, personne ne dira plus : « Yanacocha m'appartient. »

Pille-Etables se gratta la tête.

— Et les assassins ?

— Ils tireront cinq ans et après cela on les remettra en liberté.

— Un prisonnier qui sait profiter de sa situation est un homme qui s'améliore, dit Chacon. J'en connais pas mal qui ont appris à lire en prison.

— Moi, c'est là que j'ai appris, dit modestement le Voleur de chevaux.

Sulpicia pensa à son mari, mort dans un cachot de Yanahuanca. Elle se leva et embrassa rageusement la main d'Hector Chacon.

— Bénie soit ta main, Hector ! Moi je veux bien passer dix ans en prison pourvu que tu réussisses.

— Lesquels d'entre nous devront se sacrifier ? demanda le Voleur de chevaux, en suçant ses dents avec ses lèvres.

Seuls les yeux du Nyctalope, capables de distinguer la brune présence des viscaches, virent les mâchoires serrées de Pille-Etables :

— Rémi le Bossu est foutu. Il a perdu tout espoir. Il ne se passe plus un seul jour sans qu'il tombe avec de l'écume plein la bouche. Je l'ai vu pleurer quand il ressuscite, après ses crises. Il se jette dans l'herbe et arrache des feuilles. Et il se lamente : « A quoi ça me sert de vivre ? A quoi ça me sert d'exister ? Pourquoi Dieu ne me rappelle-t-il pas à lui ? »

— Qu'en pensez-vous ?

— Ce serait un bien que le Rémi repose en paix.

— S'il meurt, dit le Voleur de chevaux, nous lui offrirons un bel enterrement.

— Nous lui achèterons un bon cercueil, insista Pille-Etables. Et tous les ans, à la Toussaint, nous irons porter des fleurs sur sa tombe.

— Alors, votons.

Le Nyctalope scruta la nuit : les bras s'étaient levés à l'unisson.

— Et quels seront les autres ? demanda le Balafré.

Pille-Etables cracha. Sa salive était verte :

— Isaïe Roque trahit le village. Par lui, Monténégro est au courant de tout ce que nous pensons. Il lui rapporte les nouvelles et les ragots. M'est avis qu'il doit mourir !

— Roque se vante d'être le filleul du juge. Il est normal qu'il meure avec son parrain, dit la Sulpicia.

— Qu'en pensez-vous ?
Tous levèrent la main. Le Voleur de chevaux parla :

— Un qui doit mourir aussi, c'est Thomas Sacramento. Il moucharde au docteur les gens qui disent du mal de lui. Et beaucoup y laissent des plumes !

— Qu'est-ce que tu en penses, Hector ?

— Une fois, les péons de Huarautambo ont saccagé les cultures d'un champ de la communauté. Sur l'ordre du délégué, je suis allé me plaindre à la gendarmerie. Le sergent Cabrera m'a dit : « Envoie-moi des chevaux et prépare une bonne *pachamanca*[1]. Demain, j'irai là-haut en inspection. » J'ai tout préparé mais j'ai eu la connerie de charger Sacramento de descendre avec les chevaux. Je sais que Sacramento a parlé au docteur et que l'autre lui a dit : « Fais l'imbécile et conduis les chevaux à l'herbage. » Sacramento a obéi. Et quand le délégué est descendu voir ce qui se passait, on l'a coffré.

— Nous sommes en danger. Il peut nous livrer à n'importe quel moment.

— Il faut en finir avec le mouron !

Tous levèrent la main.

— Avant, il faut les chasser de la communauté, dit Pille-Etables. L'homme qui refuse de coopérer n'a pas le droit d'exister ! Qu'ils meurent comme des chiens errants !

— Non ! dit Chacon. Si nous les expulsons, la justice aura la puce à l'oreille.

— Et le juge ? Qui va le tuer ?

---

1. Morceau de viande cuit à la vapeur dans un trou creusé dans la terre. *(N.D.T.)*

La nuit se fit aussi sombre que le caractère d'une vieille fille.

— Moi, si vous voulez. Bien en face ou par-derrière, comme il vous plaira. Et, à l'occasion, je peux aussi bousiller les autres.

— Hector, tu n'es pas le seul homme du pays ! dit Pille-Etables, vexé.

— Le juge, nous le finirons à coups de cailloux ! se promit la Sulpicia.

— Non ! dit Chacon. Le crime serait trop visible !

— Et combien faudra-t-il donner aux avocats ?

— Rien. Nous n'aurons pas besoin d'argent !

— Et nos familles ?

— La communauté leur viendra en aide !

Pille-Etables acquiesça :

— La communauté cultivera les terres des accusés. Et elle enverra des colis aux prisonniers.

— Les prisonniers subviendront à leurs besoins. Ils tresseront des paniers et canneront des chaises. Ils fabriqueront des peignes.

— Je suis prêt, dit gravement Pille-Etables.

— Une année de taule, dit Chacon, c'est une bouffée de tabac. Cinq ans, ça fait cinq bouffées.

IV

OU LE LECTEUR OISIF VISITERA L'INSIGNIFIANT VILLAGE DE RANCAS

A Rancas on n'aime pas les gens d'ailleurs. Ils sont à peine arrivés qu'une escorte de gamins leur crie : « Etrangers ! Etrangers ! » Des portes s'entrouvrent avec suspicion. Le courrier haillonneux de la marmaille court prévenir les autorités. Le voyageur n'y coupe pas : sur la place d'Armes, il se heurte immanquablement à un émissaire de la communauté.

Autrefois, personne ne faisait attention aux étrangers. « Mais avant c'était avant, dit Rémi. Et maintenant c'est maintenant. » Une telle répugnance ne s'explique pas. Quel attardé pourrait visiter Rancas ? Le sergent Cabrera, qui a été flic au village, dit que « c'est le cul du monde ». Rancas n'a pas deux cents maisons. Sur la place d'Armes, un carré de terre parsemé d'*icchu*[1], deux édifices publics, les deux seuls, la mairie et l'école, crèvent d'ennui. A cent mètres de là, tout près des coteaux dorés les soirs d'apothéose crépusculaire, une église pique du nez, une église qui ne s'illumine plus que pour les fêtes d'obligation. Autrefois, le père Chassan visitait Rancas. Les gens

1. Graminée des Andes. (*N.D.T.*)

du pays collectaient les cent soles nécessaires pour payer les messes. Le petit père Chassan est très aimé dans ces villages. Il se soûle avec les comuneros et dort après ça entre les cuisses d'une paroissienne. A l'époque de la Grande Peur, le père Chassan disait sa messe tous les dimanches et Rancas donnait d'éclatantes preuves de dévotion. Durant la Grande Peur, le confessionnal fourmillait de pécheurs. Aujourd'hui, le petit père n'obtiendrait même pas une goutte d'eau bénite. Il est vrai que la plus grande partie des eaux qui descendent ici sont pourries par le minerai !

Rancas a toujours été un village sans histoire.

Il y a cent ans et même plus de cent ans, par un matin boueux, le destin a sculpté dans le brouillard de Rancas quelques escadrons exténués. C'était une armée en retraite mais une armée qui avait son orgueil puisque, pour traverser un village miteux où seuls quelques chiens faméliques l'attendaient pour lui souhaiter la bienvenue, les officiers avaient fait s'aligner les cavaliers méconnaissables sous la poussière. La troupe s'était arrêtée pour donner à boire aux chevaux fourbus par une marche de dix heures. Trois jours plus tard, alors qu'une lumière rageuse lavait le matin, une autre armée avait occupé Rancas. Des soldats crasseux y avaient installé leur camp et acheté des pommes de terre et du fromage aux bergers ahuris : six mille hommes au total s'entassèrent sur la place. Un général qui caracolait sur son cheval sema quelques mots sous le soleil. Les soldats répondirent par un tonnerre d'acclamations et défilèrent en direction de l'énorme pampa. On ne les avait jamais revus.

Tous les ans, le jour anniversaire de la République

du Pérou, fondée par les armes dans cette pampa, les élèves du collège Daniel A. Carrion de Cerro de Pasco organisent des excursions. C'est une date attendue par les commerçants. Des hordes de lycéens souillent le village, arrosent la place de pipi et épuisent les stocks de biscuits et de bouteilles de *Kola Ambina*. L'après-midi, les professeurs leur récitent la proclamation gravée en lettres de bronze sur le mur verdâtre de la mairie : c'est la harangue que Bolivar, le Libertador, prononça ici quelques heures avant la bataille de Junin, le 2 août 1824. Les potaches, abrutis, écoutent la proclamation, puis tout le monde repart. Et Rancas se recroqueville pour un an dans sa solitude.

Rancas a toujours été un village sans histoire. Ou plutôt, Rancas avait toujours été un village sans histoire jusqu'au jour où un train s'y arrêta.

V

OU L'ON PARLE DES VISITES QUE LES MAINS DU DOCTEUR MONTÉNÉGRO RENDENT A CERTAINES JOUES

Celui qui par une malicieuse boutade, un sourire en dessous ou une grimace jaunâtre, offense le docteur Monténégro ne perd rien pour attendre : il sera giflé en public. Durant les trente années de bons et loyaux services qui ont permis au docteur d'illuminer de ses lumières le tribunal, ses mains ont visité nombre de joues altières. C'est ainsi qu'il a souffleté tour à tour l'inspecteur d'académie, l'infirmier du poste et presque tous les directeurs de l'école. Le sergent Cabrera aussi, et le chef de la Caisse des dépôts et consignations. Tous ont reçu l'injure et tous ont demandé à être pardonnés. Car le docteur Monténégro garde un chien de sa chienne à qui le pousse à ce geste vengeur. Dès l'instant où ses mains s'éprennent d'une joue, l'élu peut toujours essayer de donner du chapeau : le docteur ne le voit plus. Plus que le châtiment, le pardon l'effarouche. Pour l'obtenir, il faut toujours l'intercession d'un parent ou d'un ami. Les punis organisent des fêtes, mais c'est seulement dans la canicule de l'eau-de-vie que l'habit noir consent à pardonner. Châtiment et absolution sont publics. La ville apprend que les mains du docteur brûlent pour tel visage. C'est tout : bien malin qui pourrait dire à quel moment l'insolent recevra la caresse tonitruante. A la sortie de la messe ? Au cercle ? Sur la place ? En pleine rue ? Sur le seuil de son domicile ? Le futur récipiendaire mijote dans l'attente et piaffe d'impatience.

Un jour, au cercle, les notables étaient en train de jouer au poker. Le directeur de l'école battait les cartes. On distribuait la deuxième tournée quand le diable souffla par la bouche de don Archimède Valério, le sous-préfet : « Don Paco (première bévue, car le docteur aime qu'on l'appelle docteur), un de vos péons est venu se plaindre à mon bureau. » Le directeur se momifia avec ses cartes. Les joueurs s'absorbèrent derrière les leurs. Le sous-préfet mordilla un sourire. Trop tard ! Le docteur était debout ! Ecartant en homme bien élevé une chaise qui se trouvait sur son passage, il envoya ses mains visiter les joues en poire de la première autorité de la ville. Le double menton du sous-préfet vacilla dans un séisme de gélatine. Les joueurs épouvantés se plongèrent dans une chimérique quinte au roi. Don Archimède — un aigle ! — joua les ivresses ravageuses : « C'est la bière. Je ne la supporte pas », balbutia-t-il. Il remit un peu d'ordre dans ses cheveux et sortit en titubant.

Le lendemain matin, vers onze heures, le chassieux sous-préfet mesura l'énormité de son comportement. Il se lava les mains avec soin, ne négligea ni ses coudes ni son cou, enfila son costume bleu des grandes cérémonies, noua une cravate cerise à rayures et alla présenter ses excuses. Le juge ne le reçut pas. « Le docteur n'est pas bien », marmottèrent les yeux baissés de la domesticité. Le sous-préfet demanda la permission d'attendre. A cinq heures du soir, n'ayant pas le courage de se tourner vers le balcon où l'offensé se rétablissait en prenant le soleil, le fonctionnaire, accablé, repartit. Il revint le jour suivant. « Le docteur souffre d'une crise de foie », annonça la Monténégro, d'une voix qui ne laissait aucun doute sur le fait que lui, Valério, était le responsable du jaunâtre épanchement. L'angoisse dévasta la molle face du sous-préfet. Quand il revint, le troisième jour, le docteur « souffrait toujours ». Voûté sous sa faute comme sous un lourd fardeau, le sous-préfet traversa trente fois la place et trente fois il regagna son bureau, le dos rond, découragé. La ville assistait, atterrée, à son malheur.

Privé de ses plus hauts fonctionnaires, Yanahuanca fut frappé de paralysie. Toute l'administration semblait souffrir de rhumatismes. A la sous-préfecture, don Archimède, démoralisé, éclatait à la moindre provocation. Des colères de tigre ! Conseillés par la malchance, trois enfoirés tinrent à présenter une réclamation de rien du tout : ils quittèrent la sous-préfecture les menottes aux poignets. La première autorité politique prit goût à ces flambées de rages inconnues de la médecine. Santiago Passion lui-même n'osait plus lui remettre les dossiers. Une fois, pourtant, il s'enhardit à lui présenter une chemise rendue obèse par les télégrammes de la préfecture : « C'est urgent, monsieur ! », dit-il en souriant. « L'urgence, je l'ai au cul ! Et vous, par la même occasion ! », tonitrua la première autorité, qui déchira le rapport, arracha le calendrier où souriaient des geishas visiblement mal renseignées, lança un encrier contre le portrait du président de la République et vida le greffier à grands coups de pied dans le derrière. « Au secours ! A l'assassin ! Au secours ! », hurla Passion, épouvanté. Le scandale réveilla la garde civile, mais ce n'était pas le moment de rigoler ; les gardes regardèrent le sous-préfet en pleine tempête et claquèrent réglementairement des talons en portant cinq doigts à leurs képis graisseux. Personne ne se risqua plus à retourner à la sous-préfecture. Faute d'autorisation, il fallut ajourner la kermesse de l'école. Pour ne pas contrarier le sous-préfet, dans l'incapacité de tolérer le charivari d'un orchestre, les fêtes furent annulées.

Le sous-préfet se négligea. Un jour, on le vit traverser la place avec une barbe d'énergumène et la braguette grande ouverte, ce qui était peu compatible avec sa condition de représentant de M. le président de la République. Ce fut pourtant ce matin-là que le miracle se produisit : le docteur le reçut. Quand don Archimède Valério entendit des lèvres de Josette Monténégro que le docteur disait : « Mais pourquoi n'entre-t-il pas ? », il faillit tomber raide. Il s'élança, les yeux baignés de larmes. Le docteur l'attendait, regard au sol et bras ouverts. Don Archimède qui, quelques minutes plus tôt, venait de condamner à trente jours de cachot deux pauvres bougres coupables d'avoir laissé leur âne braire, s'abattit, ému, sur la poitrine de l'ami, lequel, en bon chrétien, avec un sourire où se mêlaient pitié et désenchantement, proclama le pardon des offenses. « Don Paco, pleurnicha le sous-préfet, pardonnez-moi de vous avoir offensé, mais j'étais soûl. — Entre amis, il n'y a pas d'offenses, dit l'habit noir. Alors, amis comme toujours, Valério ! » Et il l'embrassa. Il était six heures du soir : le sous-préfet demanda la permission d'envoyer chercher deux verres de punch. L'habit noir accepta. A neuf heures, don Archimède suppliait le docteur de parrainer son mariage. Trois mois plus tôt, le frère de doña Enriqueta de los Rios, qui se rendait à Chinche, était allé rouler dans un ravin. Il laissait une hacienda au bord du précipice. La tentation de devenir cacique autant que le désir d'épater la galerie par un parrainage inaccessible avaient encouragé don Archimède à franchir le débordant Rubicon des quarante-huit printemps d'Enriqueta. « Docteur, je ne sais si je dépasse les bornes ? » Il toussa timidement : « Mais je voudrais que vous soyez mon témoin. » Incapable d'abriter l'ombre d'un ressentiment, le docteur envoya chercher une bouteille de mousseux.

Lorsque, les langues allant bon train — un train supérieur à la vitesse vertigineuse de la lumière —, la ville sut que le sous-préfet non seulement avait reçu son pardon — ce soir-là il avait escorté le docteur dans sa promenade — mais aussi que le juge acceptait, oui, qu'il acceptait de parrainer son mariage, les envieux furent incapables de sortir dans la rue. Verts de jalousie, ils préférèrent pourtant se mordre la langue pour ne pas parler, car personne ne voulait manquer le mariage. Grisé par la faveur d'une amitié assombrie par un petit nuage que les manants avaient confondu avec la nuit mais qui, en réalité, était l'annonce d'un midi radieux, le sous-préfet se lança dans les préparatifs d'une fête qu'il voulait la plus fastueuse qu'on eût jamais vue dans le pays. Un mois avant la cérémonie, la garde civile reçut des instructions draconiennes : la moindre entorse au règlement de la circulation, le plus petit bruit devaient être désormais punis impitoyablement. Don Héron de los Rios, le maire, admonesta si sévèrement les gendarmes qu'une erreur d'un gramme dans une pesée ou l'emprunt par une bête de somme d'un sens interdit furent bientôt sanctionnés par de lourdes amendes en espèces ou en nature : porcs, chèvres, poules, cochons d'Inde étouffèrent dans les basses-cours exiguës du poste de la Très noble et Très loyale garde civile. Huit jours avant que le père Lovaton ne bénît la cérémonie, le sergent Cabrera demanda l'autorisation de suspendre la rafle : il n'avait plus le moindre espace où entasser les animaux. Quant aux caves du sous-préfet, elles étaient bourrées de produits fins importés de Lima : *Tacama* rouge, *Ocucaje* blanc, champagne *Poblete*, boîtes de thon, génoises, biscuits, fruits confits.

Le premier dimanche de septembre, le père Lovaton bénit le couple respectable que ses deux âges additionnés rendaient presque centenaire. La foule s'égosilla quand le marié sortit de l'église au bras de son rougissant demi-siècle. Conformément au texte des invitations imprimées à Cerro de Pasco à l'encre rouge sur bristol bleu, et avec à leur tête le glorieux témoin, les invités pénétrèrent dans les « salons », autrement dit dans la salle à manger de la sous-préfecture. Ils s'arrêtèrent, médusés : les tables — que les prisonniers avaient renforcées avec des tréteaux — haletaient sous des montagnes de cochons rôtis, de cochons de lait, de poules et de chevreaux.

Si le sous-préfet, sans doute possédé par le démon de la vanité, avait alors observé la mine de son parrain, il aurait peut-être mesuré son erreur, mais les dieux aveuglent toujours ceux dont ils veulent la perte. Grisé par les adulations, plus nuisibles que les tournées, le sous-préfet Valério perdit pied. Il ne s'aperçut pas que le docteur Monténégro ne daignait pas goûter à une seule fibre des viandes si pompeusement offertes. Vers six heures du soir, don Archimède leva son verre et porta le toast fatidique : « A votre santé, parrain ! Et pour m'avoir donné le plaisir de vous offrir la plus belle fête de la province ! » L'habit noir devint tout blanc. Que voulait dire cette chattemite ? Que voulait dire ce pochard ? Les fêtes qu'il offrait, lui, Monténégro, étaient-elles donc moins fastueuses ? Sa maison ne regorgeait-elle pas de mets infiniment supérieurs à cette boustifaille volée et rissolée dans une huile minable ? Oui, existait-il dans le pays un hôte plus expert que lui en bambochade ? Et dans ce cas, fallait-il croire qu'il s'agissait de cet énergumène ? Même si cela était — une supposition absurde ! — avait-il besoin de le proclamer le jour où la fleur, toute la fleur de Yanahuanca était ici réunie ? Le visage du docteur se poudra de cendre ; son verre alla valser sur le sol de ciment bien lavé. Il rajusta son chapeau et ses interlocuteurs pâlirent. Le sous-préfet, son verre à la main, était figé comme une statue de monument. La mariée blafarde, voyant s'ouvrir l'abîme qui allait engloutir l'homme qui depuis six heures était son seigneur et maître, s'avança vers le docteur, les bras ouverts. Le juge Monténégro l'écarta avec délicatesse, franchit deux chaises, un maire et deux maîtres d'école, et récupéra lentement la mémoire. Sa main gauche soutint son cœur tandis que sa main droite prenait son essor. Et trois claques retentirent sur le visage du sous-préfet.

VI

SUR L'HEURE ET LE LIEU
OU NAQUIT LA CLOTURE

Quand naquit-elle ? Un lundi ? Un mardi ? Fortuné n'avait pas assisté à sa naissance. Personne, ni Rivera le délégué, ni les autorités, ni les hommes occupés dans les pâturages, n'avaient vu le train arriver. En sortant de l'école, les garçons surprirent deux wagons endormis devant la halte. Leurs aînés, eux, les découvrirent dans la soirée. C'était un convoi de rien du tout : une locomotive avec deux wagons. Il y avait longtemps que les autorités suppliaient la Compagnie de laisser le train s'arrêter à Rancas. Ne fût-ce que par courtoisie ! Vaines requêtes. Les convois de Goyllarizquizga, vaniteux de leur minerai, traversaient le village sans lui accorder le moindre regard. Aujourd'hui, enfin, un train s'arrêtait. Tenues au courant, les autorités auraient organisé une petite fête pour l'accueillir. Louer quelques clairons et des tambours n'est pas une grande affaire ! Et puis les masques de diables et les harnachements de parade ne manquent pas dans la pampa. Hélas ! Les Ranquais étaient aux champs quand le train s'était mis à vomir des inconnus. Les habitants de Ondorès, de Junin, de Huayllay, de Villa de Pasco, on les connaissait. Mais ces hommes avec leurs blousons de cuir noir, personne ne pouvait les identifier. Ils déchargèrent des rouleaux de barbelés. A une heure, leur travail fini, ils déjeunèrent, puis commencèrent à creuser des trous. Tous les dix mètres, ils enterraient un poteau.

C'est ainsi que naquit la Clôture.

Les Ranquais reviennent de leurs estancias à cinq heures. C'est le moment idéal pour conclure les marchés ou ébruiter baptêmes et mariages. Comme tous les jours, ce soir-là, on rentrait donc des herbages. Le Huiska ! On avait enclos le Huiska ! Le Huiska est une colline pelée qui ne cache ni minerai ni source et qui ne tolère pas le moindre pâturage. Alors, pourquoi l'avoir ainsi barricadé ?

Avec son licou de barbelés, le Huiska ressemblait à une vache claquemurée dans une étable.

Ils éclatèrent de rire.

— Il faut être fou pour boucler le Huiska. Ces types-là, qui ça peut bien être ?

— Des géologues.

— Des ouvriers du télégraphe.

— Quel télégraphe ?

— Tant qu'ils ne nous emmerdent pas, qu'est-ce que ça peut nous faire, hein ? dit Alfonso Rivera, le délégué.

Cette nuit-là, l'enclos dormit autour du Huiska. Le lendemain, les bergers partirent avec des rires plein leurs vêtements. Quand ils revinrent, la Clôture serpentait déjà sur sept kilomètres. Et si, dans son corral, le Huiska ruminait, c'était maintenant en compagnie du Huancacala, une montagne qui beuglait, pareille à une mâchoire noire, énorme, parsemée par la volonté de Dieu de statues sacrées : la Vierge des Sept Douleurs, le Christ du Calvaire et les douze apôtres, tous en pierre. Les barbelés cachaient les saints. Les Ranquais ne sont pas bavards ; ils ne desserrèrent pas les lèvres mais un mauvais coup d'aile les blessa au visage. Sur la place, ils apprirent une autre nouvelle : les équipes n'étaient pas envoyées par le Gouvernement. Le même soir, à Cerro de Pasco, Abdon Médrano avait rencontré par hasard le responsable du service des Télégraphes. Le directeur, un homme aigri, s'était emporté :

— Mais cessez donc de dire des conneries ! Ces types-là ne travaillent pas pour le Télégraphe. Les ouvriers des Travaux publics, je les connais bien et je peux vous dire que ceux qui sont chez vous ne sont pas du Gouvernement. Je n'en ai jamais entendu parler !

— Pour ce que ça sert, le Huiska ! Pour ce que ça vaut, ce tas de pierres !

Et Rivera le délégué s'était mis à rire :

— Tant qu'ils ne nous emmerdent pas, hein ? qu'est-ce que ça peut nous faire ? Celui qui voudra s'emparer de ces rochers les bouffera sur son pain !

— Cette clôture est l'œuvre du diable. Vous verrez. Dans cette affaire, il y a quelqu'un qui jongle avec Satan !

Don Théodore Santiago ne cessait pas de hausser et de baisser les sourcils.

Ils se moquèrent de lui. Don Théodore prophétise toujours quelque malheur. Il avait annoncé que le clocher s'écroulerait. Et alors, était-il tombé ? Il avait aussi prédit qu'on aurait la peste. Avait-elle surgi ?

Don Santiago voit toujours tout en noir. Alors, à quoi bon discuter ?

Nous n'aurions pas dû rire comme des imbéciles. Au lieu de nous gargariser avec des mots stupides, nous aurions dû nous ruer sur la Clôture, l'estourbir, la piétiner à son berceau. Des semaines plus tard, quand la Grande Panique a serré les mâchoires, don Alfonso a reconnu que nous nous étions endormis. Don Santiago avait raison, mais la Clôture gangrenait déjà toute la province.

Fortuné s'arrêta et se laissa choir sur la prairie. Son cœur sautait comme un crapaud. Il se redressa à demi et sonda le virage brumeux : à n'importe quel moment — en cet instant, pendant qu'il haletait — les camions pouvaient apparaître. Pourtant ses yeux ne distinguèrent aucun reflet ; roulé en boule comme un chat, le chemin de Rancas somnolait.

VII

DE LA QUANTITÉ DE MUNITIONS REQUISE POUR FAIRE PASSER LE GOUT DU PAIN A UN CHRÉTIEN

Un hiver prématuré pataugea dans les chemins. Les traces se perdaient dans la boue. Décembre tonnait du côté des cordillères. Réfugiés dans leurs cabanes, les gens regardaient les pattes des chevaux s'enfoncer dans la gadoue. Un mercredi pluvieux, un garde civil émergea du chemin de Yanahuanca. La face de bouledogue de Paz le flic prit la direction du domicile d'Agapito Roblès, le délégué. Les gens s'entassèrent, mais le garde ne venait pas avec l'ordre de capturer qui que ce fût. Valério, le sous-préfet, confirmait que la confrontation entre l'hacienda Huarautambo et la communauté de Yanacocha aurait lieu le 13 décembre. Le garde Paz les remercia pour le petit verre de gnôle qu'on lui avait offert et se perdit dans le brouillard.

— C'est curieux, dit Mélécio de la Vega. Oui, vraiment, c'est curieux que l'Autorité ait pour nous autant d'égards !

— Ne sois pas aussi méfiant ! dit le délégué. Le docteur doit en avoir marre de toutes ces notifications. Il veut peut-être arranger les choses.

Il se gratta le mollet et se mit à rire :

— La violence, dans ces conditions, ne sera pas nécessaire !

— Il faut préparer l'accueil, dit le Voleur de chevaux.

— Quelque chose de bien ! conseilla Pille-Etables. Il ne s'agit pas qu'il nous arrive ce qui est arrivé aux gens de Chinche.

Le Voleur de chevaux éclata de rire. Les autorités se signèrent. Il y avait des mois que les gens de Chinche, exaspérés par les empiétements de l'hacienda Huarautambo, avaient sollicité une confrontation. Assommées par des mètres et des mètres de supplications, les autorités avaient envoyé sur place l'inspecteur Galarza. Pour Chinche, encore novice dans les sinuosités de la justice, ç'avait été un beau remue-ménage. Amador Cayetano, le délégué, avait fait louer des tambours et des clairons à cinq lieues à la ronde et ordonné l'érection d'un arc de triomphe. Lui-même était descendu à la ville acheter une chemise neuve et commander un discours à Lorenzana. Le célèbre orateur avait rédigé un dithyrambe digne du préfet. La veille, Cayetano s'était rendu à Tambopampa avec les meilleurs chevaux de la communauté. Tambopampa est un alignement de cabanes, à l'entrée du chemin de Chinche. Cayetano avait tout prévu, sauf l'hiver. Cinq heures de route séparent normalement Cerro de Pasco de Tambopampa ; mais les pluies s'étaient acharnées sur le chemin. L'inspecteur, annoncé pour onze heures du matin, s'était présenté à huit heures du soir. Crotté, harassé, l'air acariâtre, il était descendu du camion blanchi par la tempête.

— Comment va la santé de Son Excellence ? avait

demandé Cayetano à l'inspecteur qui parcourait des yeux les cabanes balayées par la grêle.

— Les chevaux de Son Excellence sont prêts.

— Tu veux ma mort, sacré nom de Dieu ? s'était écrié l'inspecteur. On n'y voit pas plus loin que le bout de son nez, mais tu ne l'as pas remarqué, hein ? Non, impossible de voyager ! Restons ici. Qu'on me donne à manger et après cela j'irai dormir.

Cayetano s'était troublé.

— Tu n'as rien à m'offrir ?

— A Chinche nous aurons une *pachamanca,* Excellence.

— Cesse de m'emmerder avec tes « Excellences » !

— Très bien, Excellence.

Il avait fallu une bonne heure pour allumer du feu. Dans une des cabanes, Cayetano avait découvert un flacon d'essence de café. L'inspecteur attendait, plus mort que vif, l'estomac vide depuis sept heures du matin ; Cayetano était apparu enfin avec une cruche. Galarza avait soufflé sur le café brûlant et l'avait avalé ; aussitôt son visage avait craché une horrible grimace :

— Qu'est-ce que c'est que cette mixture ?

— Du café, Excellence.

— Montre-le moi, ton café !

On lui avait apporté la bouteille terreuse. L'inspecteur l'avait débouchée, l'écartant vite de son nez pour ne pas vomir.

— Nom de Dieu de merde ! Ce café, d'où l'avez-vous sorti ?

— C'est de l'essence. De la vraie ! Nous l'avons achetée à Huancayo, Excellence.

— Et quand cela, animal ?

— L'année dernière, Excellence.

L'inspecteur avait levé les bras au ciel :

— Mon Dieu ! mais ces sauvages progresseront-ils un jour ? Quand seront-ils civilisés ? Vous allez au moins me donner un lit, hein ?

On lui offrit une peau de mouton. L'inspecteur Galarza avait sombré dans un sommeil désespéré. Les autorités de Chinche s'étaient bouffé le nez. L'inspecteur, furibond, allait se venger par un rapport défavorable ! Les coups de poing avaient plu de tous côtés, mais l'autorité du délégué s'était imposée : « Ce qu'il faut, avait dit Cayetano, c'est qu'il ait à tout prix un bon casse-croûte demain matin. » C'était là une saine intention. La tempête obstruait les chemins ; ils avaient fouillé toutes les fermes sans y trouver une miette de pain. A minuit, ils avaient décidé de ratisser la campagne. La tempête ne se calmait pas. Firmin Espinoza — un ancien sergent, fermier expulsé de Chinche, qui vivait dans une grotte — avait fini par faire main basse sur une poule. Le jour n'allait pas tarder à se lever.

— Sais-tu faire la cuisine ? avait demandé Cayetano.

— A la caserne on sait tout faire !

— Prépare-nous un bon ragoût.

Lorsque la faim avait réveillé l'inspecteur, un soleil radieux inclinait au pardon de toutes les offenses et un ragoût fumait sur un grand cageot proprement recouvert d'une feuille jaunâtre de journal — une page du *Comercio*.

— **Le déjeuner est servi, monsieur l'inspecteur !** avait **annoncé Cayetano.**

Mesurant l'immensité de l'effort, l'inspecteur Galarza avait souri. Il s'était presque précipité sur le ragoût. Las ! il avait à peine avalé la première cuillerée qu'il relevait la tête :

— Qu'est-ce que c'est que cette mouscaille ?

— Une poule, Excellence ! Même que c'est moi qui l'ai plumée !

— De la merde, oui ! avait dit l'inspecteur en s'étranglant.

Cayetano avait reniflé le ragoût et s'était tordu de rire. Aucun doute : c'était bien là ce que disait l'inspecteur !

— Ecoute, Espinoza. Est-ce que tu as pensé à couvrir la marmite ?

— Quelle marmite ?

— Sacré fils de pute ! avait tonitrué Cayetano. Tu ne sais donc pas encore que lorsqu'on fait cuire quoi que ce soit avec de la bouse on doit couvrir la marmite pour éviter que l'odeur ne mijote avec ce qui cuit ?

La tragédie des gens de Chinche avait donné froid dans le dos aux Yanacochains.

— Il faut commencer les préparatifs, s'inquiéta Agapito Roblès, craintif comme toujours.

— Il serait bon de faire venir une fanfare, conseilla Pille-Etables.

— Ça nous coûterait trois cents soles.

— Ça vaut la dépense !

Le 12 décembre, au matin, le délégué et soixante cavaliers descendirent à Yanahuanca. La place d'Armes ne se souvenait pas d'avoir jamais vu pareille cavalcade. L'ahurissement arracha les gardes à leur sieste. Le sergent Cabrera rajusta sa cartouchière et parcourut la place, sourcils froncés. Il n'osa rien faire d'autre. Hector Chacon, le Voleur de chevaux et Pille-Etables arrivèrent sur la place précédés par une rumeur de guêpes. Les hommes attendirent et se mirent à fumer, à boire et à bavarder. Le brouillard autorisa un rapide crépuscule. A sept heures du soir, deux phares clignotèrent dans les hauts virages de Chipipata.

— Les voilà ! cria le délégué.

Trente minutes plus tard un camion constellé de crotte faisait son entrée sur la place. Les premières mesures de la *Marche des drapeaux*, jouées par la fanfare, scandalisèrent toutes les oreilles. L'inspecteur se découvrit.

— Les autorités de Yanacocha souhaitent la bienvenue à l'illustre inspecteur ! dit le délégué, très digne.

Pille-Etables et le Voleur de chevaux s'affairèrent autour des bagages. Fanfare et tohu-bohu accompagnèrent l'inspecteur jusqu'à l'*Hôtel Mondial*. L'inspecteur s'avança, le cœur chaviré par l'altitude et les applaudissements.

— Je suis très fatigué, dit-il en s'approchant de la porte.

Le délégué l'arrêta :

— Non, pas par là, inspecteur !

— Comment ?

— Il faut monter par la cour.

L'*Hôtel Mondial* était un des édifices qui avaient bénéficié des talents de Siméon le Distrait. Seul et unique représentant de l'architecture dans toute la province, Siméon oubliait tout, les offenses aussi bien que les plans. En cours de construction, il égarait toujours une porte ou une fenêtre ou un corridor. Grâce à son génie, bon nombre de Yanahuanquains dormaient dans leur salle à manger et mangeaient au grenier. A l'*Hôtel Mondial*, c'était l'escalier qui s'était envolé de sa mémoire. Entre démolir l'hôtel ou ajouter un escalier en bois d'eucalyptus, les propriétaires avaient choisi l'alpinisme, solution qui présentait l'avantage de tenir les ivrognes à l'écart de la clientèle.

— Je vais me reposer, dit l'inspecteur, résigné.
— A quelle heure désirez-vous les chevaux ?
— A neuf heures.

Agapito Roblès, le délégué, s'inclina.

La *Marche des drapeaux* explosa une nouvelle fois et l'inspecteur grimpa sous un tonnerre d'ovations.

— Demain, tout le monde sur la place ! cria le délégué.
— Vous rappliquerez quand la cloche sonnera, ajouta Félicio de la Vega.

Les cavaliers s'égaillèrent dans l'obscurité. Le trot des chevaux s'évanouit au loin. Une heure plus tard, ils pataugeaient dans la boue de Yanacocha.

Le délégué bâilla :
— Nous nous verrons demain.
— Attends une seconde ! ordonna Chacon.
— Qu'est-ce qu'il y a ?

Le Nyctalope souleva un petit sac.
— Qu'est-ce que c'est ?
— Quarante-cinq balles de revolver !

Le délégué sursauta sur sa monture. Il se racla la gorge :

53

— Hector, j'ai fait un mauvais rêve !

Le Nyctalope s'amusait avec une araignée qui remontait le toit de Minaya.

— J'ai rêvé qu'il y avait des flics plein la pampa.

Le Nyctalope fit craquer les jointures de ses doigts.

— Hector, le docteur va peut-être céder.

— Le juge cédera le jour où les cochons auront des ailes !

Le délégué toussa :

— Nous les autorités, nous ne sommes pas d'accord avec toi sur cette mort que tu projettes, Hector. Tu n'as pas le droit de compromettre le village.

— Cela aussi tu l'as rêvé, hein ?

Le délégué baissa le nez :

— Personne n'a le droit d'agir sans autorisation.

Le revolver brûla dans la main du Nyctalope :

— Je me suis préparé pour quoi, alors ?

— Qu'as-tu donc perdu à te préparer ?

— Très bien ! cria le Nyctalope, en donnant de l'éperon à son cheval, qui partit d'un trait.

— Hector ! Hector !

Mais le Nyctalope galopait déjà dans la pampa sans fin. Ce fut seulement à l'aube qu'il eut pitié de son cheval et qu'il rentra. *Le Tigre* sortit se frotter contre ses jambes en remuant la queue. La voix de son fils le guida :

— Par ici, papa ! Par ici !

« Il croit que je suis soûl », pensa Chacon. Un enfant montra par l'embrasure de la porte sa tête ensommeillée.

— Allume une bougie, Fidel.

L'enfant lui embrassa la main et alluma un reste de bougie. Une lumière vacillante éclaboussa les murs à nu. Dans la pièce s'entassaient des sacs de pommes de terre, des fontes, des harnais, des outils et des caisses ; sa fille ronflait, paisiblement. Soudain, une vieille fatigue lui raidit les jambes. Il dégrafa son ceinturon et posa le revolver et le sac de munitions sur la table. Les balles s'égaillèrent.

Les yeux de Fidel fulgurèrent sur l'acier de l'arme.

« Demain je vais mourir, pensa le Nyctalope. La garde civile va me cribler comme une passoire, ils m'attacheront à un cheval et me traîneront derrière eux. Personne ne reconnaîtra mon visage. Ni ma femme, ni Juana, ni Fidel, ni Hippolyte ne pourront plus m'identifier. »

— Je vais bousiller Monténégro, dit le Nyctalope. Demain je vais en finir avec cet affameur. Si nous voulons garder nos terres, il faut qu'il crève !

L'enfant caressa le revolver comme il eût caressé le dos d'un chat.

— Il faut toutes ces balles pour tuer quelqu'un, papa ?

— Une seule balle suffit !

— Les gardes ne te tueront pas ?

— J'ai beaucoup de balles !

— Ils te tireront dessus ?

— Ils sont incapables de tuer un cerf, alors, comment veux-tu qu'ils puissent m'atteindre ? Allons, range ça, Fidel ! Il est tard, va au lit !

Les yeux du gamin flambaient.

— Liquide-les tous, papa ! Liquide tous les propriétaires ! Je vais t'aider. Pour qu'ils ne se doutent de rien, demain c'est moi qui porterai tes armes. Sous mon poncho !

Chacon plongea dans un sommeil vide de pensées. Ce furent les voix de Fidel et de Juana qui le réveillèrent.

— Dépêche-toi, sœurette ! criait le gamin dans la cuisine. C'est un grand jour : achète du pain et du fromage.

— Toi, mouche ta morve et tais-toi !

— Sais-tu ce que nous allons faire aujourd'hui ? Il brandit le revolver : — Aujourd'hui, nous allons tuer Monténégro !

— Donne-moi ça !

— Non, sœurette, ces trucs-là c'est pas pour les femmes ! Cesse de rouspéter et prépare un bon casse-croûte pour Hector.

Etendu sur sa peau de mouton, le Nyctalope écoutait la cloche égrener ses coups et les comptait. Il se leva, s'habilla et sortit dans la cour où il se passa la tête sous l'eau — sa tête désormais sans rancune. Sur la table recouverte d'une toile cirée aux fleurs et aux fruits craquelés attendaient un pichet de lait de chèvre, deux pains et un fromage. Fidel s'approcha et lui baisa la main. Il le gronda :

— Grand paresseux ! Tu viens de te lever !

— Je suis debout depuis quatre heures, protesta le gamin. J'ai préparé ton déjeuner. Hector, bois ton lait tranquillement ! Moi je vais à la fourrière te chercher un bon cheval.

Il partit, une corde à la main. Le Nyctalope mâcha sans hâte son pain trempé. Juana s'approcha en pleurnichant :

— Papa ? C'est vrai que vous allez tuer Monténégro ?

— Qui te l'a dit ?

— Fidel a un pistolet et un ceinturon avec des balles.

— Si nous voulons que nos bêtes aient leurs pâturages, ce crime, il faut que je le commette, dit doucement Chacon.

— Papa, ils vont nous rendre la vie impossible. La police va nous persécuter !

Les larmes sillonnaient ses petits yeux.

« De toute façon, je vais tuer Monténégro », pensa Chacon, qui gracia du même coup les condamnés. Ni Rémi le Bossu, ni Roque, ni Sacramento n'y laisseraient leur peau. Un seul coupable suffirait. « Je vais tuer sa gueule, je vais tuer son corps, je vais tuer ses mains, je vais tuer son ombre, je vais tuer sa voix. »

Un grand gaillard aux épaules carrées obstrua l'embrasure de la porte.

— Qu'est-ce qu'il y a, fiston ?

Rigoberto enleva son chapeau et lui baisa la main.

— La place est noire de monde. Ça fait un beau chahut, papa.

— C'est à cause de la confrontation.

— Les gens disent que tu vas tuer Monténégro. Toute la rue est sens dessus dessous.

— Comment ?

— Tu n'aurais pas dû parler, Hector.

— Peu d'entre nous étaient dans le secret, Rigoberto !

— Dans le secret ? Si tout le monde sait que vous vous êtes réunis à Quencash ! Et le village ne vit plus !

— Laisse-les donc jaser.
— Tu vas vraiment faire ça, papa ?
— Oui ! Et quoi qu'il arrive, j'irai jusqu'au bout !

Désespérément, Rigoberto essayait d'apprendre par cœur le visage de son père.

VIII

OU L'ON PARLE DES MYSTÉRIEUX TRAVAILLEURS ET DE LEURS NON MOINS MYSTÉRIEUSES ACTIVITÉS

Don Alfonso, je ne vous accuse pas. Nous vous avons élu délégué de Rancas parce que personne mieux que vous ne connaît les brebis. Vous savez les soigner. Du plus loin que vous les apercevez, vous pouvez dire si elles ont les vers ou une indigestion. Rancas caressait le grand projet de créer une bergerie avec des animaux capables d'améliorer la race. Les gens de Junin l'avaient déjà fait. Alors, pourquoi pas Rancas ? Il était bien connu que le sénateur, soucieux de sa réélection, accorderait des facilités aux villages qui montreraient des aptitudes pour l'élevage des animaux de qualité. C'est ce que voulait Rancas : qu'on lui en donne l'occasion. En nous secouant un peu, dans quelques années, pour le Carnaval, nous aurions réparti des brebis croisées avec les béliers sélectionnés par le Service vétérinaire. Pour diriger la bergerie nous vous avions choisi, don Alfonso. Je ne vous accuse pas. Je n'aurais jamais permis qu'on jette comme on l'a fait des pierres sur votre maison. Je comprends votre bonne foi. Vous avez cru que les équipes emprisonnaient la colline pour essayer le fil de fer. Qui aurait pu imaginer, qui aurait pu soupçonner autre chose ? Je ne vous accuse pas, don Alfonso. La vérité est que seul don Théodore Santiago a su deviner leur véritable intention, mais comment croire un homme dont les lèvres se plaisent à annoncer perpétuellement des malheurs qui n'arrivent jamais ? Ce qui est certain c'est qu'après avoir entouré le Huiska la Clôture s'est précipitée sur les premières pentes du Huancacala. Mais je m'explique encore votre tranquillité, don Alfonso. Quand on redescend le mont Huancacala, on se heurte au courant infranchissable du Yuracancha. Je comprends donc que vous ayez dit : « Les eaux du Yuracancha sont trop tumultueuses. La Clôture n'ira pas plus loin ! »

Vous avez dit cela à neuf heures du matin. A dix heures, vous êtes allé à la mairie présenter une réclamation. Une histoire plutôt rigolote, quelque chose qu'on ne devrait peut-être pas rappeler en des instants aussi graves. A l'état civil de Rancas, l'un de vos fils était inscrit comme étant du sexe féminin. Vous veniez donc réclamer. Le secrétaire de mairie a voulu à tout prix avoir des preuves. Il a fallu que vous alliez à l'école et que vous demandiez l'autorisation d'emmener votre fils. Après cela, le malheureux a dû se mettre à faire pipi sous les yeux de l'état civil pour que celui-ci demeure convaincu qu'il n'était pas Josefa mais bien José del Carmen.

Quand vous êtes rentré ici, à onze heures, les bras vous en sont tombés : la Clôture avait sauté le Yuracancha !

Ce soir-là, un soir plein d'hypocrisie, nous nous sommes rendus à l'évidence. Pour la première fois, les barbelés barraient la route aux paysans. Pour rentrer à Rancas, les bêtes ont dû faire un détour de plus d'une lieue. Rancas a commencé à murmurer. Cette clôture, qu'est-ce que ça voulait dire ? Quelle intention cachait-elle ? Qui ordonnait cette délimitation ? A qui appartenaient ces barbelés ? Et où se tenait leur propriétaire ? Une ombre qui n'était pas celle de la nuit a bruni les visages des menacés. La pampa appartient à ceux qui la parcourent. Dans la pampa on n'a jamais vu de clôtures ni rien du même genre ! Cette nuit-là, don Alfonso, nous sommes restés très tard à discuter. Jusqu'à l'épuisement ! Vous, vous n'avez rien dit. Vous aviez déjà votre idée derrière la tête : demander une explication aux ouvriers. Ce que vous avez fait : le lendemain vous vous êtes levé tôt et vous avez passé votre habit noir. Pour trouver le museau de la Clôture, vous avez dû marcher durant quinze kilomètres. Votre chapeau à la main, vous vous êtes avancé. Des hommes avec des fusils vous ont empêché d'aller plus loin :

— On ne passe pas !

— Messieurs, je suis le délégué officiel de Rancas. A qui ai-je l'honneur de parler ?

— On ne passe pas !

— Je me permets de vous dire, messieurs, que vous êtes sur les terres de la communauté de Rancas. Nous voudrions...

— On n'a pas le droit de parler ! Foutez le camp !

Devant une interdiction aussi brutale, un doute nous est venu. Ces ouvriers-là purgeaient une peine ! Le même soir les vieux se sont souvenus qu'au temps du président Augusto B. Leguia le Gouvernement avait envoyé des prisonniers politiques construire le chemin de fer de Tambo del Sol. Lima caressait l'idée d'un chemin de fer qui irait jusqu'à la forêt. Le chemin de fer commencerait dans la pampa. C'était une merveilleuse initiative. Au lieu de fainéanter et d'apprendre le vice dans les prisons, les détenus politiques aligneraient des rails. On les avait transportés ici par centaines. Ils ne manquaient pas de courage, mais ce fut l'air qui leur manqua ! Les gens de la côte étouffent sur les sommets. Nous-mêmes nous reconnaissons qu'à cinq mille mètres d'altitude il est pénible de remuer la bêche. Bref, ils mouraient comme des mouches. Ce fut la grande difficulté : tous y laissèrent leur peau. Les vieux ne mentent pas ; ici et là, parmi les traverses abandonnées, on voit encore des squelettes qui blanchissent. Aussi, quand don Mateo Gallo a dit que les ouvriers étaient des prisonniers politiques, nous nous sommes calmés. Les prisons regorgent de rebelles et la garde civile ne manque pas de main-d'œuvre. La señora Tufina nous a complètement rassurés :

— Dimanche, je poserai la question à mon neveu, quand j'irai à la prison.

— Oui ! Oui ! Posez donc la question au Ventru.

— Il doit savoir de quelle prison dépendent les condamnés.

La señora Tufina ne cachait pas son orgueil. On avait oublié les exploits du Ventru : coucher avec les femmes mariées et soulager de leurs troupeaux les endormis. Ce Ventru de malheur était devenu l'élixir du village !

Mais Abdon Médrano nous a jeté une cruche d'eau froide en pleine figure :

— Moi je ne crois pas que ces types-là sont des prisonniers !

— Comment ça ? a crié don Mateo, agressif.

— Les prisonniers sont toujours surveillés par les gendarmes. Or ici on n'en voit pas !

Oubliant que don Abdon Médrano, qui a été notre délégué, est un homme de bon sens, nous nous sommes abandonnés à la colère. Nous voulions croire à tout prix que la Clôture n'était qu'un mauvais cauchemar. Pourtant, tandis que nous discutions, la Clôture avançait. Déjà Cécilio Condor, un homme capable de discerner une viscache blottie au plus profond du Bois de Pierre, ne pouvait plus la suivre des yeux !

L'affaire se passait samedi dernier. Dimanche, doña Tufina a mis des biscuits et des fromages dans un panier et elle est allée à Cerro de Pasco voir le Ventru. A six heures, elle est revenue préoccupée :

— Le Ventru dit qu'aucun détenu n'est sorti de la prison pour travailler !

— Il s'agit peut-être de prisonniers de Huanuco, a hasardé, sans conviction, don Mateo.

Personne ne lui a répondu. Même du haut des coteaux, on n'apercevait plus la queue de la Clôture. Elle rampait, rampait ; elle avançait sans fin. Collines, pâturages, sources, grottes, lagunes, elle engloutissait tout. Lundi, à quatre heures, elle a dévoré le mont Chuco. La pampa est restée scindée en deux. La Clôture a coupé la plaine. Des villages qui étaient avant à une heure de route de Rancas en sont maintenant à cinq heures. Ainsi, pour atteindre Huayllay, il faut désormais une journée. Les commerçants d'Ondorès, qui venaient tous les dimanches à la fête, sont repartis furieux : « Ces connards de Rancas se fichent de nous ! », ont-ils dit, dans leur colère. C'est faux :

nous-mêmes ne pouvons plus aller puiser de l'eau aux sources et s'en procurer devient tout un problème.

Non, personne ne se moque plus de la Clôture ! La peur disperse les corbeaux. Pourtant, les gens gardaient encore une petite lueur d'espoir : au-delà du Chuco il n'y a plus que l'Etang de la Mouette, une lagune croupie fréquentée par les mauvais génies et, plus loin encore, des eaux complètement polluées par les scories. S'y égarer c'est chercher l'entrée de l'Enfer.

Or, mardi, à midi, la Clôture a entouré l'Etang de la Mouette. Ensuite, elle s'est perdue à l'horizon.

IX

OU L'ON RACONTE LES AVENTURES ET MÉSAVENTURES D'UNE BALLE DE CHIFFON

Chaque semaine un galop de chevaux traverse les rues de Yanahuanca : les contremaîtres de l'hacienda Huarautambo viennent escorter le docteur Monténégro. Un homme maigre, au sourire pourri et aux yeux vrillés dans des pommettes méfiantes, s'amuse à écraser les chiens : c'est l'Indien Ildefonso. Ce serait un miracle que sur le seuil de la grande maison rose aux portes bleues et aux balcons rouges le gros Ermigio Arutingo n'attende pas en montrant ses dents prématurément vieillies par la nicotine. L'Indien Ildefonso, imperméable à la délicatesse, s'approche pour fumer sa petite cigarette tandis que dans la salle à manger le juge Monténégro, son chapeau jusqu'aux sourcils, achève son assiette de testicules de mouton aux oignons en buvant une tasse morose de café au lait.

A neuf heures du matin, la cour pavée cisèle la silhouette du docteur Monténégro. Vingt cavaliers se découvrent et saluent de concert l'habit noir. Un chapeau de paille, si fin qu'on pourrait le rouler dans une boîte d'allumettes, le protège du soleil. Le gros Arutingo se traîne jusqu'à lui avec ses éternelles gaudrioles. L'Indien Ildefonso harnache un magnifique pur-sang marron : *Triomphant*. C'est le chouchou du docteur, le seul cheval de la province à brouter où bon lui semble. Personne ne se risque à demander réparation pour les dégâts qu'il cause. Le 28 juillet dernier, jour de la fête nationale, *Triomphant* a participé à une course.

Le maire, don Héron de los Rios, était revenu d'un voyage à Huanuco avec l'idée fixe d'organiser une course de chevaux à Yanahuanca. Son initiative avait bouleversé la ville. Enthousiasmés par un concours qui allait attirer les foules, les commerçants offrirent une coupe en argent. La municipalité au grand complet vota un prix de mille soles et décida que le vainqueur recevrait en plus la totalité du montant des inscriptions : cinquante soles par cheval. Une somme énorme ! Le 1er juillet, le secrétaire de mairie colla les avis aux quatre coins de la place. Et l'on ne parla plus d'autre chose. Le pays ne manquait pas de fringants trotteurs. Le jour même où l'arrêté fut publié Apolonio Guzman fit inscrire *Crétin Volant*, un albinos qui n'avait d'idiot que le nom. Ponciano Mayta grappilla lui aussi cinquante soles pour l'inscription : son *Etoile-qui-brille* n'était pas un cheval qu'il avait acheté mais élevé lui-même dès sa naissance, et avec quelle adresse et avec quel amour ! Pedro Andrade caracola jusqu'à la porte de la mairie, monté sur *la Grive*, un insolent pur-sang avec une tache blanche au milieu du front. A peine sorti, il se heurta aux éperons ronflants d'un centaure légendaire : Mélécio Cuellar, propriétaire de *Courtequeue*, un pégase qui avait pour voler l'avantage d'être totalement dépourvu de ce crineux accessoire. Toute cette fleur de la cavalerie n'effaroucha pas Thomas Curi, lequel faisait confiance à son balzan *l'Eclair*, échangé contre un taureau et la coquette somme de quinze cents soles. Ces cavaliers poseurs mirent Yanahuanca sens dessus dessous. Les commères elles-mêmes, qui font tourner la roue du monde avec la force motrice de leurs langues, en oublièrent les amours coupables pour se livrer aux pronostics.

On ne sait pas si l'idée jaillit de la pauvre cervelle d'Arutingo ou si le cœur du docteur Monténégro se réveilla sous le noble stimulant de la compétition. Un matin, un billet bleu du docteur pétrifia le secrétaire de mairie : *Triomphant* prendrait le départ. Quand les concurrents apprirent qu'ils allaient disputer la course avec un cheval perfidement nommé *Triomphant*, ils voulurent se retirer. Un soir de cuite, Amador Cayetano commit l'imprudence de regretter ses cinquante soles. César Moralès osa davantage : il alla à la mairie réclamer son argent. « Quel argent ? rugit don Héron de los Rios, cramoisi. Tu es venu te foutre de moi ? » Moralès insista : « Je ne crois pas que le docteur Monténégro permette à un autre cheval de gagner ! » Don Héron s'étranglait : « Comment ? Tu veux outrager le juge en public ? T'en as sans doute marre de ta liberté ? Mais l'esprit sportif, hein ? qu'est-ce que tu en fais ? Nom de Dieu ! Le premier qui se retire, je l'envoie moisir à l'ombre ! » Ce rappel opportun de l'esprit olympique retint seul les inscrits.

Le 28 juillet, une diane patriotique, don de la garde civile, réveilla Yanahuanca. Huit gardes présentèrent les armes devant le drapeau. Oubliant que le père Lovaton célébrait ce matin-là une messe à la mémoire du général San Martin, les curieux grouillaient sur l'hippodrome improvisé. Trois jours plus tôt, ces messieurs de la garde civile, désireux d'exalter l'anniversaire de la Patrie, avaient envoyé les prisonniers dresser une estrade ornée de rubans aux deux couleurs offerts par les maîtresses d'école. A onze heures, le sous-préfet Valério, le maire, le directeur de l'école, le sous-lieutenant responsable de la place, le chef de la Caisse des dépôts et consignations et les professeurs prirent place sur les chaises de paille disposées autour du fauteuil d'honneur réservé au docteur Monténégro. Rayonnant, dans sa chemise de flanelle neuve, le gros Arutingo acceptait tous les paris en jurant que *Triomphant* allait pulvériser le ruban bicolore.

Les resquilleurs envahirent le terrain mais le sergent Cabrera les fit déguerpir. A midi, don Héron de los Rios, qui transpirait dans son costume de laine bleue, se leva et gagna l'extrémité de la piste où les dix-neuf centaures étaient alignés. Mais don Héron ne voulut pas assombrir un jour aussi radieux et il prit le taureau, ou plus exactement le cheval, par les cornes :

— Messieurs (le qualificatif constituait une manœuvre diplomatique des plus habiles à l'égard de ces culs-terreux peu habitués à recevoir autant de considération de la part des autorités). Messieurs, la compétition à laquelle nous allons assister n'est pas destinée à satisfaire la vanité de qui que ce soit. Par ce concours nous entendons célébrer l'anniversaire sacré de la Patrie.

Les cavaliers se découvrirent. Sous les coups de corne du soleil, le maire se gratta la tête.

— Peu importe le gagnant, soupira don Héron, qui ajouta, en balayant des yeux les participants : Et d'ailleurs, il serait peut-être mieux pour tous que le docteur voie son caprice satisfait !

— Quelle mouche m'a piqué le jour où je me suis inscrit ? marmonna Alfonso Jiménez en extirpant une morve de son nez. De toute évidence, c'était là pécher contre le respect dû au maire, mais loin de flétrir l'insolence, don Héron réussit à philosopher :

— Le tribunal, messieurs, c'est la maison du savonnier : celui qui ne tombe pas y glisse. Nul n'est à l'abri d'une accusation, nul n'a le droit de se vanter en affirmant : « Moi, je ne boirai pas de cette eau-là. »

Et il finit sur ce paradoxe :

— Messieurs, c'est en perdant que vous gagnerez !

Consolés, les cavaliers s'alignèrent. Toute la province avait les yeux fixés sur eux. De son fauteuil d'honneur, le docteur Monténégro auscultait le départ avec une longue-vue, attraction aussi remarquée que le départ lui-même. Le maire annonça :

— Mesdames et messieurs, la municipalité de Yanahuanca a voulu s'associer à la joie patriotique de notre fête nationale par une épreuve sans précédent. Nos meilleurs cavaliers vont se disputer une coupe offerte par les commerçants. Que Dieu les accompagne et que le meilleur gagne !

Les applaudissements fusèrent. Le brigadier Minchès tira en l'air le coup de pistolet réglementaire. Les chevaux s'entremêlèrent en un tournemain. Alors, soit parce que les paroles opportunes du maire avaient attiédi les esprits, soit parce qu'il était le meilleur, en effet, *Triomphant* prit la tête. Grâce à ses lunettes prodigieuses, l'habit noir suivait la course, sourire aux lèvres. Hélas ! L'homme propose et le cheval dispose ! Insensible aux arguments judicieux de don Héron, *Colibri*, le zain de César Moralès, dépassa *Triomphant*. Moralès jura plus tard qu'il avait fait tout son possible pour éviter une telle catastrophe : il s'était assis sur la selle, il avait serré les mollets, il avait tiré, tiré sur la rêne droite, il avait scié la bouche de *Colibri* avec son mors. En vain ! Quand la maudite bête s'était arrêtée, c'était de l'autre côté de la ligne de la victoire !

Le docteur Monténégro, chargé de remettre au vainqueur la coupe offerte par les très honorables commerçants, connut l'humiliation d'assister à la déconfiture d'un cheval ironiquement baptisé *Triomphant*. Il décocha au maire un regard noir dont celui-ci mesura aussitôt les conséquences. Don Héron se leva et s'achemina en zigzaguant vers le méli-mélo des cavaliers. Ce que César Moralès et don Héron se dirent, on ne l'a jamais su. Le maire regagna la tribune. Arutingo, l'air écœuré, se résignait à payer les paris perdus.

— Messieurs, annonça don Héron qui suait à grosses gouttes, les cavaliers accusent Moralès de fautes très graves. Moralès a gêné les concurrents durant la course. Le respect dû à notre fête patriotique nous interdit d'admettre de telles incorrections.

Les notables sourirent, soulagés. Pouvait-on fermer les yeux sur une pareille faute le jour anniversaire de la Patrie ? Une minute plus tard, la Commission annulait la victoire de *Colibri* et par la bouche de don Héron de los Rios annonçait que la première place revenait à *Triomphant*. Las ! un autre problème faillit mettre dans l'embarras les organisateurs :

de toute évidence, le docteur Monténégro, chargé de remettre la coupe, ne pouvait la recevoir de ses propres mains. Mais don Héron était dans ses jours d'heureuse inspiration : il supplia Mme Josette Monténégro de daigner récompenser, au nom de la distinguée collectivité de Yanahuanca, l'heureux vainqueur. Rouge d'émotion, la richissime propriétaire remit la coupe et les mille neuf cent cinquante soles au docteur. Les mains recommencèrent à crépiter.

Les gamins qui découvrent *Triomphant* en train de caracoler se débandent à travers les rues et ameutent les gens : « Le docteur ! Les voilà ! Les voilà ! » *Triomphant*, sellé et harnaché — des harnais qui glissent autour de deux lettres d'argent, *F* et *M* —, mâche avec impatience son mors précieux. Ragaillardi par une deuxième tasse de café au lait, l'habit noir franchit une haie de coups de chapeaux et traverse la cour. Arutingo s'approche pour lui raconter ce qui est arrivé quand la *Culotte de Fer* a inscrit sa fille chez les bonnes sœurs. L'Indien Ildefonso attrape les rênes et le docteur monte en selle. Déjà les rues où ils vont chevaucher se vident. Seuls les commerçants, dans l'incapacité d'abandonner leurs boutiques, se montrent sur les portes pour saluer le Premier Habitant de la ville. L'habit noir descend la venelle Huallaga, une ruelle où se dissimulent le restaurant *El Chinito* et une fontaine. Cinquante mètres plus bas, la ruelle débouche sur le pont. Vingt cavaliers suivent les cabrioles de *Triomphant,* qui trotte au milieu des saluts des petits boutiquiers. La statue équestre, toute à la joie de contempler les prouesses de son cheval, ne répond pas à leurs courbettes. La caravane traverse le pont et prend le chemin de l'hacienda Huarautambo. On passe Racre. Durant une heure les cavaliers, surexcités par les esclandres de la *Défonce-plumards* le jour où elle a découvert une petite tortue dans son lit, longent l'Huallaga, une rivière près de sa source. Une lieue plus loin apparaît la dure montée de Huarautambo : une côte pierreuse, toute en lacet et longue elle aussi d'une lieue. Par bonheur, les chevaux connaissent cette route barbare. Encore sous l'effroi de ce jour où la *Cul de Bronze* a demandé à la *Défonce-plumards* combien de feuilles a le trèfle (innocente question qui avait entraîné la sortie, baïonnette au canon, du régiment cantonné à Huancayo), on aperçoit enfin les rochers où l'âpre montée s'apprivoise en plaine splendide. Habitués à la sévérité de la pierre, les yeux se scandalisent de la légèreté de la rivière qui descend du sommet par sept gradins d'écume, brûlée par de vives flambées de genêts. Trompé par une pierre que la bruine a détrempée, juste au moment où il dépassait la troisième chute, *Triomphant* a glissé et s'est rattrapé. Sans accorder un seul regard au valeureux effort des cataractes, le docteur a continué droit devant lui. Au bout d'un kilomètre, ils ont aperçu les saules de l'hacienda. Et déjà c'est le pont, fermé par un portail colonial de bois sculpté auquel des artistes modernes ont seulement osé ajouter cet *F* et cet *M* que le bourrelier a eu aussi l'honneur de graver sur les harnais. Le docteur Monténégro s'est arrêté à cinq mètres du portail. Le magistrat a porté la main à sa poche et en a retiré une lente, une énorme clef. Le pont est le seul accès au domaine. Si l'on excepte les fourmis et les lézards, personne ne le franchit sans un laissez-passer honoré de la signature et du sceau du docteur. Il y a des années, l'habit noir a fait le voyage de Lima pour déposer trois cent mille soles dans une banque. Dans la précipitation finale — il devait emporter gâteaux et fromages pour la famille —, il oublia de laisser la clef du pont. Le docteur Monténégro envisageait de passer une semaine à Lima mais les jeux de hanches d'une donzelle qui émoustillait tout le quartier de Cinco Esquinas le retinrent là-bas tout l'été. Les gens de l'hacienda durent attendre les dédains et les camouflets de la brune enfant pour sortir de leur claustration. Trois mois durant, le maître de Huarautambo était resté à se ronger les ongles. « Le règlement c'est le règlement ! », proclamait l'Indien Ildefonso. Personne ne traverse le pont sans permission, pas même — et lui, moins que personne ! — le maître de l'autre rive, celui des mauvaises terres de l'hacienda, don Sébastien Barda, le frère de Josette Monténégro. Quand don Sébastien se soûle, il ne cache pas que, de l'héritage de son père, il n'a reçu que peau de balle ! « Tout ça, parce que je suis trop con ! », gronde-t-il, de sa voix éthylique. Et c'est la vérité. A la mort de don Alexandre Barda, dame Josette avait proposé : « Frérot, nous allons profiter à tour de rôle des revenus de la propriété. Toi, un an, et moi, l'autre. » Don Sébastien, qui venait de toucher une gentille quantité de galette, accepta le pacte et passa l'année dans les bordels de Huanuco. Ce n'était pas une mauvaise idée. Huanuco est une terre chaude et certaines de ses femmes seraient capables de faire jouir les pierres elles-mêmes. Vidé par trois cents jours de nouba, don Sébastien acheta un cheval digne d'être coulé dans le bronze et revint à Huarautambo : il y trouva le pont barricadé. Il trépigna, réclama, insulta, geignit. De ses insolences il retira seulement que le docteur Monténégro, nouveau « propriétaire » de Huarautambo, lui interdisait l'accès des sources. « S'il veut de l'eau, déclara l'heureux nouveau marié, qu'il en cherche dans la montagne. »

Sans accorder un regard au rancho désolé où Sébastien ruminait sa rancœur, le docteur traversa le pont et s'avança entre des murs hérissés de cactus. *Triomphant* pataugea dans le chemin et le malheur voulut que Juan Chacon, le Sourd, occupé à jouer avec une balle de chiffon, n'entendît pas le tonnerre de la chevauchée. Un jour où, sur l'ordre du docteur, il dynamitait des roches, il avait perdu l'usage de ses oreilles. Le dos tourné au chemin où caracolait le propriétaire de la terre sur laquelle il se permettait les délices du jeu, le Sourd n'avait pas entendu s'approcher le bruit des fers. Il bondit mais ne put rattraper la balle. Guidée par la main du diable, elle vola jusqu'à la face du docteur. *Triomphant* s'arrêta net. Le docteur douta de l'insulte que ses sens lui communiquaient ; mais l'étonnement, proche parent de la connaissance, céda la place à la colère, cousine germaine de la violence. Le Sourd se retourna ; un rire stupide barrait son visage : mais le monument à la rage semblait murer le monde.

— Qu'est-ce que c'est que ce fouille-merde ? brailla le docteur.

— Un de vos péons, bredouilla l'Indien Ildefonso.

— Suivez-moi, crétins ! fulmina le docteur, qui reprenait déjà le galop. Le soleil dardait. *Triomphant* écumait quand il s'arrêta devant les terres de Moyopampa. Du tourbillon de ses sabots le Sourd émergea, couleur de pré, en même temps qu'Ildefonso, couleur de crotte.

— Pour que ce pouilleux apprenne à se servir de ses dix doigts, il va enclore ce terrain ! hurla le docteur Monténégro, en lui zébrant le visage d'un coup de cravache. Il se tourna — peu, très peu — vers Ildefonso qui grelottait : — Aujourd'hui même tu vas cadenasser la maison de cet imbécile. (Et un second coup de cravache accompagna ses mots.) Tant que le mur ne sera pas terminé, ces peigne-culs dormiront à la belle étoile. Et si quelqu'un s'avise de les aider, préviens-moi !

Accablé par un malheur plus grand que sa surdité, Juan prononça la seule phrase possible :

— Merci, docteur.

L'Indien Ildefonso, qui faisait payer comptant les humiliations, sortit à grands coups de pied la famille du Sourd et ferma la cabane avec un cadenas. Les peaux sur lesquelles ils dormaient, une marmite, un seau et un sac de pommes de terre furent tout ce que la famille réussit à sauver pour affronter les intempéries. Clôturer un terrain de trois cents mètres de côté n'est pas un petit châtiment mais, si démesurée que fût la sentence, le Sourd avait eu raison d'exprimer sa reconnaissance : il avait eu la chance que dans sa colère le docteur s'abandonne à son seul jugement. Que se serait-il passé si le gros Arutingo — occupé à raconter ce qui était arrivé le jour où la *Cul Electrique* avait rencontré un muet au milieu du pont — avait allié sa furie à celle du docteur ? En plus du mur à construire, il aurait dû se livrer à une autre plaisanterie : courir toute la nuit autour de l'hacienda, danser jusqu'à l'évanouissement ou avaler, comme le regretté Odonicio Castro, un sac de pommes de terre.

Le Sourd entreprit de bâtir le mur. Il fallait transporter les pierres depuis la rivière. Cinq jours plus tard, son fils — son vainqueur au jeu de ballon — se risqua à manquer l'école pour l'aider. L'instituteur, déconcerté, hésita entre la colère et la pitié. « C'est dur de construire un mur tout seul », avait dit l'enfant, d'un ton dans lequel on reconnaissait déjà la voix d'un homme. Le maître avait baissé la tête : « Bon. Je te ferai réciter tes leçons. » Ils charriaient des pierres, ils gâchaient le mortier, ils plantaient des touffes d'argile ; quand ils s'arrêtaient, au crépuscule, ils avaient tout juste la force d'aller s'étendre sur leurs peaux de mouton arrimées à la maigre chaleur des rochers.

Cela paraissait impossible mais, soixante jours après ce midi où le malheur avait fait de l'œil au Sourd, l'un des côtés de Moyopampa était clôturé. Cent quatre-vingt-treize jours plus tard — cent quatre-vingt-treize matins, cent quatre-vingt-treize midis, cent quatre-vingt-treize après-midi, cent quatre-vingt-treize crépuscules, cent quatre-vingt-treize nuits plus tard —, un squelette demanda la permission de montrer son œuvre.

— Fasse le ciel que le docteur ne trouve pas de défauts ! grogna Ildefonso.

L'habit noir jaillit de l'hacienda et inspecta le mur en mordillant une pêche.

— C'est bien, accorda-t-il. Rends-leur la maison. Et offre-lui une bouteille d'eau-de-vie.

Gagné par la gratitude, le Sourd répéta l'unique phrase prononcée depuis cent quatre-vingt-treize jours :

— Merci, patron !

Le soleil d'un crépuscule prématuré épuisait l'herbe. Le péon enleva son chapeau. Enterrés sous la croûte de boue du ruban, brûlaient les derniers restes d'une plume de caille. Le jour où le Sourd avait appris à son fils à pêcher les truites à la main, l'enfant avait glissé la plume sous le ruban du chapeau. Un vent frisquet souffla ; le gamin regarda les yeux nuageux de son père, puis un lézard qui prenait le soleil, fier de sa nouvelle queue, puis le cavalier dédaigneux qui se perdait dans les défilés du soir naissant.

Ce fut la première fois — il avait alors neuf ans — que la main d'Hector Chacon, le Nyctalope, sentit le désir de serrer la gorge du docteur Monténégro.

Les années passèrent. Ayant purgé sa deuxième condamnation, un homme maigre aux yeux sautillants sortit de la prison de Huanuco, grimpa dans un camion et revint à Yanahuanca. L'hiver s'acharnait sur les dernières feuilles. L'homme, qui allait vêtu d'un pantalon taché et d'une chemise légère, s'engagea d'un pas lent sur la place d'Armes. Arrivé à l'un des coins, il posa sa valise de carton vert, s'accroupit et sortit de sa poche un paquet de cigarettes. A l'angle opposé, apparut le docteur Monténégro. C'était l'heure de sa promenade. La place d'Armes de Yanahuanca est un quadrilatère irrégulier. Le côté nord a cinquante-deux pas ; le côté sud en a cinquante-cinq ; le côté est, soixante-quinze et le côté ouest, soixante-quatorze : un périmètre de deux cent cinquante-six pas que le docteur arpentait tous les soirs à six heures, et à vingt reprises. L'homme à la valise alluma une cigarette. Le docteur Monténégro, myope dès qu'il croise les péons, poursuivit sa promenade. Alors Hector Chacon, le Nyctalope, se mit à rire et son rire édifia une sorte de cri, un signal de ralliement pour des animaux conjurés, un secret appris auprès des hiboux, une écume bousculée par des détonations sèches comme les coups de feu de la garde civile et qui retomba flagellée par les spasmes d'une effrayante allégresse. Les gens sortirent sur les portes. Les gardes civils du poste chargèrent leurs fusils. Enfants et chiens cessèrent de se poursuivre. Les vieilles, elles, firent le signe de croix.

X

OU L'ON PARLE DU LIEU ET DE L'HEURE OU LE SERPENT DE BARBELÉS APPARUT A YANACANCHA

Moi, je ne connaissais pas encore la Clôture.
Comme l'élevage, dans mon cas, ne nourrit pas son homme, j'ai installé une buvette aux environs de Yanacancha, à trente kilomètres de Rancas. Le sergent Cabrera, qui a laissé pas mal d'ennemis ici quand il était flic, dit que Yanacancha n'a même pas une place publique. C'est la vérité. J'ai ramassé des planches inutilisables et j'ai construit une cabane. J'ai récupéré une table, une toile cirée à fleurs et des bancs, et pour ne pas attrister la clientèle j'ai peint un écriteau : ICI ON EST MIEUX QU'EN FACE. « En face », c'est au cimetière ! Les mineurs aiment bien ma façon de préparer le café. Pourquoi Yanacancha aurait-il besoin d'une place ? Ses bicoques s'éparpillent à la grâce de Dieu dans la descente de Huariaca. Hiver comme été, les chrétiens y vont et viennent, les mains dans les poches et le visage emmitouflé dans leur cache-nez. Seul le soleil de midi répand sa petite chaleur. Les chiens attendent son feu avec anxiété et le poursuivent jusqu'à ce qu'il s'égare dans la steppe. Et le soir tombe d'un seul coup. Alors le vent sort des grottes et lèche avec rancœur la terre pelée.

Yanacancha commence là où finit Cerro de Pasco, c'est-à-dire au cimetière. Les voyageurs s'étonnent de ce cimetière, beaucoup trop vaste pour la ville. L'explication est simple : avant l'arrivée du rouquin barbu, Cerro de Pasco a compté jusqu'à douze vice-consuls. Des prospecteurs de toutes les races escaladaient ces montagnes pour y chercher les mines fabuleuses. Ils venaient faire fortune et ils y ont laissé leurs os. Ils gaspillaient leur jeunesse à vagabonder à travers les cordillères. Un jour la fièvre les a surpris et entre deux délires ils ont supplié qu'avec leur or on leur achète au moins une bonne tombe. Et ils sont là, enfouis dans leurs catafalques, à pester contre la neige !

Contre l'un des murs du cimetière, un jeudi, la nuit a accouché de la Clôture.

Je me suis tourné et j'ai fait le signe de croix. Des ouvriers en blouson la regardaient en train de zigzaguer ; sous mes yeux, elle a entouré le cimetière puis elle est descendue jusqu'à la route. C'est l'heure où les camions arrivent tout essoufflés, heureux de gagner des terres boisées. Au bord de la route, la Clôture s'est arrêtée et elle est restée là une bonne heure à méditer avant de se scinder en deux. Le chemin de Huanuco a commencé à courir entre deux rangs de fil de fer. La Clôture a rampé encore sur trois kilomètres avant d'obliquer vers les terres noires de Cafépampa. « Il y a du louche là-dessous », que je me suis dit. Sans m'occuper de la grêle qui tombait, j'ai couru prévenir don Marcellin Gora. Mais don Marcellin n'était pas d'humeur à s'intéresser aux nouvelles ce jour-là. Le matin, les voleurs de bestiaux

— ces ordures ! — lui avaient enlevé deux taureaux. C'était la troisième fois en un an, vraiment les voleurs le chouchoutaient. Assis à la porte de sa cabane, regard au sol, don Marcellin mijotait le supplice qu'il leur réservait quand il les coincerait. J'avais jeté sur ma tête un sac de jute pour me protéger de la pluie.

— Ecoutez-moi, don Marcellin ! Sur la route de Huanuco il y a maintenant une étrange clôture...

— Si je cueille un de ces salauds, je lui coupe les couilles !

— Don Marcellin, la route s'avance entre deux fils de fer et c'est suspect.

— Quelqu'un m'en veut, Fortuné. On a tracé des croix de cendre sur ma porte.

— A Yanahuanca je connais un sorcier qui déterre tous les vols dans ses rêves. Il est vrai qu'il s'appelle lui-même Pille-Etables ! Mais cette clôture, don Marcellin ? Ne pensez-vous pas qu'il serait bon de sonner la cloche et de nous réunir ?

— Bah ! ce sont des ingénieurs, Fortuné.

— Depuis quand les chemins sont-ils barricadés ? Une clôture c'est une clôture ; et derrière une clôture, il y a toujours un propriétaire, don Marcellin !

Don Gora comptait avec rage les gouttes de pluie.

Je suis revenu à la buvette. Ma gorge avait besoin d'un verre d'eau-de-vie. La neige ne tombait presque plus. J'ai grimpé la côte et je suis resté muet de stupeur : la Clôture dévorait Cafépampa. C'est ainsi qu'est née cette saloperie, un jour de pluie, à sept heures du matin. A six heures du soir, elle avait déjà grandi de cinq kilomètres. Elle a passé la nuit à la source de la Trinité. Le lendemain elle a couru jusqu'à Piscapuquio, où elle a fêté ses dix kilomètres. Vous connaissez les cinq sources de Piscapuquio ? Pour celui qui arrive, y boire est un régal. Pour celui qui s'en va, c'est un délicieux souvenir. Maintenant personne ne peut plus s'offrir le plaisir d'aller aux sources. Le troisième jour, la Clôture a encore vieilli de cinq kilomètres. Le quatrième, elle a traversé les lavoirs, ces squelettes de pierre bâtis par les anciens et où les Espagnols lavaient leur or. Je ne vous conseille pas de traverser ces déserts quand il fait nuit : un décapité y mendie en tenant sa tête dans sa main. C'est pourtant là que la Clôture a passé sa quatrième nuit. A l'aube, elle s'est faufilée vers le cañon par où se sauve la route de Huanuco. Deux monts infranchissables surveillent le défilé : le Pucamina, d'un rouge de cuivre, et le Yantacaca, tout en deuil. Même les oiseaux ne peuvent y accéder.

Eh bien ! le cinquième jour, la Clôture a fait plus fort que les oiseaux !

XI

SUR LES AMIS ET LES COPAINS
QUE RENCONTRA HECTOR CHACON,
LE RÉPROUVÉ, A SA SORTIE DE LA PRISON
DE HUANUCO

Si, par maladresse, un des commis voyageurs qui descendent chaque mois à Yanahuanca offrir ces échantillons de tissus à fleurs dont les coloris donnent tant de maux de tête aux hommes qui poussent le courage jusqu'à dormir avec deux femmes, oui, si l'un d'eux demande comme ça, sans en avoir l'air, des nouvelles d'Hector Chacon, les clients de l'*Hôtel Mondial* s'acharnent sur leur ragoût graisseux ; et si le représentant des maisons de gros, qui cherche visiblement à chasser la clientèle, insiste, les pensionnaires perdent l'appétit et s'éloignent. Mais si, porté par sa curiosité funeste, cet explorateur hypothétique monte au hameau de Yanacocha, accroché mille mètres plus haut à une corniche de la cordillère, le questionneur se heurtera à un mur de silence : personne ne connaît celui dont tous ces regards différents sculptent pourtant le visage ; et s'il visite les maisons où, en d'autres temps, Hector Chacon a mangé et bamboché, on lui répétera : nous ne connaissons pas cet homme qui, protégé par une chemise qui se moquait de l'hiver, un midi boueux, est descendu à la fontaine de la place d'Armes de Yanacocha ; et si l'obstiné dirige ses pas vers les maisons des amis d'Hector Chacon, celles d'Agapito Roblès ou d'Isaac Carbajal par exemple, leurs propriétaires le balaieront de leurs yeux méfiants et lui diront : « Un moment. » Un peu plus tard le questionneur comprendra l'inutilité d'attendre plus longtemps : ses interlocuteurs ont sauté le mur du patio et sont allés se perdre dans les eucalyptus. Et si, pour comble d'obstination, le voyageur frappe à la propre porte de la femme d'Hector Chacon, elle aussi lui répondra : « Je ne sais pas de qui vous voulez parler. » A des douzaines de lieues à la ronde, une seule personne avoue qu'elle le connaît :

— Moi je sais où il est ! dit Rémi le Bossu, avec un sourire mutilé.

— Et où ça ?

Rémi ouvre le jet de son éclat de rire :

— Il s'est changé en ver luisant !

Un midi pluvieux, cependant, Hector Chacon, le Réprouvé, traversa lentement la place en direction de la fontaine poussiéreuse où un angelot déteint n'arrive pas à décocher sa flèche parce qu'un fils de pute lui a cassé un bras. Il portait les mêmes vêtements que le jour de sa sortie de la prison de Huanuco. Cinq ans plus tôt il avait quitté la place corde aux poignets, tiré par les chevaux de la garde civile. Il alluma une cigarette. Son regard guérissait en se posant sur les choses oubliées. Il tira une seconde bouffée. Un homme vêtu d'une chemise à carreaux bariolée, un homme mince au visage olivâtre, aux yeux bridés et aux cheveux en bataille, qui l'examinait de loin s'écria :

— Don Hector ! Don Hector !

C'était Agapito Roblès, le nouveau délégué de la communauté. Les yeux d'Hector Chacon, pourtant capables d'apercevoir une araignée dans l'obscurité, ne le reconnurent pas.

— Je suis Agapito Roblès, don Hector, dit le délégué en fendant la nuée tumultueuse des gamins dont les visages se dissimulaient sous des croûtes de morves pétrifiées.

Chacon sourit : sa mémoire, cette sacrée mémoire ! ne le trahissait pas. Le jour où, attaché à la double corde de la garde civile et de la honte publique, il avait traversé pour la dernière fois la place, Agapito était encore un enfant qui jouait aux billes.

— Heureux les yeux qui vous regardent, don Hector ! dit la voix, émue.

— Merci, don Agapito.

Deux autres hommes, un géant de presque deux mètres et un garçon courtaud aux mâchoires puissantes et carré d'épaules, s'approchèrent en criant :

— Hector ! Hector !

Le Nyctalope ne put contenir sa joie et se tapa sur les cuisses :

— Non ? C'est vous ! C'est vous !

— Je savais que tu arrivais, dit le géant, avec un sourire qui ne découvrit que ses gencives car il n'avait plus une seule dent.

— Comment l'as-tu appris, compère ?

Un nouveau sourire apparut sur la bouche de l'édenté :

— Les animaux ! C'est eux qui me l'ont dit !

Grâce aux animaux, il savait tout avant les autres. Son père, un bossu qui entretenait d'excellents rapports avec les gens compliqués de l'Autre Monde, l'avait abandonné à l'âge de cinq ans en lui laissant pour unique bien le langage des animaux. A sept ans, il conversait avec les poulains ; à huit ans, aucun animal ne lui résistait plus, et sa mère avait dû le zébrer de coups de fouet pour l'empêcher de passer toute son enfance à bavarder avec les seuls maîtres capables, selon lui, de lui apprendre des choses sérieuses. Tous les trois mois, la nécessité — être dans le besoin est une chose plus horrible que de battre son père ! — l'obligeait à remonter les cordillères. Il ne volait pas : il persuadait les chevaux. Muni de billets flambant neufs, il feignait de s'intéresser à l'achat de chevaux et, profitant d'un moment de distraction des contremaîtres, d'ailleurs impuissants devant une telle maestria, il gagnait la confiance des trotteurs, leur nommait des prairies où l'herbe était plus haute que les cornes des taureaux et où galopaient des juments aux culs monumentaux. Les animaux l'écoutaient, l'œil humide. Le Voleur de chevaux leur fixait rendez-vous dans des endroits déserts ; eux, plus fidèles que des femmes, accouraient, et homme et bêtes se perdaient dans le labyrinthe des cordillères. Au bout de quelques semaines il réapparaissait du côté de Canta, de La Unión ou de Yauyos, et proposait ses chevaux. Il ne les vendait qu'après avoir pris dans les enclos, par la bouche de ses propres coursiers, des références sur les acheteurs.

Tous les trois mois, Pille-Etables s'enveloppait lui aussi dans son poncho crasseux, enfonçait sur sa tête un masque de neige aux couleurs infernales et filait vers les cordillères : durant des semaines il razziait les haciendas, puis traversait avec son bétail d'emprunt l'âpre sierra de Oyon. Quand il ressuscitait, c'était pour faire la bringue dans les fêtes où l'on grillait la viande en plein air.

— On m'a pardonné ! disait-il en riant aux éclats.
— Qui t'a pardonné ?
— J'ai volé des fermiers pleins de fric. Un voleur qui vole un voleur obtient son pardon sur l'heure !

Les grands propriétaires, furieux d'être bafoués de la sorte, faisaient battre tous les chemins. Peine perdue ! Pille-Etables disposait des pouvoirs du songe : des jours et des jours avant que les patrouilles ne pensent à emprunter tel chemin muletier, il connaissait l'endroit exact où ses poursuivants l'attendraient en vain.

— Il y a trente jours, dans mon rêve, je t'ai vu arriver avec les vêtements que tu portes aujourd'hui. Les mêmes, oui !

Vraiment, il connaissait l'avenir ! Ceux qui perdaient quelque chose lui offraient une bouteille d'eau-de-vie et dix soles qu'il acceptait uniquement pour justifier de quelques revenus. Il retrouvait tout. Ainsi, grâce à lui, Pille-Etables avait découvert l'endroit où le défunt Mathias Zélaya cachait les écritures de sa métairie sans penser que la Camarde peut toujours rendre une visite inopinée à l'homme qu'elle a choisi. Et il avait aussi prouvé que le vol de douze petites cuillers en argent qu'on imputait à l'un des pensionnaires de l'*Hôtel Mondial* était une calomnie : c'était la veuve Lovaton elle-même qui les avait égarées par inadvertance dans un sac de mouture. Pourtant, avec les ans, Pille-Etables exploitait de moins en moins ses dons : maintenant les autorités lui réclamaient trop souvent les pistes des fuyards. Une fois, une seule fois, il avait échoué, et quel échec ! Le forgeron de Yanacocha — un mastodonte dont la femme, terrorisée par les dimensions inhumaines de son marteau, refusait de partager la couche — lui avait remis de force un baril d'eau-de-vie : il voulait connaître la trace de celui qui calmait en intrus les ardeurs de l'épouse. Le lendemain, dès l'aube, la brute attendait devant la porte de Pille-Etables :

— Alors ? Et ton rêve ?

— J'ai rêvé de poissons. Mais à part l'eau je ne distingue rien. Le vent m'empêche de voir dans mes songes, répondit Pille-Etables, découragé.

— Merde alors ! Et ton pouvoir ? mugit le forgeron.

Autour d'eux, les gens commençaient à rigoler :

— Pille-Etables fait l'imbécile pour boire à l'œil !

Pourtant, Pille-Etables connaissait parfaitement l'homme qui couchait avec la femme du forgeron. Et pour cause, puisque c'était lui ! Et il sut aussi avec qui la fille du gouverneur regardait la feuille à l'envers. Dans son rêve il l'avait découverte couchée auprès de l'instituteur d'un hameau lointain, un homme qui plus tard devait l'épouser ; mais elle l'avait regardé avec des yeux si tristes qu'il avait préféré subir la honte d'un fiasco et rendre les dix soles.

Les quatre hommes s'embrassèrent et décidèrent d'aller boire à leurs retrouvailles.

— On va fêter ça avec une douzaine de bières, dit le Voleur de chevaux.

— Vous êtes vraiment près de vos sous, compère ! lui reprocha Pille-Etables.

Ils entrèrent chez don Carmélo. C'était un bistrot sordide avec des étagères sur lesquelles s'ennuyaient dans un alignement parfait vingt-quatre canettes de bière, huit boîtes de lait Gloria, une demi-douzaine de sardines et un petit sac de sel.

— Qu'est-ce que je vous sers ? demanda don Carmélo, déjà fatigué à l'idée de travailler cet après-midi-là. C'était un adepte fanatique de la doctrine de saint Boromondo : « Si l'alcool nuit à ton travail, renonce au travail. »

— Descends-nous une douzaine de canettes ! ordonna Agapito Roblès.

— Descends-les toutes ! rectifia Chacon.

Ils burent tout l'après-midi.

— Et chez toi ? Comment vont-ils ? lui demanda Pille-Etables, à la nuit tombante.

— Je ne sais pas ; je n'y suis pas encore allé, dit Chacon, qui se tourna vers Roblès : — Alors, comme ça, c'est toi le nouveau délégué ?

— Oui, don Hector. Pour vous servir !

— J'espère que tu n'as pas trop de beurre, au moins !

Ils se mirent à rire. Les anciens délégués, comparses du juge, gardaient le silence sur ses libéralités. Sur leurs tables, ils avaient à gogo le beurre et le fromage : chaque semaine, les péons de Huarautambo leur en apportaient.

— Oui, don Hector. Parlez et vous serez servi, répéta Roblès.

Chacon le dévisagea de son regard capable de découvrir une aiguille dans une botte de foin.

— Il n'y a qu'une chose qui me plairait. Et c'est pour ça que je suis ici.

— Moi aussi, ça me plairait, don Hector !

— Tu en es sûr ?

— S'il y a des hommes de paille, il y a aussi des hommes de bien, don Hector !

Dans ses yeux s'étaient engouffrés le courage et la peur.

Trente jours plus tard, Hector Chacon rêva qu'il caracolait dans la neige d'un chemin qui, chose absurde, était tapissé de fleurs. Le brouhaha d'une chanson solitaire dont il ne comprenait pas les paroles rassemblait les hommes : dix cavaliers, cent cavaliers, deux cents cavaliers, cinq cents cavaliers, mille cavaliers, quatre mille cavaliers s'avançaient dans le même chemin en chantant l'étrange chanson. Ils chevauchaient ainsi durant des mois, sans soif ni fatigue, jusqu'au jour où ils découvraient un chemin muletier qui conduisait à la ville. Ils descendaient, traversaient le pont et envahissaient la place. En apercevant cette troupe immense, les gardes civils prenaient la fuite, épouvantés. La foule traversait la place et arrachait les portes bleues de la maison du docteur Monténégro. Les contremaîtres se sauvaient, très pâles, et le docteur lui-même fuyait de pièce en pièce ; on le poursuivait à travers un labyrinthe de chambres immenses, les unes couvertes de neige, les autres murées par des forêts ; toujours en chantant, on le capturait et on le traînait jusqu'à la place. Il était trois heures du matin mais le soleil, un soleil adamantin, brillait de tous ses feux. Les estafettes convoquaient à coups de clairon tous les hommes et tous les animaux de la province pour juger le docteur Monténégro. Tout en blanc, le Grand Accusateur demandait : « Y a-t-il ici quelqu'un que cet homme n'ait jamais offensé ? » Personne ne se levait. L'habit noir sanglotait : « Pardonnez-moi, je vous promets de ne plus recommencer ! » L'accusateur sollicitait la déclaration des chiens. « Y a-t-il ici un chien qui n'ait jamais été piétiné par cet homme ? » Les chiens restaient là, sans remuer la queue. Le justicier insistait : « Y a-t-il ici un chat qui n'ait jamais été brûlé par cet homme ? » Les oiseaux rapides, les papillons allègres, les rossignols mélodieux et les cochons d'Inde somnolents témoignaient. Personne ne pardonnait au docteur. Finalement, on le juchait sur un âne et on le chassait de la ville dans un crépitement de chansons et de pétards.

Chacon se réveilla, la bouche sèche ; il se leva et sortit dans la cour, chercha une cruche et but un grand coup. Il faisait encore nuit. Il se passa la tête sous l'eau. Assis sur une pierre près du mur, il attendit le jour. Une semaine plus tôt, sur cette même pierre, et pour la deuxième fois, le désir de tuer le docteur l'avait éraflé de sa corne.

Mais ce matin c'était un besoin de le tuer vraiment qui le hantait.

Il se baissa et arracha une herbe qu'il se mit à mordiller. Le jour se leva. Il revint dans la chambre où sa femme, calmée par ses chevauchées, s'affairait autour de ses vêtements. Il prit une chemise neuve achetée à Huanuco avec le produit de la dernière douzaine de chaises qu'il avait rempaillées en prison ; il l'enfila et sortit dans la rue. Cinq minutes plus tard, il pénétrait dans la cour de Pille-Etables.

Celui-ci, accroupi, se préparait à tuer un mouton.

— Quelle mouche te pique, Hector ?

Le Nyctalope se pencha pour aider l'autre à attacher à un bâton les pattes de l'animal. Le mouton bêlait d'une voix faible. On lui ficela les pattes de derrière. Pille-Etables sortit son couteau et d'un seul coup de lame décapita l'animal. Le sang éclaboussa les marmites noires. A un mètre de là, en le flairant, les chiens se mirent à grelotter.

— Il y a des gens de confiance dans ce village ?
— Pour quoi faire ?
— Pour se débarrasser d'une crapule.

Pille-Etables se gratta la tête :

— Il y en aurait, pour sûr...

Et il jeta aux chiens les viscères inutiles de l'animal.

— Tu peux les réunir ?

Pille-Etables essuya dans l'herbe son couteau plein de sang :

— Où ça ?
— Où tu voudras, pourvu que ce soit la nuit !

Pille-Etables comprit la gravité de ses pensées.

— Bon. Je vais m'en occuper.

XII

OU L'ON PARLE DU CHEMIN SUIVI PAR LE SERPENT

Neuf coteaux, cinquante pâturages, cinq lagunes, quatorze sources, onze cavernes, trois fleuves si puissants qu'ils ne gelaient même pas en hiver, cinq villages, cinq cimetières furent avalés en quinze jours par la Clôture.

Ne laissant pas aux délégués le temps de se réunir pour examiner ses progrès, le serpent de barbelés dévora la pampa. Des rumeurs cendrées l'émacièrent. Les voyageurs contraints de passer la nuit à Rancas murmuraient que la Clôture n'était pas l'œuvre des hommes car elle surgissait partout à la fois ; bientôt elle entrerait dans les villages et même pénétrerait dans les maisons. Brusquement, elle montra sa tête à vingt kilomètres de là, à Villa de Pasco. Fortuné courait, courait, courait. Dans le brouillard vermeil de sa fatigue, il entrevit le visage effrayé d'Adam Ponce et les mines renfrognées des notables de Villa de Pasco. La Clôture gangrenait également leurs terres. Près de Villa de Pasco somnolaient deux lagunes : le grand et le petit Yanamaté, deux étangs solitaires fréquentés seulement par les canards sauvages. La Clôture émergea entre les deux lagunes. Les petits bergers qui, depuis des semaines, connaissaient ses exploits, coururent avertir Adam Ponce, le rupin du village. Adam laissa la paire de ciseaux rouillés qu'il était en train de rafistoler et partit avec une vingtaine d'hommes. Déjà la Clôture déglutissait la pampa Buenos Aires. Elle y logea cette nuit-là. Le lendemain elle gravit le Buenavista où elle emprisonna quarante familles. Hommes et femmes, bloqués dans leurs maisons, se mirent à geindre et à pleurnicher. Pour sortir, ils n'avaient plus d'autre issue que l'âpre chemin des glaciers. Le troisième jour, elle grimpa la côte des Pumpos où elle séquestra encore dix-huit familles. Le soir, elle s'arrêta à quinze kilomètres de son berceau, sur les rives glissantes de la rivière Saint-Jean. Elle y enferma trente familles. Né dans les cordillères du Chauca, le Saint-Jean regorge de truites excellentes ; malheureusement, à partir d'ici, les scories des mines empoisonnent ses eaux et assassinent les truites. Oui, à partir d'ici le Saint-Jean est une rivière morte. Son cours méphitique n'arrêta pas la Clôture. Celle-ci enjamba le Saint-Jean et s'avança en direction de Yuracancha, le village le plus efflanqué de la pampa. Quand le Créateur est venu se balader dans les parages, il n'a pas voulu entrer à Yuracancha. C'est du moins ce qu'affirment les gens du coin, dans leur ressentiment contre Jésus-Christ qui leur a offert ce désert. Yuracancha n'a qu'une richesse : un gisement de chaux. Pour maintenir en vie leurs troupeaux, les Yuracanchois se crèvent à parcourir des kilomètres à la recherche de pâturages. Ce midi-là, la Clôture s'étant approchée, les Yuracanchois sortirent en tremblant avec des pelles et des pierres pour l'affronter.

Mais à deux cents mètres du village la Clôture

leur tourna le dos, obliqua et se perdit avec mépris dans la pampa.

Elle entra par contre à Yarusyacan. Les habitants du village, pleins d'innocence, étaient aux champs avec leurs troupeaux. Il ne restait dans les maisons que les femmes et les vieillards. Comme les Yarusyaquains ne manquent pas de courage, ils n'auraient jamais permis que la Clôture arrive chez eux. A Yarusyacan on dispose de quelques fusils de chasse. On se serait défendu. Mais, jusqu'à présent, la Clôture n'avait violé aucun village. Elle dévorait des terres, elle mâchonnait des lagunes, elle croquait des coteaux, mais elle ne se risquait pas à pénétrer dans les villages. Pourtant, trois heures après avoir dédaigné le miteux Yuracancha, la Clôture se faufila dans la grand-rue de Yarusyacan. Les femmes, seuls habitants à l'heure du travail, sortirent en hurlant et en roulant des yeux énormes. Les plus courageuses empoignèrent leurs frondes et châtièrent de loin les équipes. Les gamins de l'école s'en mêlèrent, mais une charge de cavalerie les dispersa avec leurs pierres. La Clôture divisa en deux le village : on ne pouvait plus changer de trottoir. Elle traversa Yarusyacan et serpenta dans la pampa. D'énormes vautours tournoyaient dans l'après-midi de cendre.

Personne ne dormit plus dans les villages. A Rancas, le même soir, arriva le dernier muletier, un marchand de figues de Barbarie bloqué dans les chemins depuis trois jours. L'homme révéla : « Messieurs, cette clôture ne s'attaque pas seulement à la pampa. Elle étend partout ses tentacules et engloutit des districts entiers. Dans certains endroits les gens, prisonniers, meurent de faim et de soif. J'ai vu la route de

Huanuco complètement barricadée. Un autre muletier, à qui j'ai offert mes figues car elles pourrissaient, m'a dit qu'au-delà de Huariaca il y a des centaines de camions immobilisés. Leurs passagers sont en train de mourir et les marchandises se perdent. »

Trois jours plus tard la Grande Peur commençait.

Durant une semaine il y avait eu des signes révélateurs. Don Théodore Santiago avait découvert que l'eau de Yanamaté se criblait de trous. A Junin, une vache avait mis bas un cochon à neuf pattes. A Villa de Pasco, comme on ouvrait un mouton, une souris avait sauté hors de l'animal. Autant de signes que personne ne voulut voir. La veille encore, on aurait pu surprendre la nervosité des chiens. Quelqu'un avait dû leur annoncer qu'on clôturait le monde. « Fuyez avant qu'il ne soit trop tard. » Quelqu'un les avait sans doute alertés. Et les arbres aussi furent pris de panique. Moi je ne l'ai pas vu car ici il n'y a pas d'arbres. Mais à Huariaca, mille mètres plus bas, les eucalyptus s'affolèrent. Aucun vent ne soufflait, ce qui attira l'attention. L'air dodelinait tranquillement quand les saules et les poivriers sont devenus épileptiques : ils se tordaient, ils grelottaient, ils s'agitaient, les malheureux, comme s'ils avaient cherché des pieds pour s'enfuir. Quelqu'un avait dû leur chuchoter que la terre se murait. Oui, ils se tortillaient, ils se blessaient, ils se déchiraient avec leurs épines. Une partie de l'après-midi et durant toute la nuit ils restèrent là à souffrir. Quelques arbres réussirent à se traîner sur quelques mètres. Au petit jour ils ruisselaient d'une sueur de lait inconnu. Mais personne ne plaignait plus les arbres : les animaux fuyaient. Les renards, intelligents comme toujours, détalèrent dès quatre heures du matin. Sans dire un mot, sans aviser qui que ce fût, leur tourbillon gagna la route de La Oroya : des milliers et des milliers de museaux fendirent l'obscurité. A sept heures on découvrit les chouettes, éblouies. Quelqu'un avait dû les avertir. Les gens s'agenouillèrent, leurs visages avaient la couleur du mur que vous voyez en face. « Pitié, Seigneur ! Pitié, Vierge Marie, par les plaies de ton Fils roi ! » Et don Santiago, à genoux, précipitait l'épouvante : « Avouez, pécheurs, avouez avant qu'il ne soit trop tard ! » Et ils avouèrent. Mayta commença à se mordre les mains. Des mains sales, des mains damnées ! « Don Jéronimo, c'est moi qui ai volé tes poules, je suis un voleur, un misérable, pardonne-moi ! » Don Jéronimo répondit dans un hoquet. Ils s'embrassèrent en sanglotant. Clodomir, à son tour, avoua : ce n'était pas le Ventru, c'était lui qui avait dérobé de la farine à don Jéronimo. Et la femme d'Odonicio elle aussi se griffa la figure. Oiseaux et poissons se disputaient les chemins du ciel. Un ciel noir, un ciel vert, un ciel bleu, un ciel couleur de terre. « Ah ! Dieu du ciel ! Que le feu purifie mon ventre, j'ai fauté avec mon beau-frère ! Qu'on m'apporte des charbons incandescents, je vais les avaler. » C'était la vérité : profitant de la maladie d'Odonicio, les deux amants forniquaient à un mètre du paralytique. Toutes les forfaitures furent étalées au grand jour. Rancas, à genoux, leva ses mains inutiles vers les lèvres muettes de Dieu.

XIII

OU L'ON PARLE DE L'INCROYABLE CHANCE DU DOCTEUR MONTÉNÉGRO

Pille-Etables ne pénétra pas les pensées de Chacon. Il plongea dans les eaux de jais des lagunes du rêve, mais en vain ! Chacon défiait les nuits. Contre l'homme éveillé, le flaireur de sommeil est impuissant ! Trois nuits durant, Pille-Etables s'égara dans les buissons du cauchemar : trois nuits durant, Chacon refusa de lui ouvrir les portes de son insomnie. Vaincu, il prit la route des hameaux. Quatre cents culs-terreux s'y vantaient de leurs accointances avec le docteur. Huit cents yeux plus glissants que les chemins verglacés de janvier ! Sous prétexte d'acheter des troupeaux, il parcourut les villages et rencontra les gens de confiance. Il n'était pas facile de les réunir sans éveiller les soupçons.

La chance l'aida. Un matin, doña Joséfina de la Torre, directrice de l'école des filles, se réveilla avec l'heureuse inspiration d'acquérir une mappemonde pour l'école. « Ces petites, il faut qu'elles voyagent ! », proclama la doyenne des commères de la ville. Son idée d'organiser une kermesse surprit tout le monde. Pourtant, à la pensée que les petites découvriraient des terres inconnues et surtout dans leur soif de voir enfin doña Joséfina — Fina pour les intimes — mettre en vacances sa langue de vipère, la ville appuya le projet. Après quinze jours de conciliabules — un véritable baume pour tous les pécheurs —, doña Joséfina annonça son programme. Un programme sensationnel, qui laissa le pays pantois ! Un bristol jaune prêcha les délirantes réjouissances. Les ennemis de doña Joséfina colportent qu'une bonne moitié des numéros n'existaient que dans son imagination. Effectivement, certains sont symboliques. Qu'on en juge par la liste ci-dessous :

1. *Aubade.*
2. *Diane patriotique exécutée par la fanfare de la garde civile.*
3. *Liesse générale.*
4. *Pavoisement.*
5. *Fusées, pétards, feux de Bengale.*
6. *Déjeuner de gala.*

Pourtant, on ne peut nier que le programme offrait des attractions que seuls connaissent les voyageurs intrépides. Car, qui avait jamais entendu parler, à Yanahuanca, de courses en sac, de mât de cocagne et de défilé aux lampions ? Et puis, démontrant qu'elle dilapidait ses talents dans le commérage, doña Joséfina forgea dans le secret les deux « clous » de la fête : la foire aux plats et la tombola aux étalons. La directrice persuada les mères de famille de préparer chacune un plat. C'était mettre dans le mille ! En effet, si l'on se base sur la respectable rondeur abdominale des notables — on aurait pu peindre sur leurs ventres les chères mappemondes —, il est facile d'en déduire qu'à Yanahuanca la cuisine n'est pas un art mineur. Ici certaines mains seraient capables de cuisiner des pierres à l'étouffée. Les ménagères se répartirent les tâches : doña Magda de los Rios, la femme du maire, offrit sa célèbre poule au piment ; doña Queta de Valério, la sous-préfète, proposa son ragoût de porc agrémenté de pommes de terre en robe des champs ; doña Queta de Cisneros promit ses petits pâtés de maïs, dont la renommée était si grande que le préfet de Cerro de Pasco en personne l'avait un jour suppliée de lui en préparer pour lui tout seul. Il s'agissait de mitonner toute une ripaille babylonienne, avec notamment les cochons de lait farcis aux pommes et aux noix, les bouillons de tête de mouton cuite dans la cendre, le maïs en papillote au sel et au sucre, le luxurieux canard au riz à la chiclayenne, ce coquin de chevreau à la nordique, l'emphatique pomme de terre à la huancaïne ou à l'aréquipéenne, véritables péchés mignons des gourmets. La pièce maîtresse devait être une grandiose *pachamanca*. Sous son volcan parfumé pavoisé aux couleurs péruviennes, la garde civile s'engagea à enfouir tous les animaux provenant des saisies. L'autre « clou » de la fête serait la tombola aux étalons. Cisneros, le directeur de l'école des garçons, eut l'idée de demander aux grands propriétaires d'offrir des bêtes ; mais doña Joséfina, dans un nouvel élan d'inspiration, améliora l'initiative. Pourquoi ne pas s'adresser à l'office vétérinaire de Junin et solliciter des animaux de race ? « C'est de la folie, objecta le directeur. Avec tout le respect que je vous dois, ma chère amie, qui aurait l'idée de s'adresser à l'Administration pour une affaire intéressant la collectivité ? — Risquons quelques timbres. Cela vaut la peine ! », répondit doña Fina, qui écrivit à l'Office. Chose étonnante, l'Office lui répondit par retour du courrier : il se proposait d'offrir douze béliers d'origine australienne, « dans le seul but d'encourager l'élevage d'animaux de race dans cette méritante province ». L'heure de la campagne électorale approchait. Le sénateur de Pasco, qui guignait la réélection, avait donné des instructions pour que « les plus grandes facilités soient accordées à nos villages ». Malgré la lettre — une lettre officielle ! —, la signature et les cachets, la ville douta. L'administration n'avait-elle pas promis de réparer le pont, de construire le dispensaire, d'équiper de pupitres les écoles des villages, de construire la centrale électrique ? Doña Joséfina elle-même crut sage de poursuivre ses tractations avec les grands propriétaires, visiblement indifférents à ce désir de voir le monde qu'éprouvaient les fillettes. Mais, un samedi boueux, un camion jaune émergea des virages à pic de Chipipata : douze béliers géants bêlaient entre les barreaux d'une robuste Ford. Ce fut une jolie bousculade ! Les poivrots et les commerçants eux-mêmes sortirent des boutiques pour admirer les bêtes royales.

Pille-Etables ne révéla pas au Voleur de chevaux qu'il le voyait en rêve. Il ne dit rien non plus au Nyctalope ni au délégué, qu'il voyait aussi. Pour la première fois de sa vie, il se perdait dans un embrouillamini de rêves bizarres. Il rêvait qu'il arrivait à Tambopampa. Pour une raison que personne ne réussissait à lui expliquer d'une manière satisfaisante, le soleil, arrêté à une heure incertaine, pendait au-dessous d'un ciel livide. La nuit n'approchait pas, le jour ne reculait pas. Au bout de quelques semaines, le soleil se mit à se putréfier. La lumière devenait tumescente : au moment de son arrivée le ciel était une plaie, la lumière suintait. A grand-peine, Pille-Etables se frayait un chemin entre les lambeaux du jour tuméfié. Il descendait jusqu'aux masures où il découvrait le Voleur de chevaux assis sur une pierre. Il se réjouissait de trouver un chrétien parmi tant de lividité. « Où allez-vous, l'ami ? » Le Voleur de chevaux ne remarquait pas les métamorphoses maléfiques du ciel. « Compère, ne voyez-vous donc rien ? Il est neuf heures ! » L'autre éclatait de rire et criait : « Grimpons jusqu'au sommet du Murmunia ! » « Grimpons », acceptait Pille-Etables. Mais le souffle soudain lui manquait : devant lui, le Voleur de chevaux se tenait debout sur des pieds énormes. L'homme le plus costaud des communautés se dressait maintenant sur des pieds d'une terrifiante épaisseur. Des pieds qui arrivaient plus haut que la ceinture de Pille-Etables, avec des doigts plus gros que ses bras arborescents. Pille-Etables n'en croyait pas ses yeux. « Vite ! Vite ! compère, disait l'autre. Ne perdez pas de temps ! » Il réussissait à rassembler quelques gouttes de mots : « Qu'est-ce qui vous arrive, compère ? Quelle est cette maladie ? » Le rire du Voleur sautait comme le bouchon d'une bouteille de mousseux. « Ah ! Ah ! compère, ce n'est pas une maladie ! C'est une précaution !» Et il lui expliquait qu'une course harassante se préparait, et que lui, le Voleur de chevaux, la gagnerait. Les chevaux, ses confidents, les poulains, ses camarades, ses complices, le lui avaient annoncé. Ils lui avaient aussi conseillé de se laisser pousser les pieds. C'était facile : il suffisait de les plonger sept nuits de suite dans une lagune. Oui, et il fallait aussi les peindre, chaque nuit, avec une aniline différente : une rouge, une bleue, une jaune, une verte. Le Voleur avait subi le traitement. Son rire faisait s'ébouler les rochers : « Je veux les voir ! Je veux voir la tête du sous-préfet et des autorités le jour où ils me remettront la coupe. Qui pourra m'arrêter avec ces pieds-là ? » Il se tordait de rire. Pille-Etables se réveilla en tremblant. Il sortit dans la cour et se plongea la tête dans un seau d'eau glacée : il faisait encore nuit quand il sella son cheval et grimpa jusqu'à Pillao pour y chercher Polonio Cruz.

Lorsque les badauds virent la grimace de dégoût avec laquelle les béliers fraîchement débarqués refusèrent l'humble pacage de la place d'Armes, ils reconnurent aussitôt que de pareils aristocrates ne pouvaient provenir que de la blonde Australie. Même les ennemis de la directrice — ceux qui affirmaient que le jour où doña Joséfina se mordrait la langue elle roulerait foudroyée — enlevèrent leur chapeau. Une multitude d'hommes et de femmes suivirent les aristocrates jusqu'au modeste enclos de la ville. Les pépites d'or d'une délirante ambition brûlaient dans toutes les pupilles. Oh ! quelle prestance devaient avoir les dédaigneux australiens pour que le docteur Monténégro lui-même interrompît sa méditation au soleil, ce qu'il avait fait une fois seulement, le jour où certaine personne avait traversé la place, ficelée, derrière la garde civile ! Il franchit le portail et se mêla à la foule comme le premier bouseux venu. Les applaudissements fusèrent. Les pouces enfoncés dans son gilet et les autres doigts en avant sur la poitrine, le docteur se dirigea vers l'enclos. Les fils de ploucs lui laissèrent le passage et les bêtes inconscientes se mirent à bêler.

— A qui achète-t-on les billets ? demanda le docteur.

Doña Joséfina de la Torre, avertie par la cohue des gamins, s'approcha rougissante :

— Ah ! docteur, quel plaisir ! dit la matrone. Je vous en donne combien ?

— Donnez m'en dix, Finita, dit en souriant le magistrat, qui lui remit un billet tout neuf de cent soles.

Le vendredi après-midi les prisonniers, gracieusement prêtés par l'honorable garde civile, mirent la dernière main à la construction des kiosques. Le samedi, les maîtresses d'école recouvrirent les poteaux de jolies guirlandes et de fleurs en papier.

— *Je voudrais que vous descendiez à Yanahuanca pour une affaire sérieuse, dit Pille-Etables.*

Polonio Cruz leva la jambe et l'allongea sur une pierre pour se gratter plus à l'aise.

— *C'est à quel sujet ?*

— *Un sujet qui nous concerne, nous autres, hommes.*

— *Vous ne pouvez rien me dire de plus ?*

— *Non.*

Polonio cracha. Une salive verte de chique de coca.

— *Parler, c'est tout ce que vous savez faire !*

Mais moi qui m'étais réuni dans le dos des autorités, on m'a coffré trois fois. Et personne alors ne m'a rien apporté ! Pas même un verre d'eau ! Qui êtes-vous, hein ? De beaux parleurs qui se débinent dès que ça sent le brûlé !
— *Vous viendrez, oui ou non ? demanda Pille-Etables, excédé.*
— *Où ça ?*
— *Dans le ravin Quencash, à la prochaine lune.*
— *J'irai, dit Polonio.*
Et c'est ainsi qu'il joua sa vie, à la légère.

A Yanahuanca, tous les gandins fouillèrent les malles de fond en comble. Le samedi, les commerçants épuisèrent leurs derniers stocks de sent-bon. Le dimanche, dès neuf heures, les mères de famille remplirent la place. Depuis plus d'une heure doña Joséfina essayait d'apprivoiser ses formes aux rigueurs d'un corset acheté à Huancayo avec un optimisme délirant. A dix heures, la place était noire de monde. Les autorités — le docteur Monténégro ; Valério, le sous-préfet ; don Félix Cisneros, directeur de l'école ; doña Joséfina de la Torre ; le chef de la Caisse des dépôts et consignations ; le sous-lieutenant Péralta, chef de place ; le sergent Cabrera ; Minchès, le brigadier — arrivèrent à onze heures et s'assirent sur la petite estrade érigée par les prisonniers de l'honorable garde civile. Le soleil était de la fête. Un haut-parleur loué à Cerro de Pasco transmettait la musique d'une poignée de disques prêtés par un commis voyageur.

> *Moi, qui l'aimais tant, mon infidèle,*
> *la plus jolie des filles de ma rue.*

se lamentait le phono déchaîné dans le tohu-bohu des sentiments. Loyalement le chanteur proclamait sa détresse :

> *Mais voici qu'on m'apporte la nouvelle :*
> *le voyou qui la prit l'abandonne déchue.*

Le sergent Cabrera interrompit la valse et donna à la fanfare l'ordre d'attaquer avec *l'Assaut d'Uchumayo*. Le speaker s'égosilla :

— Mesdames, Messieurs, voici arrivé le moment tant attendu par la docte assemblée ! Dans quelques minutes nous allons procéder au tirage de notre tombola sensationnelle. Dans quelques minutes ? Que dis-je ? Dans quelques secondes ! Attention, je compte ! Cinq ! Quatre ! Trois ! Deux ! Approchez ! Regardez ! Avons-nous jamais vu dans notre ville et même dans notre département des animaux comme ceux qui sont là devant nous ? Ce sont des seigneurs, de grands seigneurs de l'élevage universel !

— Un hip ! hip ! hip ! pour doña Joséfina ! brailla une fille de l'école, qui désirait se faire bien voir. Hip ! Hip ! Hip...

— Hourra... !

Doña Joséfina ne put retenir une grimace. Le speaker demanda la permission de commencer le tirage au sort. Valério le sous-préfet se découvrit. Un enfant vêtu d'un costume marin s'approcha d'une boîte en fer blanc peinte aux couleurs nationales et courtoisement offerte par l'honorable garde civile. Le public retint sa respiration. Une brise meurtrière s'éleva des aisselles ennemies de l'eau et du savon.

L'enfant plongea la main dans l'urne et en retira un carton qu'il remit au speaker.

— Le quarante-huit ! chanta celui-ci.

Tous les yeux cherchèrent le visage de l'heureux gagnant.

— Ici ! cria d'une voix étranglée un homme à la mine antipathique : Egmidio Loro.

— Venez ! ordonna doña Joséfina de la Torre.

Un homme à la face grumelée de boutons s'approcha, les mains moites.

La directrice sourit :

— Je vous félicite. Choisissez un mouton.

— Celui que vous voudrez ! Celui que vous voudrez ! soupira Loro.

On lui remit l'animal. Un bélier digne d'une gravure mythologique !

Pille-Etables lâcha la bride de son cheval : Printemps *connaissait le chemin. Il se mit à réfléchir. Pour la première fois de sa vie il n'arrivait pas à distinguer les paroles que les Vieillards modulaient dans ses rêves. Le Vieux de l'Eau, le Vieux du Feu et le Vieux du Vent mâchonnaient des phrases de laine. Il ne déchiffrait pas leur message. Il avait voulu se purifier et avait jeûné durant plusieurs jours ; il s'était même privé de folâtrer avec ses femmes. En vain ! car tout restait obscur ! Les Vieillards annonçaient un étranger sans visage. C'était un homme qui, pour tout visage, montrait un mur de chair lisse barrée de six zébrures noires. Les Vieillards l'avaient entraîné sur la route de Chinche et s'étaient éclipsés parmi* les rochers. L'Inconnu aux six zébrures s'avançait sur cette route, suivi d'une longue escorte également sans visages. Tous marchaient en direction de Murmunia. Par la respiration haletante des hommes sans visages, Pille-Etables avait reconnu que c'étaient là des étrangers. Il s'était glissé dans leurs rangs. Près de Murmunia, on avait rencontré un cavalier. Le désordre des guides révélait de loin que l'homme avait bu. Pille-Etables s'était approché et il s'était senti vieillir : Le cavalier... le cavalier, c'était lui ! Médusé, il avait regardé son visage enfariné et son cou de taureau empêtré dans les serpentins. Quelle était donc cette fête ? L'autre Pille-Etables était passé à côté de Pille-Etables sans le reconnaître. Mais il y avait eu plus grave encore : comme s'il avait été invisible, il s'était arrêté près de lui et s'était mis à pisser des serpentins. Il ne s'était pas inquiété : ce qui l'intéressait ce n'était pas ce jet sinistre, c'était de lire le message écrit sur les serpentins. Impossible ! Il enrageait. Il s'était approché et avait essayé de lire : il n'avait déchiffré que des mots confus : « ... carnaval... lagune... cours, cours... le mitron des morts... »

Pille-Etables fustigea ses mauvaises pensées et aperçut la cabane de Sulpicia. La vieille bêchait au bout de son terrain. Il attacha son cheval et s'avança vers la femme en sueur :

— *Tu travailles le dimanche, maman ?*

— *Tu crois peut-être que ce jour-là mes enfants ne mangent pas ?*

Sulpicia souriait avec douceur ; une moitié de sa bouche était dépourvue de dents.

— *Tu peux descendre à une réunion clandestine, maman ?*

— *Je peux descendre, oui, mais je ne suis pas sûre de remonter ! Elle épongea son front en sueur :* — *Il y a beaucoup de gens qui ont la langue trop longue !*
— *Chacon voudrait te parler.*
Deux feux brûlèrent dans les yeux de la femme, deux feux plus violents que celui du soleil à midi :
— *Ainsi, Hector vient réclamer son dû ?*
— *Je ne sais pas, maman.*
— *Si ! Si ! Tu sais ! Pour vous autres, je ne descendrais pas, car vous n'êtes que des perroquets ! Mais pour Hector, j'irai. Il s'est juré de faire la peau aux exploiteurs !*
Elle se pencha et but un peu d'eau fraîche dans une cruche.

Et ici les versions se confondent. Certains chroniqueurs affirment que dès que le docteur entendit chanter le numéro gagnant il déchira son billet et frappa sur la table en criant : « C'est une escroquerie ! » D'autres prétendent qu'il épargna la table, mais tous sont d'accord sur la seconde phrase qu'il prononça, un doigt pointé en direction de Loro : « Cet homme est un parent des organisateurs ! » Le public frémit : le magistrat disait vrai. Loro le Barbouillé était le beau-frère d'une arrière-petite-nièce de doña Joséfina de la Torre. L'heureux bénéficiaire lui-même ignorait que sa femme — qui, si l'on veut d'autres détails, avait fui ses raclées trois ans plus tôt — était liée par une parenté aussi secrète avec doña Joséfina, une grande dame dont — est-il besoin de le dire ? — il n'avait jamais franchi le seuil. La mémoire du docteur déjouait l'imposture. On ne pouvait être à la fois au four et au moulin ! Les organisateurs, eux, étaient dans leurs petits souliers. Pour des soupçons plus bénins, des individus moisissaient entre les murs de la prison de Yanahuanca. Le visage tempétueux du docteur montrait sa décision : il ne permettrait pas qu'on trafiquât avec la foi du peuple honnête et simple. Dans le silence qui se produisit lorsque la balance de la justice laissa tomber un de ses lourds plateaux, seul don Héron, le maire, qui dans les circonstances dramatiques était plus courageux qu'un lion, réussit à murmurer : « Allez ! Allez ! Musique ! »

> *Ce n'est pas un crime d'aimer*
> *puisque Dieu lui-même l'a fait.*
>
> *Et mon sang, bien que plébéien,*
> *est aussi rouge que le tien.*

se lamenta le phonographe. La valse insistait sur la fatalité qui poursuit l'homme de rien dès qu'il ose lever les yeux sur une femme du monde. Tous les feux de l'enfer ne le purifieront pas de son péché originel indélébile : la pauvreté. La valse se remit à vomir des siècles de préjugés et de haine catholique envers l'amour tandis que don Héron tramait derrière l'estrade un long dialogue avec doña Joséfina. Que se dirent-ils ? Don Héron avoua-t-il sa flamme à doña Fina ? Se donnèrent-ils rendez-vous dans quelque recoin au bord de la rivière ? On l'ignore. Les ténèbres couvrent cette période. Sans que leurs visages révèlent l'énigme historique, don Héron et doña Fina regagnèrent la tribune.

— Quels numéros avez-vous, docteur ? demanda don Héron, nerveux.

Le docteur Monténégro tendit les billets au bout d'un bras dédaigneux, tandis que dona Joséfina, les joues écarlates — don Héron s'était-il vraiment déclaré ? — remettait de l'ordre dans la situation.

— On continue ! ordonna-t-elle.

— La tombola continue ! On tire la tombola ! hurla le speaker.

Le moussaillon reprit sa place devant l'urne de fer-blanc. Les amoureux profitèrent de l'expectative pour se peloter. Le messager du sort tira un nouveau carton et le remit à doña Joséfina.

— Le treize ! chanta la directrice.

— Le treize ? Qui a le treize ? demanda don Héron.

— Moi, répondit modestement le docteur Monténégro.

Ermigio Arutingo se vit remettre un des méprisants australiens. Le docteur n'avait pas hésité à choisir un numéro au prestige livide, d'ailleurs répudié par les superstitions : et le treize, reconnaissant, venait de faire basculer la chance en sa faveur. Le sept, chiffre admiré des cabalistes, lui valut un deuxième mouton ; le trente-quatre — un nombre imposant, à l'allure respectable — lui rapporta le seul mouton éclaboussé d'une grande tache noire ; le zéro, zénith du savoir hindou, lui concéda le quatrième animal, un splendide bélier qui, malheureusement, devait mourir dans la semaine ; le soixante-six catapulta dans sa bergerie le cinquième mouton. Les gens bavaient — c'était le mot — devant une telle chance. Il est difficile à une foule de se tenir tranquille et pourtant ce fut le cas, ce jour-là, à Yanahuanca. Accrochés aux aimants d'une chance aussi ahurissante, les badauds abandonnèrent les baraques. Ces enfoirés ne s'en remettaient pas.

— Incroyable !
— Une veine de c... !
— Quand le Ciel donne, c'est des deux mains !
— Et tout ça avec les numéros les plus moches !
— Le soixante ! chanta la señora Joséfina.
— Ici ! répondit la resplendissante Josette Monténégro.
— Le grand chelem, parrain ! plaisanta le sous-préfet.
— Nous en mangerons un, lui dit le magistrat, pour le consoler. Et, se tournant vers doña Joséfina :
— C'est trop, doña Fina. Je préfère me retirer, Finita !
— Non, non, non, minauda la directrice. Vous ne voulez tout de même pas nous faire cet affront ? Allons-nous permettre que notre cher docteur se retire ?
— Puisque c'est ainsi, je reste tout l'après-midi, Finita.

Le quatre-vingt-dix, un numéro obscur, sans antécédent, lui octroya le neuvième mouton et le soixante-neuf, chiffre qui déchaîne toujours les rires des arsouilles, fit tomber dans sa bergerie le dixième bélier. La foule restait là, fascinée. Le haut-parleur diffusa un tango de circonstance :

C'est le destin. On n'y peut rien !

se lamentait l'inoubliable Carlos Gardel.

XIV

OU L'ON PARLE
DES MYSTÉRIEUSES MALADIES
QUI FRAPPÈRENT LES TROUPEAUX
DE RANCAS

La route de Cerro de Pasco était un collier de cent kilomètres de brebis moribondes. Des troupeaux faméliques grattaient les dernières touffes dans l'étroit goulet que l'impérieuse clôture tolérait encore sur chaque bas-côté. Cette ressource dura deux semaines. La troisième semaine, la mort fit ses premières victimes dans le troupeau. La quatrième semaine, cent quatre-vingts brebis moururent ; la cinquième, trois cent vingt ; la sixième, trois mille.

On crut que c'était la peste. La Tufina envoya chercher un sirop contre les vers. Sa fille rapporta également de l'eau bénite. Ni le vermifuge ni l'eau bénite n'arrêtèrent le carnage. Les bêtes mouraient par milliers. La route courait entre deux gencives de bave blanche.

— C'est Dieu qui vous punit ! C'est Dieu qui vous punit ! bramait don Théodore Santiago, en traçant des croix sur les maisons des adultères et des calomniateurs. Oui, c'est votre faute ! A cause de vos langues pourries et de vos sales désirs, le Bon Dieu crache sur Rancas !

Les pécheurs s'agenouillèrent.

— Pardonnez-nous, don Santiago !

— Ne me demandez pas pardon à moi, sacrilèges ! Suppliez plutôt le Bon Dieu !

Cette nuit-là les vieux lapidèrent la maison de Mardochée Silvestre. Mardochée avait une langue de vipère. Et puis, il manipulait les herbes. Certaines nuits de lune, on l'avait vu rôder du côté du Bois de Pierre. Les vieux se réunirent et bombardèrent sa maison de cailloux.

Mardochée sortit avec l'image du Seigneur des Miracles et s'agenouilla dans la boue.

— Je jure que je n'ai pas eu de mauvaises pensées ! Par le salut de mon âme, je jure que je n'ai pas de relations avec les gens de l'Autre Monde !

— Qu'est-ce que tu faisais dans le Bois de Pierre ?

— Je chassais. Je chasse la viscache.

— Jure que tu ne recommenceras plus à débiner les autres, Mardochée !

— Sur mon âme, je vous le jure ! répondit l'autre en embrassant l'image divine.

Les vieux arrosèrent sa porte d'eau bénite. En vain ! La mort continua de frapper les brebis. Les vieux se désespérèrent. Dans les replis les plus secrets de la mémoire on ne trouvait aucun souvenir de pareille hécatombe.

— Notre heure est venue, disait Valentin Roblès. Je ne donne pas longtemps avant qu'ils ne barricadent notre village. Et alors, oui, nous nous mangerons les uns les autres ! Le père mangera son fils, et le fils mangera sa mère !

— Si seulement on pouvait aller dans d'autres villages et supplier... Mais c'est impossible ! Au-dessus de la pampa, il n'y a plus rien ! Que le vent !

— Mieux vaut qu'ils nous prennent tout et que leur mur entre dans le village ! Comme ça nous mourrons tous ! Et une fois morts, nous n'aurons même plus besoin d'eau !

— Le jour terrible est à nos portes ! La Clôture n'est qu'un avertissement. Vous verrez : il n'y aura pas que les animaux qui fuiront ; les morts aussi foutront le camp !

— A Yurahuanca, il n'y a plus de morts dans les tombes !

Un homme rondelet, crotté, au visage pâlot, parla du seuil de la porte :

— Dieu n'y est pour rien, les amis. C'est la *Cerro de Pasco Corporation* !

C'était Pis-pis, un type de Huanuco qui venait tous les ans à Rancas offrir des marchandises étranges : des ceintures magnétiques, des baumes contre la sorcellerie, du sirop de stramoine pour séduire les hommes, des pommades contre les cauchemars. Cette année-là il proposait des cordes de guitare. Dans chaque village, il y a toujours une guitare inutilisable à cause d'une chanterelle cassée. Son propriétaire est prêt à se payer cette fantaisie. Résultat : Pis-pis avait toujours sa canette de bière à boire.

— La Clôture, elle a plus de cent kilomètres, déclara Pis-pis.

— Comment le savez-vous ?

— Qui, dans cette assemblée, me donne une allumette ?

Rivera le délégué lui en trouva une.

— Et maintenant, qui me donne une petite cigarette pour que j'allume cette allumette ?

Sans cigarette, pas de renseignements ! On lui offrit une *Inca*. Il en suçota la fumée avec angoisse.

— Oui, la Clôture a plus de cent kilomètres, répéta-t-il. Elle part de San Mateo.

Ils en eurent le souffle coupé.

— La Clôture commence au kilomètre 200, sur la route de Lima.

— Et à qui appartient-elle ? demanda Rivera le délégué.

— A une société. La *Cerro de Pasco Corporation*.

— Comment le savez-vous ?

— J'ai des amis chauffeurs, dit Pis-pis en avalant son verre d'eau-de-vie.

— Et où finit-elle ? poursuivit Rivera, d'une voix déchirée.

— Pour ce qui est de finir, elle ne finit pas ! dit Pis-pis, en descendant son deuxième verre. Ils veulent encercler la terre entière !

XV

OU L'ON RACONTE L'ÉTRANGE HISTOIRE D'UN MALAISE CARDIAQUE QUI NE FUT PAS PROVOQUÉ PAR LA TRISTESSE

Seul don Médardo de la Torre, le père de don Migdonio, avait daigné passer sa vie à cheval pour arpenter de ses propres yeux l'étendue de *l'Etrier*, son hacienda aux horizons illimités. Don Migdonio de la Torre, haut beffroi de muscles surmonté d'un visage espagnol brûlé par une barbe impériale, préférait s'en tenir à l'estimation flatteuse qui entourait ses titres de propriété. Ni ses frontières égarées sous trois climats, ni les avatars des récoltes, ni les progrès des troupeaux à l'engrais ne l'intéressaient. La seule affaire qui enflammât son regard bleu était ses « petites protégées ». Il en avait des centaines. Toutes les filles de ses péons lui appartenaient. Aux honneurs douteux d'une dignité de sénateur mille fois offerte, il préférait la plaine plumassée de son gigantesque lit immobile sur ses quatre serres d'aigle scellées au sol. Un condor empaillé déployait ses ailes immenses au-dessus de son insomnie. Le livre de comptes de la Boutique des travailleurs, le registre du bétail, le grand-livre et le petit-livre où ses richesses étaient consignées n'arrivaient pas à l'absorber autant que le Livre des naissances. Impatiemment, il feuilletait le registre où l'on inscrivait la date de venue au monde de chacune des filles nées sur ses terres. Le jour de leurs quinze ans elles étaient conduites jusqu'à son lit pour qu'il les « améliore ». Hormis le sport en chambre, seules les épreuves de force l'intéressaient. Mais pour démontrer la puissance de ses bras de chêne il descendait rarement de son alcôve. Aucun dresseur de chevaux ne supportait la pression de sa poigne. Un seul d'entre eux, Espiritu Félix, un garçon capable d'arrêter net un taurillon par les cornes, l'égalait au combat sans toutefois le surpasser.

Un coup d'éclat l'arracha à cet orgasme titanesque.

Quelles raisons incitèrent un jour l'officier du coin à fureter du côté de *l'Etrier* en quête de conscrits ? Mystère. Un vendredi, le sous-lieutenant apparut en uniforme, le pistolet réglementaire fixé au ceinturon. Don Migdonio le reçut en souriant, mi-railleur mi-bien élevé, mais le sous-lieutenant s'entêta. Le propriétaire eut beau garnir son lit de « petites protégées », rien ne fit fléchir la volonté de l'officier. Les instructions du commandement étaient catégoriques. Aucune hacienda ne devait échapper à l'appel sous les drapeaux. Le lendemain matin, devant une fumante *pachamanca*, don Migdonio capitula :

— Laissez-moi au moins choisir les conscrits, soupira-t-il.

— Cela oui, don Migdonio, accorda l'officier.

Don Migdonio fit s'aligner les péons dans la grande cour pavée puis il leur ordonna d'ouvrir la bouche. Pour servir la patrie, il désigna les cinq meilleures dentures : Incarnation Madera, Ponciano Santiago, Carmen Rico, Urbano Jaramillo et Espiritu Félix. Le sous-lieutenant emmena sans plus attendre les cinq gaillards, lesquels versaient d'énormes larmes. Don Migdonio, qui avait dû s'habiller pour prendre congé de l'officier, regagna son gigantesque lit griffu : ce jour-là, deux de ses « protégées » les plus émoustillantes allaient fêter avec lui leurs quinze ans.

Il se souvint seulement de la rafle trente mois plus tard, le jour où les recrues, leur service terminé, revinrent à l'hacienda en offrant l'éblouissant spectacle de leurs godillots neufs. Tous avaient quitté Cerro de Pasco fiers de leurs chaussures, mais Madera, Santiago, Rico et Jaramillo sentirent leur courage s'évanouir un peu avant d'atteindre l'*Etrier*. A une lieue de l'hacienda ils se déchaussèrent prudemment. Seul Espiritu Félix entra dans la cour en faisant sonner ses talons. La caserne l'avait métamorphosé. Dans la solitude des fortins, d'autres soldats lui avaient fait entrevoir la véritable dimension du monde. Dans le froid des piquets il avait appris qu'il existait une chose écrite, la Constitution, qui protégeait jusqu'au plus pauvre des éleveurs de porcs, jusqu'au dernier des culs-terreux. Et il avait appris encore ceci : le mystérieux document affirmait que grands et petits étaient égaux devant la loi. Et ceci encore : une nuit qu'ils fêtaient l'anniversaire de Santiago dans une ruelle de Vitarté, réjouissance à laquelle ils avaient eu l'audace d'inviter leur caporal, un type de Cuzco, le galonné les avait épatés : dans les haciendas du Sud un homme appelé Blanco organisait des syndicats de paysans.

— Et ce que vous dites là, ça sert à quoi, mon caporal ?

— C'est une sorte de confrérie pour lutter contre les exploiteurs.

Il n'avait pas compris, mais cinq semaines plus tard, un samedi, à Chorrillos, où ils étaient allés non plus pour célébrer un anniversaire mais pour se consoler du mépris dans lequel les tenaient les boniches de Miraflorès, orgueilleuses de servir dans les beaux quartiers, ils avaient sollicité le droit d'asile dans un bistrot minable et là un sergent de Chinche, un certain Firmin Espinoza, leur avait arraché le bandeau des yeux.

— Ça serait bien d'organiser cette confrérie à *l'Etrier* ! avait dit Espiritu, dont les yeux brillaient comme des chandelles.

— Personne n'aura assez de couilles pour imposer cela à don Migdonio, avait nasillé Jaramillo, complètement ivre.

Les doigts d'Espiritu avaient dessiné une croix :

— Si ! Moi ! Je le jure sur cette croix ! Et il avait baisé la croix.

Quand don Migdonio découvrit de sa fenêtre les souliers rayonnants d'Espiritu, il dévala trois par trois les grandes marches de pierre.

— Bonjour, patron, réussit à dire Espiritu avec un sourire timide que sa mémoire tirait du temps des joutes athlétiques.

— Tu vas m'enlever ces chaussures-là tout de suite, espèce de con ! beugla don Migdonio. Tu te prends pour qui, misérable ? Des souliers, dans cette hacienda, il n'y a que moi qui en porte ! Tu m'entends, fils de pute ?

Il écumait, au bord de l'apoplexie.

Espiritu en eut des larmes plein les yeux. Pourtant, il ne se risqua pas à répliquer ni à tourner ses regards du côté du brasier où ses souliers, imbibés de kérosène, se consumaient. La prudence récompensa Madera, Santiago, Jaramillo et Rico. On n'inspecta pas leurs musettes et ils sauvèrent leurs godillots. De temps en temps, pour se rappeler les beaux jours de la caserne, une époque que l'océan monotone du train-train quotidien submergeait, ils les sortaient en cachette et les contemplaient. Trente ans plus tard, sur son lit de mort, Santiago supplierait qu'on les lui montre une dernière fois.

Mais Espiritu ne céda pas. A la ferveur de son lointain serment s'ajouta la tristesse de ses souliers calcinés. Délicatement, comme on tâte une cheville cassée, il caressa le courage des péons. De ceux qui avaient partagé avec lui, à Lima, les coups de crosse et le cafard, un seul le lâcha : Santiago. Après vingt-deux mois de réunions clandestines dans des cavernes ou des ravins solitaires, une douzaine de péons s'ouvrirent au rêve de la grande fraternité et, chose incroyable, adhérèrent à la confrérie.

— On va nous pendre par les pattes ! frissonnait Jaramillo.

— Et après ? On n'en meurt pas ! tranchait Espiritu Félix.

Cet hiver-là, il osa l'impossible : solliciter un entretien avec don Migdonio. Les domestiques écoutèrent sa requête et lui fermèrent la porte au nez. Trois jours durant, il insista. Le quatrième, on l'annonça. Don Migdonio, en souvenir peut-être de l'époque des défis, accepta de sortir dans la cour. Sous une des arcades, Espiritu, en uniforme de caporal, le déconcerta. Mais la rage qui brûla alors la moitié de son corps ne réussit pas à roussir ses yeux bleus.

— Alors, comme ça, vous voulez former un syndicat ?
— Oui, patron, avec votre permission.
— Ah... Ah...
— Nous aurions plus de cœur pour travailler.
— Ah... ah... Et combien sont d'accord ?
— Nous sommes plusieurs, patron.
— Combien ?
— Douze, patron.
— Ce n'est pas une mauvaise idée. Réunis-les et venez me voir. Je veux leur parler à tous.

On s'égara dans les visions. Non seulement Espiritu n'était pas ressorti corde aux poignets de la maison du maître mais don Migdonio, d'une voix bien élevée et que tous les domestiques avaient pu entendre, l'avait convié à revenir. On s'enthousiasma. Félix convoqua les conjurés, maintenant au nombre de quinze. Une semaine plus tard, ils comparaissaient devant la barbe impériale de don Migdonio. Celui-ci avait-il trouvé, la nuit précédente, quelque pépite d'or entre les cuisses d'une de ses « petites protégées » ? Ou était-ce parce que le diamant du matin l'incitait à la bienveillance ? Il les fit entrer. Tous sentirent aussitôt l'énormité de leur démarche. De mémoire d'homme, jamais aucun péon n'avait franchi le seuil de la maison du maître. Prétendre fonder un syndicat était une chose, mais partager l'intimité des patrons en était une autre ; pourtant, par simple caprice ou pour s'acquitter d'une promesse faite à sa sainte mère défunte, don Migdonio répéta l'invitation. Ils ne pouvaient plus faire autrement que d'entrer. Leurs gorges se serrèrent. Félix lui-même voulut à tout prix se rappeler ce midi où, aligné au garde-à-vous à six pas de distance, il avait dialogué avec un colonel, qui est un peu comme un propriétaire.

— Passez, mes enfants ! Asseyez-vous ! disait, de la porte, don Migdonio — un don Migdonio transformé, semblait-il, par un philtre magique.

Comme dans un rêve, ils aperçurent les fauteuils de cuir rouge et les sofas tachetés de fleurs jaunes, des meubles enneigés de dentelles brodées par la main ivoirine de la mère de l'homme qu'ils se proposaient de contrarier. « Ici, ça va, patron », répondirent-ils. Dans leurs bouches brûlait le sel de la trahison.

— Que voulez-vous, les gars ? demanda don Migdonio, affable.

Espiritu sentit le paludisme atteindre ses genoux.

— Patron, je...

— Ecoute-moi, Félix. Je ne veux pas que tu souffres. Aussi je vais te dire une fois pour toutes que je ne m'oppose pas à cette affaire de syndicat. Il n'y a aucun problème, ajouta-t-il, et sa voix avait cette même simplicité qu'elle aurait prise pour leur dire : « Oui. Oui. Buvez à la rivière » ou « Je vous permets de pisser en pleine campagne ». — Non, je ne m'y oppose pas, et même, je vous félicite. Je veux que l'hacienda progresse et se transforme. Nous allons fêter cela !

Il se tourna vers un domestique :

— Va dans la salle à manger et rapporte-moi la carafe d'eau-de-vie.

Le serviteur — il avait fermé les yeux à don Médardo ! — sortit sans cacher la nausée qu'il éprouvait devant cette apothéose de l'ingratitude. Il revint avec la carafe et remplit les verres.

— Je vais trinquer avec vous, mais sans boire.

Hier, j'ai fait des excès, dit don Migdonio, jovial. Eh bien, mes enfants, à la vôtre !

Pour échapper aux tourbillons du délire, ils sifflèrent leur verre d'un trait. Don Migdonio leur fit verser une deuxième tournée qu'ils vidèrent sur-le-champ.

— Je ne sais pas ce que j'ai, dit Jaramillo en portant ses mains à sa gorge. Mais j'étouffe.

— Moi, j'ai quelque chose qui ne passe pas, murmura Madera, livide, plié en deux.

Il fut le premier à s'écrouler. Trois de ses compagnons roulèrent foudroyés et les autres se tordirent en se tenant le ventre à deux mains. Don Migdonio les regarda d'un œil glacé. Comprenant tout, mais trop tard, Rico, dans un spasme, s'empara du portrait de la mère de don Migdonio et le jeta à terre, mais il n'eut pas le temps de cracher dessus.

— Fils de pute ! réussit à dire Espiritu Félix, avant de dégorger tripes et boyaux, grillés par le poison.

Un quart d'heure plus tard, des équipes blêmes les transportaient, les pieds devant, hors de la maison ; les ponchos cachaient mal leurs visages convulsés. Des hurlements lézardèrent la place, mais leurs parents n'eurent pas le loisir de les pleurer. Les mulets étaient déjà prêts. Don Migdonio craignait par-dessus tout le Mauvais Œil. Ce géant qui ne fléchissait devant personne grelottait sous ses couvertures dès que les chiens hurlaient à la mort. Il ne tolérait pas les enterrements dans l'hacienda. Dès qu'un moribond rendait l'âme, ses proches se hâtaient de l'envelopper dans un drap garni d'herbes aromatiques. Sur un âne ou sur un mulet, les défunts commençaient leur dernier voyage vers de lointaines sépultures creusées au-delà des limites de *l'Etrier,* dans des provinces où leur rancœur jaunâtre n'assassinerait pas les fleurs ou n'empoisonnerait pas les eaux. Il n'y avait pas de temps pour les larmes. La veillée funèbre se confondait avec cette randonnée. Mais comme *l'Etrier* était presque infini, il fallait chevaucher des jours et des jours pour en expulser les morts. Les premiers jours, la glace des cordillères conservait les cadavres, mais ensuite la chaleur des ravins finissait par vaincre l'effort désespéré des narines qu'on bouchait pourtant avec des fleurs et des feuilles de plantes sauvages. Les mulets eux-mêmes subissaient ce ressentiment des défunts rendus furieux par l'absence de bougies et de prières.

On sortit les morts à midi. A midi et demi, un des domestiques partit au galop par la route opposée. Cinq jours plus tard, il déposait le télégramme suivant : DOCTEUR MONTENEGRO, JUGE PREMIERE INSTANCE, YANAHUANCA — HONNEUR VOUS COMMUNIQUER MORT QUINZE PEONS HACIENDA L'ETRIER CAUSE INFARCTUS COLLECTIF. MIGDONIO DE LA TORRE.

— Merde alors ! dit le docteur Monténégro.

XVI

OU L'ON PARLE
DES DIFFÉRENTES COULEURS
QUE PRIRENT LES VISAGES ET LES CORPS
DES HABITANTS DE CERRO DE PASCO

Le 14 mars 1903, six minutes avant midi, les visages des habitants de Cerro de Pasco changèrent pour la première fois de couleur. Jusqu'à cette date l'heureuse population de cette pluvieuse cité exhibait un teint de cuivre. Or, ce midi-là, les visages se modifièrent : un homme qui venait de vider son petit verre de tord-boyaux dans un bistrot en émergea la tête et le corps tout bleus ; le lendemain, un autre homme qui se soûlait dans la même taverne en surgit vert comme une grenouille ; trois jours plus tard, on vit sur la place Carrion un citoyen se promener avec une tête et des mains orange. Comme on était à quelques jours du mardi gras, on crut qu'il s'agissait là de quelques-uns des futurs diables du carnaval. Mais les carnavals passèrent et les gens continuèrent à changer de couleur.

Cerro de Pasco est la ville la plus haute du monde. Ses ruelles se tortillent à une altitude supérieure à celle des monts les plus élevés d'Europe. C'est une ville où il pleut deux cents jours par an. L'aube s'y entrouvre sur la neige qui tombe. Cerro de Pasco se blottit à l'extrémité de la pampa de Junin. Même pour les chauffeurs, emmitouflés jusqu'aux yeux, la pampa est un mauvais passage. Tous les camionneurs collent sur leurs pare-brise des images de la Petite Sainte de Humay et lui recommandent leurs moteurs. Il ne s'agit pas que ceux-ci se mettent à flancher dans cette steppe éternellement polie par les gelées, dans cette pampa où le *soroche,* le mal des sommets, foudroie tant d'hommes de la côte ! Les voyageurs qui connaissent ce désert que surveille l'œil jaloux du lac Junin se signent dès qu'ils débouchent des défilés rocheux de La Oroya. « Vierge Marie, protectrice des voyageurs, sois avec nous ! Santa Tecla, protectrice des pèlerins, prie pour nous ! » invoquent-ils, verdis par le manque d'oxygène, en pressant leurs colliers de citrons, inutiles pour combattre l'anoxémie. Colliers de citrons et prières ne servent à rien dans la steppe sans arbres. Ceux qui n'ont pas fait le voyage jusqu'à Huanuco ne connaissent ni les arbres ni les fleurs : ils n'en ont jamais vu ; il n'en pousse pas ici. Seule l'herbe naine défie la colère des bourrasques. Sans cette herbe, sans *l'icchu,* personne ne pourrait vivre. Le chaume est l'aliment des troupeaux de moutons, le chaume est l'unique richesse. Des milliers de brebis broutent dans la pampa jusqu'à trois heures de l'après-midi. A quatre heures tombe la guillotine de la nuit. Le soir dans ces lieux n'est pas la fin du jour mais la fin du monde.

Qui donc attira les hommes dans ce chef-lieu de l'enfer ? Le minerai. Depuis quatre cents ans Cerro de Pasco cache le plus fabuleux gisement du Pérou. Sur cette colline pelée et qui frôle presque les testicules du ciel s'alignent les tombes délabrées des prospecteurs : ils vinrent ici faire fortune et y laissèrent leurs os ; trois siècles après les Galiciens têtus ce furent les Allemands coriaces qui grimpèrent, puis les Français méfiants, les Serbes guindés et les Grecs risque-tout ; tous dorment dans leurs tombes en maudissant la neige.

Aux environs de l'année 1900, les filons s'épuisèrent. Cerro de Pasco, si fière de ses douze vice-consulats, dépérit. Mineurs, commerçants, taverniers et putains l'abandonnèrent. La ville se dépeupla. Le vague recensement départemental de 1895 dénombre trois mille deux cent vingt-deux foyers. En cinq ans, le vent emporta deux mille huit cent trente-deux maisons. Peu à peu, Cerro retourna au désert. En 1900, il ne restait plus qu'une poignée de cahutes blotties autour de la place Carrion quand, une veille de semaine sainte, arriva un géant blond aux yeux bleus très gais, qui arborait une flambante barbe rousse. L'homme aimait boire et ripailler. C'était un ingénieur, un maître fornicateur qui se mêla tout de suite aux gens et sympathisa avec eux. Au début, on se méfia un peu du Nord-Américain, mais on comprit vite que le barberousse se préoccupait moins de manier les théodolites que de détecter les pépées du coin et alors on lui fit confiance. Le Yankee passait son temps à ramasser des échantillons de minerai et à améliorer la race. On l'adopta. Malheureusement, le géant perdit la boule. Quelques mois plus tard, un après-midi, sur le coup de trois heures, il entra au *Héros de Huandoy*, un bistrot de merde où survivait un carton de whisky du bon vieux temps. Il descendit une bouteille, puis deux, puis trois. Le soir, il sortit dans la rue distribuer son whisky. A sept heures, le délirium le visitait. Avait-il trop bu ? Ou l'altitude commençait-elle à faire son effet ? Bref, il se mit à rire comme un possédé. Les gens continuèrent à siroter — on s'enivrait aux frais du clown — mais peu à peu, au fur et à mesure que le rire se changeait en cataracte et devenait un écumeux océan, une houle brocardière, ils prirent peur et sortirent. Il n'y avait vraiment pas de quoi ! Une heure plus tard, l'homme à l'inoubliable barbe crépusculaire, séchant ses larmes, déposait sur le comptoir un gros tas de billets et sortait du *Héros de Huandoy*. Il ne remit jamais les pieds à Cerro de Pasco.

L'auteur de cet énorme éclat de rire se moquait en fait des mineurs et des prospecteurs égarés ici depuis quatre siècles, comme il se moquait de Cerro de Pasco, du vent qui emportait les maisons, de la neige qui tombait par mètres, de la pluie qui n'en finissait pas, des morts qui grelottaient transis de froid, de la solitude. Il venait de découvrir sous les galeries abandonnées un filon à faire crever de jalousie toutes les mines américaines ! Après avoir enrichi durant quatre cents ans rois et vice-rois, Cerro de Pasco était intacte. La ville elle-même — le village moribond — élevait ses masures sur le plus formidable gisement du Pérou. Les bicoques délavées, les places chauves de toute verdure, les rues bourbeuses, la Préfecture sur le point de s'écrouler, l'école, étaient la croûte d'une richesse délirante.

En 1903 la *Cerro de Pasco Corporation* vint s'installer dans le village. Ce fut une autre paire de manches ! La *Cerro de Pasco Corporation Inc. in Delaware*, connue ici sous le simple nom de *la Cerro* ou de *la Compagnie*, eut tôt fait de démontrer que le sculpteur du colossal et inoubliable éclat de rire, le barbu légendaire savait pourquoi il s'esclaffait ! La Compagnie construisit un chemin de fer, transporta un matériel mythologique et construisit à La Oroya, mille mètres plus bas, une fonderie dont la jolie cheminée asphyxiait les oiseaux à cinquante kilomètres à la ronde. Une foule de guenilleux surexcités par le gain grimpa jusqu'aux mines. Bientôt trente mille hommes creusaient des galeries grandes comme des abîmes. Dans la ville, la Compagnie érigea un monument à l'horreur architectonique : un plantureux édifice à trois étages, la Maison de Pierre, siège du plus délirant domaine minier qu'eût connu le Pérou depuis les temps de Philippe II. Les bilans de la *Cerro de Pasco Corporation* prouvent que l'homme à la barbe crépusculaire s'était simplement contenté de sourire. En un peu plus de cinquante ans — l'âge de Fortuné — la *Cerro de Pasco Corporation* avait extrait des entrailles de la terre plus de cinq cents millions de dollars de bénéfice net.

Nul n'aurait pu l'imaginer en 1900. *La Compagnie*, qui payait des salaires de deux soles, fut accueillie avec allégresse. Une multitude de mendiants, de péons fugitifs, de voleurs repentis, grouilla à Cerro de Pasco. Il fallut des mois pour s'apercevoir que la fumée de la fonderie assassinait les oiseaux. Un autre jour on découvrit qu'elle transformait le teint des hommes : les mineurs commencèrent à changer de couleur. La fumée proposait des variantes : des têtes rouges, des têtes vertes, des têtes jaunes. Mieux encore : si une tête bleue épousait une tête jaune, une tête verte naissait de leur union. A une époque où l'Europe ne connaissait pas encore les ivresses de l'impressionnisme, Cerro de Pasco s'égaya dans un carnaval permanent. Bien entendu, beaucoup prirent peur et retournèrent dans leurs villages. Des rumeurs circulèrent mais la *Cerro de Pasco* fit coller un avis à tous les coins de rue : la fumée n'était pas nocive. Quant aux changements de couleurs, ils constituaient un attrait touristique unique en son genre. L'évêque de Huanuco affirma en chaire que la couleur était un antidote contre l'adultère. Si une tête orange s'accouplait avec une tête rouge, il était fondamentalement impossible qu'une tête verte résultât du mariage : c'était une garantie. La ville se calma. Un 28 juillet, jour de la fête nationale, le préfet déclara du haut de la tribune que dans ces conditions les Indiens ne tarderaient pas à être blonds. L'espoir de devenir blanc un jour mit fin à tous les doutes. Pourtant les paysans continuaient à se plaindre : dans les terres, qu'elles fussent bleues ou jaunes, le grain ne germait pas. Quelques mois plus tard — 1904 — la *Cerro* annonça que malgré la fausse rumeur notoire selon laquelle la fumée empoisonnait les terres, elle les achèterait bien volontiers. Et, en effet, elle acheta au couvent des Nazaréennes son hacienda de 16 000 hectares. Ainsi naquit la « Section d'élevage » de la *Cerro de Pasco Corporation*. Mais le fil de fer qui clôturait « les Nazaréennes » ne tarda pas à s'agiter : il entoura l'hacienda Pachayacu, puis l'hacienda Cochas, puis l'hacienda Puñascochas, puis l'hacienda Consac, et après cela l'hacienda Jatunhuasi, et l'hacienda Paria, et l'hacienda Atocsaico, et l'hacienda Puñabamba, et l'hacienda Casaracra, et encore l'hacienda Quilla. La « Section d'élevage » grandissait, grandissait.

En 1960, la *Cerro de Pasco Corporation* possédait plus de cinq cent mille hectares, autrement dit la moitié des terres du département. Au mois d'août de la même année, rendue peut-être folle par une marche d'un demi-siècle, ou peut-être à cause d'une attaque de *soroche*, la Clôture ne put s'arrêter. Dans sa démence elle voulut posséder la terre entière. Et elle se mit à cheminer, à cheminer.

Et c'est ainsi qu'un jour un train égaré s'arrêta à la halte de Rancas.

XVII

LES SOUFFRANCES DE RÉMI LE BOSSU

A six heures du matin, Pille-Etables traversa la place de Yanahuanca en halant un magnifique pursang ; il se rendait à la boulangerie où Rémi le Bossu dormait ou plutôt ne dormait pas : il attendait tout habillé. Pille-Etables arriva en conduisant *Pommelé* par la bride et retraversa la place en compagnie de l'infirme. Rémi exhibait une chemise de flanelle rouge, un foulard orange et un chapeau appartenant à son compère. Les lève-tôt se frottèrent les yeux. Que Pille-Etables, si orgueilleux, descendît en personne de Yanacocha apporter un cheval — le meilleur cheval de selle après le véloce *Triomphant*, qu'on venait de seller pour le Nyctalope — à un être aussi falot que Rémi, semblait relever de la sorcellerie. Les deux cavaliers traversèrent la place en se pavanant. La Consuelo, qui sortait de la messe, ne résista pas à la beauté de la scène et ouvrit la bouche. Le Bossu ne lui jeta même pas un regard. Il y avait dix ans que la Consuelo méprisait Rémi. L'objet de la passion qui gorgeait l'âme du bancal était une naine aux yeux rougeâtres exorbités, avec un corps vaincu par un ventre énorme et une tête rehaussée de crins pelliculeux. Elle n'avait de beau que les tisons de ses yeux enflammés par sa haine des chats et son mépris pour Rémi. Elle lavait les chats dans l'eau bouillante et insultait Rémi en public. Mais pourquoi l'idolâtrait-il ? Si la Consuelo, maquillée par les anges et coiffée par la propre main du Créateur, avait comparu devant l'ensemble des générations et que le Seigneur eût demandé : « Qui veut de cette demoiselle pour épouse ? », les condamnés eux-mêmes auraient tourné la tête. Pourtant le destin, qui aime à se moquer de l'humanité, voulut que le seul homme capable d'héberger une passion pour la Consuelo vécût au même siècle qu'elle, dans la même nation et mieux, dans le même patelin. La Consuelo s'en moquait comme d'une figue. Si quelqu'un, pour l'embêter, lui disait : « Ton fiancé t'attend au coin de la rue », la dulcinée crachait, grise de rage : « Un de ces jours je vais attraper ce bancroche et te le noyer dans la rivière ! » ; et elle prédisait d'une voix acide que « la bosse de Rémi allait bientôt pourrir ». Rémi ne se risquait pas à escalader le clocher pour l'espionner. Les mauvaises langues murmuraient qu'une fois des malins les avaient trouvés entremêlés dans les broussailles de la rivière. Cela expliquait-il la haine maladive de la Consuelo et la fidélité de Rémi, ce toutou ? A petits pas, sur un cheval réservé aux sous-préfets, le Bossu, tout à la fierté de ses harnais d'argent, s'acheminait vers son dernier matin. Trente-neuf heures plus tôt, à ce même coin de rue, il avait osé offrir à la Consuelo un bouquet de campanules. Rémi s'était approché d'elle avec ce sourire paisible qui lui permettait de conquérir la sympathie des boutiquiers les plus pingres — ils lui offraient des biscuits cassés —

et il lui avait tendu — il avait essayé de lui tendre — les fleurs innocentes. La Consuelo lui avait craché en pleine figure.

— Lama ! Vigogne ! avait répondu la pâleur de l'outragé.

C'était là pure calomnie, attribuable au désespoir qui avait alors envahi Rémi. Car si les vigognes, mystérieuses émanations de la délicatesse, crachent, qui le nierait ? elles marchent aussi avec une élégance que la vierge et naine était bien incapable d'égaler.

Bref, ce matin-là, la Consuelo en bavait d'étonnement. Sans condescendre à la regarder, le cavalier fit évoluer *Pommelé* à droite et à gauche, et Pille-Etables s'arrêta stupéfait : la Consuelo venait, mais un peu tard, de dérouler son regard vers l'inflexible cavalier.

A Yanacocha, le délégué entrait chez Hector Chacon, le Réprouvé. La nuit ou sa femme l'avaient calmé.

— Tu es prêt, Hector ?

Chacon leva les bras :

— Aujourd'hui je vais me salir les mains avec le sang d'un exploiteur.

Le délégué se gratta la tête ; ses doigts s'acharnèrent sur les piqûres d'un pou.

— Hector, l'inspecteur a des soupçons.

Toutes les têtes se tournèrent d'un coup.

— Comment le sais-tu ?

— Ce matin, je suis allé le saluer. Il m'a reçu en prenant son petit déjeuner et m'a dit gravement : « Je vous informe que personne d'autre que nous, les autorités, n'ira à la confrontation. — Mais, monsieur, la communauté est déjà au courant. — Pas de baratin ! Si tu insistes, je n'y vais pas. »

— Il a dit cela ?

Le délégué se troubla.

— Il n'a pas dit que cela.

— Il a dit quoi ?

— « Parmi les cinq personnes qui vont m'accompagner, il n'est pas question que j'emmène Hector Chacon. »

— Mais l'inspecteur ne me connaît pas !

— Il te connaît.

— Alors, c'est qu'un salaud aura parlé.

— Personne n'a parlé.

— Si, vous autres, qui portez votre frousse au milieu du visage !

Le délégué transpirait.

— Bustillos nous conseille de ne pas commettre ce crime-là, Hector ! Il a été longtemps dans le bain et la justice, ça le connaît. Hector, nous sommes dans le pétrin !

Profitant d'un instant d'inattention du délégué, Pille-Etables décocha un clin d'œil complice au Nyctalope.

— Renonce à ce crime, Hector ! supplia le délégué. Ne te salis pas.

— Je me suis préparé pour quoi, hein ? Suis-je une marionnette ?

— Renonce à cet assassinat.

— Ce n'est pas un assassinat. C'est la justice.

— La justice, tu n'as pas le droit de la faire toi-même !

— Bon, se résigna Chacon, plus décidé que jamais.
— Tu es armé ?
— Fouille-moi si tu veux !
On entendit le troisième coup de cloche.
— Allons-nous-en, dit Pille-Etables. Il est tard.
Ils montèrent sur leurs chevaux. La place de Yanacocha regorgeait de cavaliers. Le quartier Rabi et le quartier Tambo attendaient derrière leurs bannières. Les femmes s'attroupaient autour de la Sulpicia : les femmes mariées, derrière un drapeau rouge ; les célibataires, derrière un drapeau jaune ; les veuves, derrière un drapeau noir.

Sulpicia aperçut Chacon et s'avança vers *Triomphant*. Les responsables de la fourrière, qui comme tous les Yanacochains savaient que l'âme de Chacon mijotait un exploit, lui avaient choisi *Triomphant*, le meilleur cheval de la communauté.

— Que Jésus-Christ, Notre Seigneur, soit avec toi ! dit la vieille. Que Jésus-Christ, le Protecteur, veille sur toi ! Que le Seigneur guide ta main, *papito* !

Le visage sombre de Chacon ne s'éclaircit point.

— Savez-vous que l'inspecteur interdit à la communauté d'aller là-bas ?

Sulpicia prit un coup de vieux :
— Qui a dit cela ?
— Le délégué.
— Personne d'autre que les autorités n'ira là-bas, confirma, embarrassé, le délégué. La peur et la confusion inondaient ses yeux.

— La terre n'est pas le bien d'un seul, dit Sulpicia. Elle est à tout le monde et tout le monde ira ! Si

Monténégro veut qu'on soit peu c'est pour mieux nous humilier !

Elle tourna le dos au délégué. Elle l'ignorait :

— Qu'est-ce qu'on fait, Hector ?

— Nous irons, maman, quoi qu'ils fassent. Les autorités accompagneront l'inspecteur, mais vous autres, vous nous suivrez sans vous faire voir.

— Prenez des bâtons et des frondes, recommanda Pille-Etables.

— Pille-Etables et le Voleur de chevaux m'accompagneront. Vous, Sulpicia, vous restez à la tête de la communauté. Vous nous suivrez par le raccourci et nous rattraperez à Parnamachay. Moi je vais avec les autorités, mais je me retournerai pour vous faire signe. Si je lève la main et si j'agite un mouchoir, vous rappliquez immédiatement.

Ils partirent. Les clairons et les tambours loués pour du vent défilèrent en silence sur le chemin de Huarautambo. Les autorités attendirent que la communauté eût disparu dans le virage et se dirigèrent vers l'endroit où logeait l'inspecteur Galarza. L'inspecteur, reposé par une nuit de sommeil complet, se chauffait au soleil dans le patio. Le délégué le salua :

— Bonjour, monsieur l'inspecteur. Avez-vous bien dormi ?

— Très bien, très bien ! répondit l'homme à la face rougeaude.

— Et le petit déjeuner ? Ça allait ?

Mélécio de la Vega approcha un zain splendide, fort joliment sellé et harnaché.

— Voilà un très beau cheval ! loua l'inspecteur, qui se tourna vers le délégué : — Je te préviens ; s'ils insistent, je n'y vais pas !

— Mais pourquoi, monsieur l'inspecteur ? demanda Chacon, d'une voix si respectueuse que Galarza ne put faire autrement que de répondre.

— J'ai derrière moi des années d'expérience. J'ai assisté à bien des confrontations. Quand il y a foule, on ne peut rien faire !

La voix veloutée de Chacon insista :

— Oui, mais la terre appartient à tout le monde !

Ils dépassèrent les dernières maisons. Le matin s'argentait dans les eucalyptus.

XVIII

OU L'ON PARLE DES COMBATS ANONYMES DE FORTUNÉ

Septembre trouva plus de trente mille brebis mortes. Les villages étaient abasourdis par le fracas de leur malheur et ne savaient plus que pleurer. Assis sur l'océan de laine de leurs brebis moribondes, ils sanglotaient, immobiles, les yeux fixés sur la route.

Le troisième vendredi de septembre, Rivera le délégué convoqua le père Chassan. Le petit père vint dire la messe. Tous les pécheurs, toute la population de Rancas remplit l'église. Le curé prononça un sermon qu'on écouta à genoux.

— Petit père, demanda le délégué, une fois la messe terminée. Pourquoi le Bon Dieu nous envoie-t-il ce châtiment ?

Le père répondit :

— La Clôture n'est pas l'œuvre de Dieu, mes enfants. Elle est l'œuvre des Américains. Prier ne suffit pas. Il faut se battre !

Le visage de Rivera bleuit.

— Comment pourrait-on se battre contre *la Compagnie*, petit père ? S'ils ont tout avec eux : la police, les juges, les fusils !

— Avec l'aide de Dieu tout est possible.

Rivera le délégué s'agenouilla :
— Bénissez-moi, petit père.
Le père Chassan dessina une croix.
Et la lutte commença. A quatre heures du matin, Rivera frappa à toutes les portes et les hommes se réunirent sur la place. Il gelait et l'on sautait sur les pierres pour ne pas peler de froid. Ils s'armèrent de gourdins et de frondes, et se partagèrent trois bouteilles de tafia. Il faisait encore sombre quand ils se tapirent pour attendre la ronde de *la Compagnie*. Le soleil n'arrivait pas dépêtrer ses pattes de la toile d'araignée que tissait le brouillard rose. Soudain de vagues statues équestres émergèrent et ils tombèrent sur les cavaliers. La peur durcissait leurs poings en colère. Brillants d'excitation et de rosée, les chiens participaient à leur courroux. Les contremaîtres, surpris, contusionnés, le visage déchiré par les pierres des frondes, se perdirent dans le brouillard.

— Foutez la Clôture en l'air ! ordonna Rivera le délégué, en crachant une de ses dents.

— Qu'est-ce que vous dites, don Alfonso ?

— Foutez la Clôture en l'air et mettez-y le troupeau ! insista le délégué qui épongeait le sang de son nez avec un mouchoir crasseux.

Ils obéirent. On revint à Rancas chercher les brebis : il fallut les traîner. Mais le pâturage fait des miracles et une heure plus tard les moutons mangeaient et gambadaient de nouveau parmi les chiens, fous de joie. Ce soir-là, pour la première fois depuis des semaines, des rires sonnèrent à Rancas. Tout le monde se vantait d'exploits véritables ou imaginaires. Les commerçants eux-mêmes faisaient crédit avec plaisir. Don Eudocio invita tous ceux qui montraient un visage meurtri ou des lèvres fendues.

On continua de se battre. Chaque matin, à l'aube, on affrontait les rondes de la *Cerro de Pasco Corporation*. De la même manière qu'on allait autrefois conduire les bêtes au pâturage, on sortait maintenant se livrer au très vieux rite de la guerre. On en revenait couvert de sang. Egoavil, le chef des contremaîtres, un géant de presque deux mètres, renforça ses effectifs. Les patrouilles de cinq hommes furent supprimées et les rondes de *la Cerro* se firent désormais par groupes de vingt cavaliers. Malgré tout, les combats continuèrent. Les vieux étaient les plus acharnés : « Nous n'avons plus de dents, disaient-ils. Alors, qu'est-ce que ça peut nous faire qu'on nous abîme le portrait ? Vous les jeunes, vous devez faire attention à vos dents, pour plaire aux filles. Mais nous, à quoi servons-nous, hein ? »

Pourtant Egoavil n'était pas manchot. Un matin, les bergers de « La Florida » entrèrent à Rancas en pleurant derrière un troupeau de vaches qui beuglaient lamentablement. On leur avait coupé la queue et elles ressemblaient à des cochons d'Inde ! Et c'est ainsi que commencèrent violences et répression. Une brebis qui rencontrait les équipes était une brebis piétinée. Mais il y eut pis : un autre jour, à l'aube, trois bergers qui se chauffaient au pied d'une pente devant un feu de bouse dans le brouillard dense entendirent crépiter un grand éclat de rire. Ils se levèrent, inquiets, tandis qu'une pelote roulait non loin d'eux, et s'approchèrent : c'était la tête de Mardochée Silvestre !

La masse des combattants se clairsema. Les derniers qui se risquèrent au combat revinrent en clopinant. Les portes auxquelles frappait le délégué restaient obstinément fermées. A la fin septembre, les plus courageux n'osèrent plus lutter. Un jour, les contremaîtres se présentèrent avec des hommes en uniforme. Un peloton de la garde républicaine escorterait la ronde à l'avenir ! L'attaquer signifierait attaquer la force armée ! Egoavil entra dans Rancas accompagné de trois gendarmes ; il parcourut ostensiblement la rue, fit claquer ses talons sur la place et franchit le seuil du bistrot de don Eudocio :

— Une douzaine de bières pour ces messieurs ! grogna-t-il en s'appuyant contre le comptoir. Il fallut le servir.

Dans l'enceinte immense des champs clôturés il ne resta plus que Fortuné.

Des guérites furent hâtivement construites par les menuisiers de la *Cerro de Pasco Corporation* et la garde républicaine y plaça des sentinelles, tous les trois kilomètres. Personne ne se risqua à attaquer.

Personne à l'exception de Fortuné.

Quand Egoavil, le gigantesque fils de pute, chef des contremaîtres, regarda l'unique adversaire de *la Compagnie*, le rire faillit le désarçonner. Après s'être esclaffé à en pleurer, il s'éloigna. Mais le lendemain la ronde se retrouva nez à nez avec le vieillard. Deux chandelles brûlaient sur son visage aplati. Le vieux aperçut les cavaliers et leur lâcha un jet de fronde.

Ils mirent pied à terre et le bourrèrent de coups de poing. Fortuné rentra au village en se traînant. Le lendemain à l'aube, il remit ça. Egoavil donna l'ordre de le sculpter à coups de fouet. *Gueule-de-Crapaud* — c'était ainsi que l'avait baptisé Egoavil — se tortilla comme un serpent mais il ne cria pas.

Lorsque les fouets le dédaignèrent, il avait les lèvres toutes mordues.

— Si tu veux, reviens demain pour la monnaie ! cria Egoavil.

Il revint. Quand il rentra à Rancas il ressemblait trait pour trait au saint Sébastien de l'église de Villa de Pasco. Il lui fallut trois heures pour parcourir quatre kilomètres. Il arriva en laissant derrière lui une traînée de sang.

— N'insistez pas, don Fortuné, le supplia, ce matin-là, Alfonso Rivera. Vous êtes seul et n'arriverez à rien ! On ne peut pas se battre seul contre cinq cents !

Ses filles sanglotaient :

— Ils vont te tuer, *papacito* ! Vivant, tu nous es utile ; quand tu seras mort, on ne pourra même pas compter sur toi pour l'eau.

— Tout seul, vous n'arriverez à rien ! répéta Rivera.

Il ne répondit pas et continua à se battre. Chaque jour, il allait s'embringuer dans ces bagarres inutiles. Pour les contremaîtres ce n'était plus un combat mais un jeu. Les brutes le tiraient à la courte paille. « Ne l'esquinte pas trop, il faut conserver notre petit crapaud », disait Egoavil en rigolant. Le vieux était fidèle au rendez-vous. Il tombait et se relevait. Il ne cédait pas. Il ressemblait à ces poussahs qui, rabattus dans n'importe quelle direction, reviennent toujours à la verticale. Le malmener était désormais une routine soumise aux humeurs d'Egoavil. Ainsi, le matin qui suivit la nuit où la *Cul Electrique* l'envoya publiquement promener après lui avoir siroté une bouteille d'anisette, Egoavil décida d'extraire cette mouche de son œil. Huit cavaliers formèrent un cercle autour de la pâleur du vieux. Une heure durant, ils se le renvoyèrent, à coups de pied, à coups de poing. Fortuné titubait, étourdi ; son visage était un masque ébréché. Quand ils le lâchèrent, il s'écroula comme un sac vide.

Il resta allongé dans l'herbe, sur le dos, haletant et bouche ouverte. A midi, des muletiers l'ayant ramassé, il entra dans Rancas en vomissant. Il couvrit son visage vert-jaune-violet de morceaux de viande fraîche et se jeta sur sa paillasse où il resta tout raide pendant trois jours. Le quatrième jour, il se leva ; le cinquième, à l'aube, il sortit à nouveau affronter la ronde. Mais l'homme qu'il trouva était un autre Egoavil et, cette fois, aucun cavalier ne descendit de cheval.

— Allez-vous-en, Fortuné ! Foutez le camp ! lui crièrent-ils, en s'éloignant.

Le vieux voulut les poursuivre à coups de pierres. Sa faiblesse l'en empêcha. Et aussi le trot des bâtards !

Egoavil avait commencé à le voir dans ses rêves. Fortuné le traquait dans son sommeil. Toutes les nuits, il lui apparaissait. Il errait à ce moment-là dans un désert, au-delà de toute fatigue, lorsqu'il entendait une voix ; inquiet, Egoavil hâtait le pas, mais à nouveau on le sifflait. Qui pouvait l'appeler dans cette solitude planétaire ? Il fuyait, fuyait la voix implacable. Il parcourait des lieues et des lieues lorsqu'il découvrait, atterré, que celui qui lui parlait n'était autre que son cheval ; il en descendait en claquant des dents pour s'apercevoir que le bidet avait la tête tuméfiée, orangée, de Fortuné. Egoavil avait aussi rêvé qu'il trouvait dans sa chambre un portrait du vieux. Affolé, il arrachait le portrait détesté et découvrait que c'était un calendrier atroce où sous chaque visage arraché surgissaient des centaines de visages du vieillard : Fortuné qui se moquait de lui, Fortuné qui lui tirait la langue, Fortuné en larmes, Fortuné qui lui faisait de l'œil, Fortuné avec le visage tout bleu, Fortuné avec le visage piqueté de trous, Fortuné grêlé. Et il avait rêvé pis encore : Fortuné lui était apparu cloué sur une croix. Il l'avait vu dans son rêve comme le Christ crucifié. Les chrétiens de Rancas, les dévots de la terre entière suivaient le brancard en priant. Le crucifié portait le pantalon graisseux et la chemise effilochée du vieux ; au lieu de la couronne d'épines, il exhibait son chapeau défoncé. Egoavil avait parfaitement distingué le visage boursouflé. Le crucifié, le Seigneur de Rancas, apparemment, ne souffrait pas ; de temps en temps il déclouait un de ses bras et portait à ses lèvres une bouteille d'eau-de-vie. Egoavil s'avançait derrière le brancard, un cierge à la main, il tremblait, il voulait se cacher, mais le crucifié le reconnaissait et lui criait : « Ne te sauve pas, Egoavil ! Demain, on se retrouvera ! » ; et il lui décochait une œillade, de son œil muré par une jaune et horrible tumescence. Egoavil s'était réveillé en criant.

Assis sur une roche, le vieux retroussa ses manches avec calme. Egoavil se sentit une bouche de miel :

— Don Fortuné ! dit-il en s'enrouant du haut de son cheval. Vous êtes un homme ! Un vrai ! Je ne le sais que trop ! Et sa main méprisante désigna la ronde silencieuse : — Ici, il n'y a personne qui vous arrive à la cheville. Et surtout pas parmi ces peauxde-couilles ! Alors pourquoi continuer la lutte ? Vous êtes seul, don Fortuné. Vous ne pouvez rien faire ! La *Cerro* est puissante. Tous les villages se sont aplatis devant elle. Vous êtes le seul à insister. A quoi bon poursuivre, don Fortuné ?

— A terre, châtré, si tu ne veux pas que ce soit moi qui te fasse descendre ! cria Gueule-de-Crapaud.

— Je vous en prie, Fortuné, ne m'insultez pas.

— Fils de putain par ta putain de mère !

— Nous ne voulons pas vous frapper. Si vous cessez de venir par ici, la ronde n'y reviendra pas non plus.

— Fils de maquereau par ton maquereau de père !

Egoavil parcourut les visages de cuir de la ronde ; il entrevit la face du Christ, sentit la sueur du cauchemar et sauta de cheval. Ils se battirent. Fortuné attaquait, rageur, avec des poings de plomb. Egoavil lui répondait avec des poings de laine.

XIX

OU LE LECTEUR SE DIVERTIRA
AVEC UNE PARTIE DE POKER

Le juge Monténégro fit le voyage de *l'Etrier*. Canchucaja l'infirmier, Passion le greffier, Aruntingo, le sergent Cabrera et une escouade de gardes civils escortèrent le magistrat. Don Migdonio donna des ordres pour que l'accueil, tout au long du trajet, fût fastueux. Toutes les six heures on renouvelait chevaux et casse-croûte. Cinq jours plus tard, ils franchissaient la voûte de pierre où pendait, depuis cinquante ans, l'étrier d'argent du grand-père de don Migdonio. Ce dernier, vêtu d'un pantalon de cheval, d'une casaque de cuir, de bottes anglaises et d'un luxueux foulard de soie, souhaita la bienvenue à « l'illustre compagnie », un tantinet intimidée par les dimensions de la demeure du maître.

C'était une énorme bâtisse de cent mètres de long, parsemée de portes et de fenêtres défraîchies. L'abandon liquidait ici la volonté des constructeurs et la cour pavée capitulait devant l'herbe. Des fantômes en guenilles, des péons sans visage, émergèrent parmi les bouses. Les nouveaux arrivés traversèrent la cour et pénétrèrent dans la salle à manger à laquelle de vieux meubles anglais qui souffraient entre des murs couverts de calendriers donnaient encore quelque éclat. Un repas grandiose les y attendait. Les heures passèrent et ils continuèrent à siroter eaux-de-vie et punchs. Cette fois ils étaient bien conviés à la fête, alors que normalement, à l'exception du docteur Monténégro, invité d'honneur dans toutes les réunions, notables et gardes civils s'associaient d'eux-mêmes, sans autres formalités, aux célébrations. A six heures du soir, le docteur Monténégro se décida enfin :

— J'espère, don Migdonio, que vous allez m'accorder quelques petites minutes d'entretien ?

Ils s'enfermèrent dans le bureau. Ce qu'ils se dirent durant les soixante minutes qui suivirent reste ignoré, comme on ignore la teneur des propos que San Martin et Bolivar échangèrent au cours de leur rencontre de Guayaquil.

— Vous permettez, sergent ? lança, au bout d'une heure, du seuil de la porte, le docteur Monténégro. Le sergent posa sur la table son verre de cognac et pénétra dans le bureau. La discussion entre don Migdonio, le docteur Monténégro et le sergent Cabrera, reste elle aussi un mystère et s'enveloppe dans une brume historique comparable à celle qui entoure les pourparlers de Napoléon et d'Alexandre Ier sur le radeau archicélèbre.

— Vous permettez, ami Canchucaja ? appela à nouveau le docteur Monténégro qui s'installait définitivement dans l'univers des énigmes historiques.

Et ici les versions se contredisent. Certains chroniqueurs affirment que les entretiens ne durèrent pas des heures mais des jours et qu'au lieu de célébrer un conclave les autorités voyagèrent jusqu'aux frontières de l'hacienda. Pour démentir les témoignages de ceux qui jurent qu'ils virent sortir les autorités hilares et bras dessus bras dessous, les historiens exhibent une preuve irréfutable : cette nuit-là — cette nuit-là ou ce jour-là ? — les autorités confirmèrent qu'Espiritu Félix et ses quatorze compagnons avaient été foudroyés par un « infarctus collectif ». Pouvait-on classer l'affaire sans un examen approfondi ? Mais c'est inimaginable ! ratiocinent les mêmes historiens qui concluent que les autorités gagnèrent, par une suite d'étapes pénibles, les limites brumeuses de *l'Etrier*. Quoi qu'il en soit, l'avis du docteur Monténégro fut catégorique : les péons avaient été fauchés par le premier infarctus collectif de l'histoire de la médecine. Le docteur Monténégro confirma que les cœurs fragiles des garçons d'écurie n'avaient pu supporter les cimes du pouvoir ; l'émotion avait pulvérisé ces cœurs habitués à trotter à cinq mille mètres d'altitude lorsqu'ils s'étaient trouvés assis dans les fauteuils de la grande salle de *l'Etrier*. La province triomphait. Le privilège d'une déconcertante nouveauté médicale refusée aux grandes capitales retombait sur une humble mais sincère province péruvienne. Tant il est vrai que le génie ne choisit pas seulement les grandes nations pour se révéler !

A cause d'un cheval, à cause de Lunanco, *je me suis brouillé avec le juge Monténégro. Peu de temps après le mariage de la propriétaire de Huarautambo avec le docteur, les contremaîtres ont capturé* Lunanco. *J'ai suivi leur trace et je suis arrivé à l'hacienda :* Lunanco *hennissait dans la fourrière.*

— *Pourquoi m'avez-vous volé mon cheval ?*
Le gardien a baissé la tête :
— *Le docteur a donné l'ordre de capturer les animaux qui font des dégâts dans ses prairies.*
— *Il n'était pas dans les prairies du docteur !*
— *Je ne sais pas, don Hector. Allez voir les patrons !*
Je suis allé à l'hacienda et j'ai demandé à rencontrer le docteur. On m'a fait entrer dans la cour, où Monténégro était assis, en train de lire son journal :
— *Comment ça va, Chacon ?*
— *Moi ça irait, docteur. Mais c'est* Lunanco...
Le docteur a froncé les sourcils :
— Lunanco *?*
— *Oui, un de mes chevaux. Celui que vous retenez dans votre écurie.*
— *Il a dû faire des dégâts.*
— *Docteur, ce n'est pas votre pré. C'est le mien !*
Le juge m'a regardé de son œil torve :
— *Je ne suis pas au courant. Tout ce que je sais c'est que vous abusez de mes prairies.*
— *Mais, docteur...*
Le juge s'est levé.
— *Allez, ça suffit comme ça ! Fous-moi le camp, cholo de merde !*
Je suis reparti mais j'avais des tisons plein le cœur, alors je suis allé à Yanahuanca. Le même matin j'ai présenté ma plainte à la sous-préfecture. On n'a pas voulu m'écouter. « L'autorité, a dit don Archimède Valério, ne peut résoudre des problèmes privés. Or cette dispute-là est privée. Je ne peux arranger l'affaire. »
J'ai repris le chemin de Huarautambo et mon cœur

s'est brisé comme s'il était tombé par terre : les contremaîtres avaient capturé tous mes chevaux : Alezan, Châtaigne, Cannelle, Rosette ; *même ma jument Huichamaray, que j'appelle ainsi parce qu'elle pleure quand elle s'éloigne des autres chevaux, souffrait dans la fourrière. Les contremaîtres ne relâchent jamais les animaux sans faire payer « les dégâts » : cent soles par bête. Tant qu'on ne paie pas la note les animaux restent sans boire et sans manger. Et il en meurt, des bêtes !*

Je suis allé voir Palacin le majordome.

— Pourquoi t'en prendre à moi, Maxime ? Qu'est-ce que je vais faire ? Tu sais bien que je n'ai pas d'argent.

— Tu es trop crâneur, Chacon ! Le docteur veut te donner une leçon.

— Mais où veux-tu que je prenne les trois cents soles ?

— Il y a huit cents soles de dégâts, Hector !

J'en avais tout juste dix. J'ai acheté une bouteille de gnôle et je me suis écrasé :

— Faites quelque chose pour moi, don Maxime.

— Tu es trop arrogant, Chacon.

— Prenez un peu d'eau-de-vie et pardonnez-moi, monsieur Palacin !

— Te pardonner ? Impossible ! Les ordres sont stricts. Je dois te serrer la vis.

J'ai supplié, tandis que Palacin liquidait ma bouteille :

— Je n'ai pas huit cents soles. Jamais je n'ai eu cette somme-là ! Et je ne l'aurai jamais !

— Je peux accepter un cheval.

Que pouvais-je faire d'autre ? Je n'en perdrais qu'un, je sauverais les autres...
— *Quel cheval veux-tu ?*
— *Je veux celui-là. Et il m'a montré* Lunanco.
— *Celui-là, non, monsieur Palacin. Celui-là, je me suis attaché à lui... Celui-là, non !*
Va te faire foutre : je n'ai pu sauver Lunanco.

La cour suprême ayant ratifié le rapport du juge, don Migdonio décida de se rendre à Yanahuanca afin de remercier le docteur Monténégro des « facilités accordées au soussigné ». Quand, par la bouche d'un des péons de *l'Etrier*, le docteur apprit que don Migdonio, le seul homme capable d'engrosser sept femmes le même jour, marchait sur Yanahuanca, la première chose qu'il fit fut de charger dame Josette d'ordonner un énorme massacre de cochons, de cabris et de poules. A l'exception du sénateur, un gratte-papier pécunieux, aucune huile aussi raffinée n'avait daigné ennoblir la ville en lui rendant visite. Les épouses des notables vidèrent le stock de fanfreluches et d'atours qui s'ennuyaient dans les boutiques. Mais qui le docteur Monténégro, plus plongé que jamais dans ses randonnées solitaires et dans la gravité de ses pensées, inviterait-il ? Les notables souffrirent. Allons ! pour une fois on s'était trompé : le docteur invita tous les habitants présentables.

Ceux-ci sortirent à une lieue de la ville pour recevoir le dignitaire. Don Migdonio de la Torre y Covarrubias del Campo del Moral fit son entrée à Yanahuanca au soir tombant : ses pattes de rouquin à la maréchal Sucre et sa barbe de cuivre, sculpturale, mirent le peuple dans tous ses états et c'est sous les applaudissements qu'il traversa les rues balayées par les prisonniers. Par ordre du sergent Cabrera les gardes attendaient, martialement alignés devant le poste. Derrière sa barbe rousse, don Migdonio de la Torre y Covarrubias del Campo del Moral scruta la rougissante dame Josette ; il lui décocha de loin un coup de chapeau princier, descendit de cheval et lui baisa la main. Le docteur Monténégro, qui ignorait les raffinements de cette espèce, hésita sur la crosse de son pistolet ; une tornade de sentiments secoua son âme, un ouragan comparable à celui qui, dit-on, ravagea l'esprit d'un général, président de la République, le jour où, peu après son coup d'Etat, un ambassadeur approcha ses lèvres de la robuste main de la Première Dame du pays. Connaissant la jalousie du dictateur, la générale en fut si effrayée qu'elle ne sut que crier : « Apollinaire ! Apollinaire ! »

Cette nuit-là les réjouissances commencèrent. Au domicile du docteur, où les cours regorgeaient de mules chargées de « petits cadeaux » apportés par les péons de *l'Etrier*, autorités et notables, lavés de frais et bien peignés, défilèrent. Tous exhibaient des chemises neuves. Don Archimède, le sous-préfet, était vêtu de son habit bleu de cérémonie, réservé aux fêtes patriotiques, et arborait une cravate rouge. (Ce luxe innocent devait, quelques années plus tard, causer sa ruine. Les hasards du service voulurent en effet qu'on le détachât dans un autre département où les envieux l'accusèrent d'être un extrémiste. Le préfet, qui ne pouvait pas l'encaisser car don Archimède n'avait pas réussi à organiser un bordel dans la ville, déception qui privait son supérieur hiérarchique de l'accomplissement d'un rêve : disposer d'un lupanar dans chaque circonscription, le préfet vit dans la cravate écarlate de son subalterne la preuve de son communisme forcené : don Archimède y perdit sa situation et mourut dans l'oubli.)

Incapable de prévoir les turbulences de l'avenir, le sous-préfet s'approcha, fier comme Artaban, et salua don Migdonio de la Torre y Covarrubias del Campo del Moral.

Le juge avait poussé la minutie jusqu'à faire balayer en grand la maison et l'on avait même frotté le plancher à l'essence ; l'odeur de pétrole se confondait avec les fumerolles qu'exhalaient les aisselles en sueur des matrones, encore sous l'effort d'avoir dû porter leur progéniture. Les piaulements des morveux — c'était le mot : ne montraient-ils pas leurs nez bouchés par des croûtes de morve ? — neutralisaient les audaces musicales du célèbre roquet de la firme *Victor* :

> *On t'a vu à Orrantia*
> *au volant d'une belle auto ;*
> *ce doit être un cadeau d'ton nouveau gigolo.*

Autorités et notables gigotaient sur la sciure dont on avait aspergé le plancher pour éviter que les invités ne dérapent sur le pétrole. Ce fut la plus ébouriffante ribouldingue jamais célébrée à Yanahuanca. Au petit matin, alors que les notables ne sentaient plus leurs jambes, don Archimède proposa :

— Et si nous faisions une partie de poker ?

— Avec plaisir ! accepta don Migdonio, qui commençait à s'ennuyer.

Et comme un malheur n'arrive jamais seul, quelques semaines plus tard, Polonio Cruz, mon compère, m'a chargé de m'occuper de ses chevaux. La malchance ayant voulu que je me laisse distraire, les contremaîtres sont venus et les ont emmenés. On m'a donc revu à Huarautambo. Mais cette fois ils ne m'ont pas écouté et même ils ont gardé un cheval de mon compère. « C'est ta faute », m'a dit, désolé, don Polonio. Et c'était vrai : c'était moi le coupable. Alors, pour le dédommager, je lui ai offert Charognarde, *une jument que don Polonio a fini par prendre en affection.*

Mais il y a eu pire : pour améliorer mon sort j'ai ensemencé Yanaceniza, une terre abandonnée. Dix sacs de bonne semence ! Il y a par ici beaucoup de sortes de pommes de terre : la pomme de terre brune sableuse, qui est incomparable pour la table ; la jaune, qui se vend bien sur le marché ; la shiri, *la meilleure pour la fécule ; la blanche, qu'on garde pour sa consommation personnelle... J'avais donc choisi ma semence avec amour, en tenant compte de sa grosseur et de ses belles couleurs. La terre semblait contente et mes pommes de terre embellissaient. C'était une merveille de les voir fleurir, en avril ! C'est juste à ce moment-là que le malheur est arrivé : une nuit, un troupeau a saccagé mon champ. La malchance, quoi ! Oui mais, la nuit suivante, le même troupeau est revenu gambader sur ma terre. Désespérément, j'ai essayé de lui barrer la route à coups de pierres. Impossible ! Alors j'ai mis le grappin sur un berger :*

— *Qu'est-ce qui te prend ? Pourquoi fais-tu cela ?*
Il a baissé la tête :
— *Le docteur veut qu'on lâche ici les animaux. A nous aussi, ça nous fait mal au cœur, don Hector !*
Désespéré, je suis descendu à la ville voir le docteur. Le juge sortait.
— *Docteur, voulez-vous me permettre un petit mot ?*
Monténégro a poursuivi sa route :
— *C'est encore pour des dégâts ?*
— *Oui, docteur.*
Il s'est arrêté un instant :
— *Tu aimes vraiment la chicane, hein ? C'est la troisième fois que tu me déranges, Chacon ! Tu ne sais donc pas que je ne m'occupe pas de ces affaires-là ? Adresse-toi plutôt à ma femme !*
Dame Josette, la propriétaire, est une femme qui se sert de son sexe pour salir les chrétiens ; sa bouche, qui vous injurie, empeste plus que celle d'un ivrogne. J'ai demandé à lui parler. Impossible ! Ce jour-là elle était dans ses greniers en train de recenser son argenterie et de peser sa laine. J'ai attendu toute la matinée. Enfin, à midi, elle est descendue dans la cour :
— *Cristina ! Cristina !*
Deux filles, aussitôt, sont apparues.
— *Venez avec vos peignes me démêler !*
Les filles ont couru chercher deux chaises. La Monténégro s'est assise sur l'une et Cristina sur l'autre.
— *Sois bref. Je suis pressée, m'a-t-elle dit en rentrant la tête sous la touffe de ses cheveux.*

— *Tes bêtes sont en train de ravager mon champ de pommes de terre !*

La petite coiffeuse m'a regardé avec de jolis yeux ; je la connais depuis sa plus tendre enfance ; une fois, je lui ai même offert une truite, une fois...

— *Qui t'a dit que c'était ton champ de pommes de terre, cholo de merde ?*

— *C'est moi qui ai ensemencé Yanaceniza, señora.*

Elle a levé sa tête coléreuse :

— *Pourquoi as-tu choisi cet endroit-là pour y semer des pommes de terre, abruti ?*

— *C'est une terre abandonnée. J'ai l'autorisation de la communauté.*

— *Mais elle se prend pour qui, la communauté ! Et de quel droit t'autorise-t-elle ? La communauté, je l'ai au cul, tu m'entends ! Dans cette province, les terres abandonnées, ça n'existe pas. Elles sont toutes à moi ! A mes troupeaux !*

— *Comment cette terre serait-elle à tes troupeaux ? Personne ne l'a ensemencée depuis mes grands-parents.*

La touffe noire, à nouveau, s'est soulevée. Elle a crié :

— *Je suis ravie ! Ravie que mes bêtes aient ravagé ton champ ! Tu n'es qu'un sale crâneur de cholo ! Un Indien de merde ! Plus mal tu te conduiras et plus mal ça ira pour toi. Tu ne comprends rien à rien ! Tu n'es qu'un obstiné ! Mais tu vas bien voir ce qui va t'arriver !*

On prépara les tables. Don Migdonio de la Torre y Covarrubias del Campo del Moral, le docteur Francisco Monténégro, Valério le sous-préfet et don Héron de los Rios le maire s'assirent pour la première distribution. Au deuxième tour, leur sommeil se volatilisa. Au troisième, le Malin souffla au docteur Monténégro de contrer une mise. Don Migdonio de la Torre y Covarrubias del Campo del Moral, qui cachait une quinte au treize, s'indigna. Les esprits s'échauffant, les mises montèrent à cinq mille soles : ce fut le docteur qui les empocha. Ils s'acharnèrent comme des démons sur une âme de pécheresse et n'arrêtèrent qu'à huit heures du matin. On les interrompit pour leur servir un bouillon de canard au riz, bouillon qui eut dans le gosier de don Migdonio de la Torre y Covarrubias del Campo del Moral un goût d'orties : il perdait onze mille soles. Son avarice était encore plus tyrannique que sa terreur du Mauvais Œil. Il était si radin que pour ne pas perdre dix soles, il eût été capable de creuser en pleine nuit, violet de peur, dans un cimetière. Proclamant combien il était doux de se trouver entre amis, il refusa de mettre fin à une aussi sympathique partie. Ils s'abandonnèrent à un petit somme dans les chambres et remirent ça sur le coup d'onze heures. Ils jouèrent tout l'après-midi et le soir, qui aggrave l'état des malades, revigora la chance de don Migdonio de la Torre y Covarrubias del Campo del Moral. Quand on les interrompit avec les fastes d'une poule au piment, véritable Chapelle Sixtine de la cuisine créole, le docteur Monténégro perdait quatorze mille soles. Ce fut au tour du magistrat de s'étendre sur la joie d'héberger les amis. Il maudissait l'idée de don Archimède. On reprit la partie, la nuit glissa et le sous-préfet lui apparut sous des couleurs moins sombres ; à l'aube, il changea d'opinion : dix-huit mille soles s'amoncelaient devant une quinte à l'as. Cette fois ce fut don Migdonio de la Torre y Covarrubias del Campo del Moral qui se perdit dans l'éloge des plaisirs de l'amitié. Ils piquèrent un nouveau roupillon et à midi la partie recommençait.

Ils jouèrent ainsi durant quatre-vingt-dix jours.

Je me suis mordu les mains pour ne pas faire un malheur.

Je suis sorti. Le soleil fendait la place. Des enfants sont passés en courant, suivis par un chien en colère. Ils se sont retournés et le chien a filé. J'étais comme lui : je me débinais chaque fois que les propriétaires se retournaient sur moi. Je suis allé jusqu'au bistrot de don Glicerio Cisneros. Et là, qu'est-ce que je trouve ? Salomon Réquis, le conseiller municipal de Yanacocha, et Abraham Carbajal qui buvaient une chopine. Je me suis précipité sur Salomon que j'ai bourré de coups de poings :

— Toi, une autorité ? Tu n'es qu'une lavette !

— Qu'est-ce qui t'arrive, Chacon ?

— Tu vois qu'on me veut du mal et tu laisses faire !

Je pleurais. Réquis a essuyé le sang qui coulait de sa bouche.

— Tu as raison, Chacon ! Nous ne sommes que des bons à rien !

— Prends un verre, Chacon, a dit don Glicerio. Allez, bois, c'est ma tournée.

— Carbajal a raison. Nous ne sommes que des lavettes ! Le juge nous écrase sous ses talons !

— *Pourquoi ne captures-tu pas les bêtes de Monténégro la prochaine fois qu'elles causent des dégâts sur tes terres ?*

Jamais personne n'avait poussé l'audace jusqu'à se saisir des bêtes de l'hacienda Huarautambo.

— *Tu les amènes à la fourrière. Et on verra ça, nous, les autorités !*

J'ai bu.

— *Pardonne-moi, Réquis.*

— *A la tienne, Chacon !*

J'ai parlé avec mes voisins Santos Chacon et Esteban Herrera, eux aussi affolés par les progrès de l'hacienda. Nous nous sommes préparés à recevoir les animaux. La nuit suivante j'ai retrouvé ces saloperies de bêtes dans mon champ et je me suis mis à crier pour appeler Santos Chacon et Esteban Herrera. « Aidez-moi à traîner ces animaux à la fourrière ! », ai-je supplié. A coups de fronde nous avons capturé quinze bêtes que nous avons conduites à la fourrière de Yanahuanca.

— *Réquis, il y a huit jours que ces bêtes-là saccagent mes pommes de terre !*

— *Porte plainte, comme ça on évaluera le montant du préjudice.*

— *On va les garder ?*

— *On va les garder jusqu'à ce qu'on t'ait remboursé les dégâts.*

— *Merci, Réquis.*

C'est alors que deux gardes civils sont apparus. Ils m'ont mis en joue avec leurs revolvers. Réquis a pâli.

— *Où vas-tu ?*

— *J'apporte ici des bêtes qui ont saccagé mon champ. Une preuve, messieurs les gardes !*

— *On a porté plainte contre toi, Chacon. Ces bêtes-là, tu les as volées au docteur Monténégro.*

Je me suis retourné pour regarder les témoins. Ils avaient disparu.

— *Ce sont des animaux nuisibles, des animaux qui...*

— *C'est toi qui les as volés. Allez, suis-nous ! Vous aussi, Réquis !*

— *Mais moi je ne sais rien, a bafouillé Réquis. Il est venu avec les animaux. Moi je ne sais rien !*

— *Bon, rendez les bêtes aux bergers de l'hacienda et filez !*

— *Merci, messieurs, a dit Réquis, dans ses petits souliers.*

— *Toi, Chacon, viens avec nous !*

Après sept jours de cachot, un mardi, on m'a conduit chez le docteur Monténégro :

— *Très bien, a dit le docteur. Vous pouvez disposer.*

Les gardes l'ont salué.

— *Chacon, m'a-t-il dit, tu prétends tout savoir et tu ne veux rien tolérer. Pourquoi as-tu capturé mes bêtes ?*

— *Docteur, pourquoi as-tu saccagé mon champ ?*

Le juge a pointé un doigt vers moi :

— *Cette fois, je te pardonne ! Mais la prochaine fois, tu tireras sept mois ! Tu m'entends, pignouf ?*

— *Pourquoi as-tu saccagé mes pommes de terre ? Avec quoi vais-je vivre maintenant ? Qu'est-ce que je vais manger ?*

— Débrouille-toi. Cherche un autre endroit. Yanaceniza m'appartient !

Je suis monté à Yanacocha. Don Abraham Carbajal s'est étonné de me voir en liberté :

— Comment es-tu sorti, Hector ?

— Avec mes jambes, don Abraham !

Mon père m'a pris dans ses bras et a regardé les autorités :

— Vous n'êtes que des dégonflés ! a-t-il dit en crachant.

— Le juge est un manitou ! s'est affligé Carbajal.

— Vous valez moins cher que le crottin de mes chevaux ! a répété mon vieux.

— Le juge, a dit Réquis, découragé, est prêt à nous expédier tous en prison. Non, non, contre la force on ne peut rien faire !

— Ecoute, Réquis, Monténégro m'a prévenu. Il ne veut pas que j'ensemence Yanaceniza. Si j'insiste il va me condamner à finir mes jours en prison. Alors, où dois-je aller vivre ?

— La communauté va te donner un autre terrain, Hector. On va t'en attribuer un sur les hauteurs de Quinche.

— Partons ! a dit mon vieux.

En chemin je lui ai demandé :

— Papa, mais d'où sont donc sortis les propriétaires ?

Il a continué sa route.

— D'où sont-ils sortis, hein ?

Nous nous sommes arrêtés.

— Papa, pourquoi y a-t-il des patrons ? Pourquoi y a-t-il un patron à Huarautambo ?

Mon père s'est assis sur une pierre et il m'a répondu.

Dame Josette suivait le duel, scandalisée. Ni le docteur ni le propriétaire ne se résignaient à perdre. Ils s'égarèrent dans les labyrinthes des quintes royales. De la table ils ne s'écartaient que pour se laver ou dormir, car pour manger ils ne sortaient pas du salon patiné par la fumée de générations de cigarettes. Privée des lumières de ses éminents fonctionnaires, la province s'étiola. Télégrammes et rapports vieillissaient sur les bureaux. Quinze jours après le début de la fameuse partie, le secrétaire du docteur Monténégro, le greffier Santiago Passion, un peu effrayé par les dimensions du jeu, osa introduire la tête dans la fumée de la pièce.

— Qu'est-ce qu'il y a, ami Santiago ? demanda le docteur Monténégro. Il était de bonne humeur : il gagnait vingt-quatre mille soles.

— Mille pardons, messieurs. Mille pardons, bafouilla le greffier.

Le docteur l'encouragea :

— Parlez, don Santiago !

— M. le sénateur s'intéresse au détenu Egmidio Loro. Il a envoyé un télégramme, docteur.

— Qui est cet énergumène ?

— Un voleur de poules.

— Nous n'allons pas interrompre notre petite partie, hein ? s'inquiéta don Migdonio de la Torre y Covarrubias del Campo del Moral.

— Pourquoi ne le jugez-vous pas ici ? suggéra **Arutingo**.

Don Migdonio soupira. Cinq minutes plus tard Egmidio Loro, accusé du vol de quatre poules, comparaissait dans la cour. Et sa bonne étoile voulut qu'il fût jugé à l'instant où les cartes favorisaient le docteur Monténégro.

— Tu es coupable ou innocent ? demanda le juge en feuilletant le dossier.

— Comme vous voudrez, docteur.

Le docteur éclata de rire.

— Depuis combien de temps es-tu en taule ?

— Huit mois, docteur.

— Acquitté ! décréta le magistrat.

Ainsi s'habitua-t-on à résoudre les problèmes dans la cour, en profitant des pauses capricieuses du jeu. Encouragés par la bonne fortune de Loro, d'autres inculpés sollicitèrent leur jugement. Ils ne s'en tirèrent pas à si bon compte. Beaucoup comparurent quand les cartes faisaient grise mine au docteur Monténégro : Marcos Torrès, accusé d'avoir volé un sac de luzerne, espérait bien s'en sortir avec ses six mois de détention préventive ; il écopa d'une rallonge de trois mois. « A croire qu'c'est une grossesse ! », murmura-t-il et il tira six mois de rab. Pourtant, toutes les activités de la province ne pouvaient trouver leur solution dans la cour. C'est pourquoi il fallut suspendre le bal que le « Club des Onze de Yanahuanca » organisait afin d'acheter des uniformes à l'équipe de football.

Ce même soir j'ai appris la nouvelle à Sulpicia, à Anada et à Santos Chacon :

— *Monténégro nous ordonne d'abandonner Yanaceniza.*

Sulpicia a pâli :

— *Comment allons-nous abandonner une terre que nous avons labourée avec nos ongles ?*

— *A quoi bon partir ? a dit Santos Chacon, démoralisé.*

— *Nous mourrons dessus. Elle est à nous, a repris Sulpicia, amère.*

— *Ne t'en va pas, Hector ! Si tu nous quittes nous n'aurons plus personne pour nous défendre, a dit Añada.*

— *Vous voulez résister ?*

— *Je suis disposé à résister jusqu'à ma mort, a dit don Esteban.*

Nous avons opté pour la lutte. Nous veillions la nuit et dormions le jour, à tour de rôle. Sulpicia, doña Añada, Santos Chacon, don Esteban et moi nous tombions de sommeil, mais nous n'avons pas quitté Yanaceniza. Ainsi, en restant jour et nuit sur nos gardes, nous avons sauvé nos cultures. La pomme de terre a fleuri et il fallait voir comme elle était belle, surtout en mai, quand ses fleurs ondoyaient sur leurs tiges ! Un jour nous avons arraché quelques pieds comme ça, histoire de regarder. Quelle merveille ! Rien que pour un pied nous avons compté cent vingt pommes de terre. Cent vingt ! Les contremaîtres nous lorgnaient avec jalousie.

— *Quelles jolies pommes de terre a Chacon ! mouchardaient-ils au docteur Monténégro. Quelles jolies pommes de terre produit Yanaceniza !*

Et l'autre a dit :

— *Ces terres-là, c'est à nous d'en profiter ; essayez d'expulser Chacon.*

Un soir où Sulpicia dormait, exténuée, des contremaîtres à cheval ont fait savoir aux gens :

— *C'est l'hacienda Huarautambo qui fera la récolte ! C'est l'hacienda qui ramassera jusqu'à la dernière pomme de terre !*

— *Mais elles appartiennent à Hector Chacon !* a réussi à dire don Esteban Herrera avant qu'un coup de cravache ne s'abatte sur lui.

La Sulpicia s'est réveillée :

— *Vous vous trompez si vous croyez que don Hector renoncera à ses pommes de terre. Il mourra avec ! Et il ne sera pas seul à mourir !*

— *Chacon est un zéro ! Il n'a rien à voir là-dedans !* a dit Palacin le majordome.

Ça m'a laissé un goût amer.

Sulpicia s'est plainte :

— *Les gens vont se moquer de nous ! Si on s'arrachait un cheveu chaque fois qu'on abuse de nous, je me demande si maintenant on ne serait pas tous chauves ?*

Ce jour-là nous avons parlé de l'avance de l'hacienda, de la morgue et des excès de son propriétaire. J'ai insinué :

— *Nous verrons bien si Monténégro est le seul homme ici !*

— *Ne va pas faire un malheur, Hector !* a dit Sulpicia en me regardant.

Je n'ai pas répondu. J'ai sauté sur mon cheval et je me suis rendu à Huarautambo. Palacin le majordome m'a regardé, l'air surpris. Il ne m'a même pas *demandé pourquoi j'avais traversé le pont sans autorisation.*

— Faites excuse pour le dérangement, monsieur Palacin. Mais j'ai entendu dire que vous étiez allé à Yanaceniza pour notifier que l'hacienda récolterait mes pommes de terre.

— C'est vrai, Hector. Le docteur Monténégro nous a donné des ordres pour la récolte.

J'ai crié :

— Alors, je veux que ce soit tout Huarautambo qui vienne récolter mes pommes de terre !

— Chacon, je t'en prie, ne crie pas comme ça ! Tu vas me faire avoir des histoires.

Le señor Palacin, très courageux quand il s'agissait de chevaux, tremblait devant l'ombre de Monténégro.

J'ai éclaté :

— Et je veux que le propriétaire vienne aussi, et tout de suite, récolter mes pommes de terre !

Le señor Palacin ne savait plus où se mettre :

— Chacon ! Chacon ! Attention ! La señora va t'entendre ! Elle est en train de compter ses couverts.

— Et je vous invite aussi, vous autres, avec toutes vos bêtes, à venir piétiner mes pommes de terre !

— Chacon ! Chacon ! Je t'en supplie ! Le docteur va tendre l'oreille !

Je caracolais sur mon cheval, dans la cour, et je criais :

— Je vous invite tous à venir, et tout de suite, à Yanaceniza, pour qu'on fasse connaissance ! Venez, et je vous promets que vous allez apprendre à connaître Chacon ! Car, pour récolter, il faudra d'abord que vous me descendiez ! Allez ! Venez, et tout de suite, la récolte vous attend !

Je suis reparti. Les larmes me rendaient fou. Dans la descente, près de Yanahuanca, j'ai rencontré Procopio Chacon et Nestor Leandro. Je me suis approché de Procopio et je lui ai dit : « Mon neveu, il n'y en a plus pour longtemps avant que nous nous battions à mort. »

— *Qu'est-ce qui vous arrive, mon oncle ? a répondu Procopio.*

— *Il n'y en a plus pour longtemps avant qu'on se tue quand vous viendrez récolter mes pommes de terre, salopards ! Mais vous allez voir ça. Vous êtes de ma famille, mais vous allez en baver !*

— *Ne vous fâchez pas, Hector. Ces trucs-là c'est pour les contremaîtres ; nous aussi nous sommes pauvres.*

— *Vous des pauvres ? Maintenant ! Fumiers !*

— *Nous autres, on ne se mêle pas de ça, a dit Procopio. Mais il faut qu'on mange, nous aussi.*

Le mois de juin est arrivé en traînant gros comme ça la rumeur : « C'est l'hacienda Huarautambo qui va récolter les pommes de terre de Chacon. » Je ne dormais pas. Ignacia et moi nous regardions le plafond de notre cabane.

— *Qu'est-ce que tu as ? Pourquoi que tu ne dors pas ?*

— *J'ai soif.*

— *Ignacia, tu as peur ?*

— *J'ai soif.*

— *Ignacia, que vont devenir nos enfants le jour où les autres vont récolter nos pommes de terre ?*

— *Pourquoi as-tu ensemencé Yanaceniza ?*

— *C'est une terre communale ! Un terrain libre !*

— *Avant nous mangions peu, mais nous man-*

gions. Elle a sangloté : — Ils ont la justice avec eux. Ils font ce qu'ils veulent.

— Nous avons travaillé pour rien : c'est eux qui vont récolter et les gens vont se moquer de nous !

— Une qui fait de la peine, c'est Sulpicia.

Je me suis décidé : il me fallait un fusil. Je n'avais pas d'argent, aussi je suis descendu voir Rivas. Je l'ai arrêté dans la rue :

— Monsieur Rivas, je voudrais vous parler. C'est pour un fusil.

— Pour quoi faire, un fusil ?

— Pour chasser le cerf.

Rivas m'a mesuré avec la toise de son expérience :

— T'as une sale mine, Chacon !

— Vous savez que l'hacienda Huarautambo veut récolter mes pommes de terre.

— C'est une escroquerie ! Ah ! ça oui, ça me met en colère ! Pourquoi eux, hein ? Et de quel droit ? Chacon, c'est à nous tous de t'aider !

— Si vous m'aidez, la justice vous accusera. Ne vous en mêlez pas. Il vaut mieux que j'agisse seul. Mais il me faut un fusil. Avec ma carabine je ne peux tuer qu'un seul type à la fois. Un fusil, au contraire, ça crache la mort !

— C'est bien, je vais t'en louer un.

— Il me faut aussi des cartouches !

— Ça coûte cher.

— Je vous donne un bélier. Un qui vous plaira et vous fera des agneaux.

— Bon, vingt-cinq cartouches contre un mouton.

— Ça sera un bon bélier, un animal que vous prendrez en affection.

Ce matin-là je suis monté à Yanaceniza avec mon

fusil. Quand les contremaîtres sont revenus, j'ai tué sous leurs yeux un oiseau et j'ai dit : « Voilà comment vous mourrez, bande d'enculés ! » J'ai caressé mon beau fusil : « Regardez ce jeune homme. Il vous sucera le sang ! »

Résultat : ils ne sont pas venus faire la récolte et j'ai compris que la terre c'est pas pour les poules mouillées. J'ai embauché quarante personnes pour l'arrachage. J'avais des pommes de terre pour deux ans.

Jusqu'au soir où j'ai vu arriver Palacin le majordome avec trente cavaliers. Quand j'ai aperçu leur ouragan de poussière j'ai compris que la chance me tournait le dos.

Palacin a jaugé mon âge du regard :

— Chacon, on a volé des chevaux dans ton secteur ! Tu dois être au courant. Allez ! suis-nous !

C'est comme ça qu'ils m'ont emmené prisonnier.

On ne se risqua pas à contrarier les autorités et l'on suspendit également un thé organisé par doña Joséfina de la Torre. Trois hameaux espéraient fêter, ce même mois, l'un l'inauguration d'une fontaine, l'autre d'un cimetière et le troisième d'un mât pour le drapeau : ils restèrent là, ruban tendu. Mais les plus grands lésés furent les détenus. Peu de temps avant le début de la partie, le sergent Cabrera avait décidé de faire peindre des signaux de circulation à tous les coins de rue. Un jour Yanahuanca se réveilla couvert de flèches blanches. C'était un caprice dicté par la soûlographie du sergent. Les habitants ignoraient jusqu'au sens du mot *circulation* mais le sergent qui avait ordonné cette transformation en levant le coude, ne put faire autrement que d'exécuter ses propres ordres : vingt-trois peigne-culs furent conduits au poste avant qu'on annulât les nouvelles dispositions. Le sous-préfet ne put les juger. « Il est évidemment impossible, dit Arutingo, de remplir nos cours de pouilleux. » Ils restèrent donc au cachot tout le temps que dura le défi. Quatre-vingt-dix jours plus tard, un passereau noir — modeste contrefaçon locale de la colombe qui annonça à Noé la fin de la colère divine — vint se poser sur la fenêtre du salon où les joueurs vieillissaient.

— C'est décembre, dit don Migdonio. Les chemins vont bientôt être impraticables.

— Les pluies arrivent, concéda le docteur.

— Alors, mieux vaut que nous en restions là, soupira don Migdonio, résigné à perdre quatre cents soles.

XX

OU L'ON PARLE DE LA PYRAMIDE DE BREBIS QUE LES HABITANTS DE RANCAS ÉRIGÈRENT SANS VOULOIR RIVALISER POUR AUTANT AVEC LES ÉGYPTIENS

Il était une fois un vieillard têtu comme une mule. Un vieillard au visage écrasé et aux yeux exorbités surnommé *Gueule-de-crapaud*. Il ne voulait pas comprendre que la *Cerro de Pasco Corporation* jouait avec un capital de cinq cents millions de dollars. Il possédait une trentaine de brebis, sa colère et ses deux poings. Et il était aussi un chef de ronde appelé Egoavil, un géant de presque deux mètres, au regard torve et brutal, qui gagnait des milliers de soles à couper les queues des vaches et à écraser des agneaux sous son cheval. Ce qui n'avait pas empêché la *Cul Electrique* de lui soutirer une bouteille de cognac *Poblete* et de refuser de lui ouvrir ses cuisses. De ce camouflet le vieux avait fait les frais. Un piétinement qui l'avait laissé plus marqué qu'un perchoir de poulailler. Pourtant le hasard voulut que la brute se mît à rêver du vieux. Le mal des rêves le rendit maigre comme un clou. Le vieillard lui apparaissait avec une tête de Christ, dans la meilleure tradition réaliste du cru. Mais on ne frappe pas Jésus impunément. Un jour le vieux reposait — reposait-il vraiment ? — allongé sur sa peau de bique. Des petits morceaux de viande fraîche couvraient ses excoriations. L'étroit carré de ciel que ses yeux boursouflés lui laissaient entrevoir était nuageux. Mais même ce ciel-là disparut. Un homme maigre, aux pommettes anguleuses et aux grandes oreilles transparentes, obscurcit l'embrasure de la porte. Le vieillard reconnut un des grands salopards de la ronde. Il se leva prêt à la bagarre. L'homme aux oreilles translucides s'avança, douce colombe, son chapeau à la main.

L'HOMME AUX OREILLES TRANSPARENTES *(il bigle)*

Bien le bonjour, don Fortuné. Permettez-moi un petit mot. Je viens vous parler, au nom d'Egoavil.

LE VIEUX TÊTU
(sans égard pour les dames présentes à la lecture)

Je vous interdis de nommer chez moi ce fils de putain !

L'HOMME AUX OREILLES TRANSPARENTES
(léchant ses dents, nerveux)

Ne prenez pas la mouche, don Fortuné. Laissez-moi parler. Don Egoavil reconnaît que vous êtes un homme, un vrai ! A cause de vous, il nous insulte et nous méprise : « Je voudrais des hommes comme Fortuné et non une bande d'andouilles comme vous autres. » Voilà ce qu'il nous dit, don Egoavil, quand il est soûl.

LE VIEUX TÊTU *(il crache un jet vert de coca)*

Que me voulez-vous ?

L'HOMME AUX OREILLES TRANSPARENTES

Don Egoavil est las de se battre ! Il veut être votre ami. Si vous le désirez, vous pouvez envoyer vos bêtes paître sur nos champs.

LE VIEUX TÊTU

Ce ne sont pas vos champs ! Vous clôturez abusivement des terres qui ne sont pas à vous.

L'HOMME AUX OREILLES TRANSPARENTES
(définissant la condition des sous-développés)

Je ne suis qu'un pauvre salarié, moi, don Fortuné.

LE VIEUX TÊTU
(il fronce les sourcils pour cacher sa joie)

Et comment faudrait-il faire ?

L'HOMME AUX OREILLES TRANSPARENTES
(avec l'espoir qu'une allusion discourtoise à sa mère lui sera épargnée dans la bouche d'Egoavil)

Il suffirait que vous ameniez vos bêtes la nuit. *(Une nouvelle fois sans égard pour les dames présentes.)* Et nous, nous ferions les cons. Don Egoavil vous supplie seulement que ce soit la nuit. Il ne veut pas avoir d'histoires.

LE VIEUX TÊTU
(révélant une grande indigence dans l'élocution)

Hum !

L'HOMME AUX OREILLES TRANSPARENTES

Pensez-y, don Fortuné. C'est un crime de laisser mourir ces petites brebis.

LE VIEUX TÊTU
(envahi par une colère authentique)

Maintenant tu t'en souviens, fumier !

L'HOMME AUX OREILLES TRANSPARENTES

Ne vous fâchez pas, don Fortuné *(oubliant que les répétitions blessent les délicats),* je suis un homme à plaindre. Oui ! Oui ! *(Il soupire)* Quand on veut que les siens mangent, on n'est pas toujours propre !

Les bergers n'y crurent pas : « Attention, Fortuné, c'est un piège ! — Qu'est-ce que j'ai à perdre ? leur répondit le vieux. Il n'y a rien de pire que de mourir. Combien de bêtes ai-je encore ? » Il rassembla les restes de son troupeau et cette nuit-là il détacha avec une paire de tenailles le fil de fer du pâturage Quérupata. Ses brebis broutèrent jusqu'à l'aube. Le vieux rentra alors, transi mais content. « Il est revenu. » Les bergers regardaient, fascinés, les agneaux retrouvés. « Profitez-en. Qu'avez-vous à perdre ? », insistait Fortuné. Ils n'osaient pas. Qui croyez-vous qui se décida ? Une femme, la Silveria Tufina, fut la seule à le supplier d'unir leurs troupeaux. Fortuné emmena les deux troupeaux, persuadé que cette seconde nuit dissiperait leur terreur à tous. Il détacha le fil de fer et lâcha les animaux. Il tombait de sommeil.

« Excuse-moi, Tufina, je suis épuisé. Je m'en vais faire un petit somme, je reviens. » Ce fut le soleil qui le réveilla. Il sauta, inquiet, hors de sa peau de bique, plongea la tête dans un seau d'eau et s'élança vers la pampa. Le brouillard ne se dissipait pas. Il courut dare-dare. De loin, il aperçut Tufina, assise sur un rocher. Il se rasséréna.

— Ça va ?

Elle ne répondit pas.

— Qu'est-ce qu'il y a ?

— La déveine, dit Tufina, qui montrait vaguement les rochers.

Fortuné grimpa sur la colline brûlée par le brouillard et découvrit un horizon d'animaux égorgés. Il bouillonna dans le jus d'une rage folle. Il leva les yeux. Les premiers vautours planaient, ponctuels.

— Ma belle, endors-toi.

(La vieille sanglotait en caressant la tête d'une agnelle moribonde.)

Fortuné arracha une poignée d'herbe et la jeta en l'air. Un vent froid dispersa les brins : trois d'entre eux vinrent se coller à son visage.

— Qui a fait ça ?

— Ma belle, ne m'abandonne pas. Mes belles, ne m'abandonnez pas !

— On ne peut pas en rester là ! On ne peut pas accepter ça !

Il arracha une nouvelle poignée d'herbe, en se déchirant les doigts aux épines.

— C'est les chiens ! C'est Egoavil !

Ses mâchoires se confondaient avec le profil des roches pointues.

— Ne bouge pas d'ici ! ordonna-t-il. Veille sur tes petites mortes.

Et il courut jusqu'à Rancas encore égaré dans le brouillard. Fortuné remonta la rue étroite et s'élança jusqu'à la tour du clocher ; il ouvrit la porte, grimpa les quinze marches et agita la cloche. Son bras la balançait sans rythme, avec rage. Aussitôt, la place déborda de visages graves. Fortuné redescendit. Les hommes faisaient cercle autour du corps déchiqueté d'une brebis. Il s'arrêta sur le seuil. Le sang lui éclaboussait la poitrine :

— Etes-vous des hommes, oui ou non ?

— Qu'est-ce qu'il y a, don Fortuné ?

— Il y a que les contremaîtres de la *Cerro* ont surpris la Tufina ; ils ont piétiné les moutons avec leurs chevaux et puis ils ont lâché les chiens. Les bêtes sont mortes. Vraiment, je ne sais pas si vous êtes des hommes ou des femmelettes ! Qu'attendez-vous, hein ? Que leurs barbelés entrent chez nous ? Que les femmes ne puissent plus coucher avec leurs maris ?

Les visages se recroquevillaient et bleuissaient, un bleu différent de celui du jour naissant. Dans les yeux s'éteignait et se rallumait, naissait et renaissait un courage moribond.

— Maintenant, il n'y a plus moyen de reculer. Reculer ce serait toucher le ciel avec son cul ! Alors, qui que vous soyez, hommes ou femmelettes, nous devons nous bagarrer !

Le brouillard ne se dissipait pas. Les roches exhalaient des fumerolles blanchâtres. Incas, caciques, vice-rois, corrégidors, présidents de la République, préfets et sous-préfets étaient les nœuds d'un même *quipu*[1], d'un cordon de terreur immémoriale.

— Fortuné a raison, dit Rivera.

Les rochers, le vent, les visages se ridaient comme s'ils avaient soudain pris de l'âge. Dans la voix rauque de Rivera on notait la vieillesse :

— Il faut protester ! cria-t-il. Allons à Cerro ! Plaignons-nous ! A Dieu ! au préfet ! au juge ! aux chiens ! à n'importe qui ! Que les gens voient notre douleur.

— Les autorités sont des vendus, hurla Abdon Médrano. Ici il n'y a personne auprès de qui réclamer !

Lui aussi avait un nouveau visage.

— On s'en fout ! Il faut réclamer !

Fortuné souleva la brebis et la plaça sur ses épaules. Rivera le délégué, qui avait chez lui l'histoire de Jésus-Christ, se souvint que sur l'une des gravures un prophète, un homme en colère lui aussi, avait jeté une brebis sur ses épaules, avant de prêcher la ruine et le feu ; mais il ne dit rien : il ne savait pas parler.

— Allons ramasser les brebis, dit Fortuné. Et filons à Cerro de Pasco.

Ils ramassèrent les animaux. Entre eux tous, hommes, femmes et enfants, ils en réunirent une centaine. Le matin renfrogné se blottissait dans la pampa. Des canards sauvages passèrent en criant. Le vent glacé découpait les visages angoissés. Ils descendirent dans la vallée et relevèrent d'autres brebis. En cours de

1. Cordelettes nouées, de couleurs variées, qui servaient aux Incas pour les comptes, la transmission des messages et l'enregistrement des événements importants. *(N.D.T.)*

route d'autres bergers s'unirent à eux ; ils regardaient la caravane et, sans un mot, ils ramassaient les brebis et se mettaient en marche : ils étaient presque un millier. Ils parcoururent en silence dix kilomètres. Ils aperçurent Cerro. Un soleil sans mémoire décolorait les premières maisons. Ils pénétrèrent dans l'avenue Carrion et s'avancèrent parmi les trous creusés par les fers des bêtes de somme. Les gens laissaient passer le cortège.

— Qu'est-ce qui arrive ?

Mais après avoir posé la question, ils regardaient cette file d'hommes avec leurs brebis mortes sur le dos et se taisaient.

— Regardez ce que nous fait la *Cerro* ! cria Fortuné. Elle ne se contente plus de barricader nos terres. Elle tue nos animaux avec ses chiens ! Et bientôt ce sera notre tour à nous ! Bientôt il ne restera plus personne ! Bientôt le monde sera entouré par des barbelés.

Sa voix sonnait comme si la ville avait été le battant d'une cloche colossale. Il était midi. Des employés et des ouvriers mal vêtus s'alignaient sur les trottoirs. Le vieux convoquait les Erinyes de son impuissance.

— Ils ont barricadé Rancas ! Ils ont barricadé Villa de Pasco ! Ils ont barricadé Yanacancha ! Ils ont barricadé Yarusyacan ! Ils vont bientôt barricader ciel et terre et nous n'aurons plus d'eau à boire ni de ciel à regarder !

— On n'a pas le droit de faire ça !
— C'est un abus !
— Ces Ricains de merde n'ont pas le droit de nous chasser de nos terres !

— Que font les autorités ?
Les gens s'indignaient. Un mineur grand et maigre enleva son casque jaune et le ramena sur sa poitrine, comme s'il saluait un enterrement. Un gros type édenté qui vendait des bonnets de cuir l'imita. Ils parcoururent l'avenue Carrion. Ils étaient des centaines quand ils pénétrèrent sur la place.
— A la préfecture ! A la préfecture !
La foule haillonneuse tourna au coin de la rue et se dirigea vers la préfecture, un édifice délabré aux fenêtres vertes et à la porte duquel s'ennuyaient deux gardes républicains. Les gardes dépenaillés regardèrent la foule et levèrent leurs vieux mausers 1909, achetés avec le produit d'une collecte nationale pieusement organisée pour délivrer les provinces captives de Tacna et d'Arica.
De la préfecture émergea un caporal trapu, à la mine acariâtre. Sa redingote mal boutonnée dénonçait le déjeuner interrompu. Six gardes renfrognés s'alignèrent derrière sa mauvaise humeur. Devant les armes, comme toujours, la foule s'arrêta.
— Que voulez-vous ? hurla le caporal.
— Nous voulons parler au préfet, dit Fortuné, tête baissée.
Le caporal ne considéra pas nécessaire de se boutonner.
— Qui êtes-vous ?
— Je suis... nous sommes des comuneros de Rancas.
Alfonso Rivera, le délégué, s'étrangla. Il voulait parler mais les mots lui manquaient, il transpirait.
Le caporal les couvrit à nouveau de son mépris.

— Je vais consulter, grogna-t-il et il s'enfonça dans le corridor.

La foule silencieuse écouta le bruit de talons des bottes éculées. Il revint au bout de cinq minutes. Pour parler avec son officier il avait boutonné réglementairement sa redingote ; mais, à nouveau devant la foule, il se déboutonna.

— M. le préfet n'est pas là !

Il les regarda avec rage. Son bifteck aux oignons refroidissait dans sa graisse.

— Nous venons pourtant de le voir derrière la fenêtre, se plaignit Fortuné.

— Je vous répète qu'il n'est pas là ! grogna le caporal.

Le visage des hommes ne se colora pas de désillusion. Sous le feu des paroles de Fortuné ils avaient rêvé, un instant, de se plaindre. Le caporal les rendait à la réalité. Le préfet n'était pas là. Les autorités ne sont jamais là. Cela fait des siècles qu'au Pérou personne n'est jamais là !

— C'est bien, se résigna Fortuné. Ce que nous voulions, c'est qu'il voie ça ! Et, levant les bras, il déposa son mouton mort devant la porte.

— Foutez-moi le camp ! grogna le caporal.

— Déposez vos bêtes, ordonna Rivera.

Les hommes hésitèrent. Des étincelles de peur mouchetaient leurs pupilles. Ils n'osaient pas. Cela faisait des centaines d'années qu'ils perdaient toutes les guerres, des siècles qu'ils reculaient.

— Obéissez ! dit Rivera le délégué en déposant son tas de souffrance.

Abdon Médrano l'imita et tout le monde suivit. Les cris du caporal et les coups de crosse des gardes n'empêchèrent pas une pyramide de têtes sanglantes de grandir. Un vertigineux monticule d'animaux morts s'éleva à la porte de la préfecture, sous l'écusson déteint qui proclamait qu'ici, dans cet édifice à deux étages percé de huit fenêtres vertes, résidait le représentant politique de M. le président de la République, S. E. don Manuel Prado.

La peur suintait dans le cri du caporal. Il connaissait l'obstination indienne : vingt ans de service dans les montagnes lui avaient appris que lorsque les comuneros commencent une chose, rien ne les arrête plus. Et par fatigue, tristesse ou inconscience, ils continuaient à entasser leurs moutons, en ignorant que si la préfecture s'écroulait ils seraient les premiers à être aplatis. La préfecture de Cerro de Pasco se dresse à un coin de rue. A droite, elle confine à la prestigieuse quincaillerie *la Serranita* et, à gauche, à l'impasse de la Liberté. (Toutes les villes du Pérou, sans exception, ont ainsi leurs rues de « la Liberté », de « l'Union », de « la Justice », du « Progrès ».) La préfecture s'inclinait vers cette dernière, écrasée par cet océan de laine moribond. On ne distinguait déjà plus les brebis vivantes des brebis mortes. Car les brebis ont cette particularité : même égorgées, leurs têtes continuent de ruminer. Et soit parce que la promenade les réconfortait, soit par simple désir d'exhibitionnisme, les agneaux ruminaient, poursuivant leur travail stupide et inutile.

Don Alfonso Rivera regarda la pyramide de laine ensanglantée.

— Vaut mieux se tirer ! Il ne s'agit pas que la préfecture s'écroule et qu'on nous oblige à payer une amende !

— Oui, ça va comme ça, dit Fortuné, éclaboussé de sang.

Ils reprirent la route. Dans la côte, à hauteur de l'église, une camionnette du commissariat de police les rejoignit. Un lieutenant rageur leur cria de la portière :

— C'est vous qui avez entassé les brebis devant la préfecture ?

Il parlait par à-coups. A la rapidité de ses paroles, sèches et définitives, on reconnaissait l'officier de la côte, pour qui mépriser l'Indien est un acte quasi congénital.

— Oui, monsieur.
— Qui est Fortuné ?
— Moi, monsieur.
— Allez ! vite ! Montez ! Le préfet veut vous parler !

Fortuné sauta dans la Ford, mais avant de retomber sur le plancher de la camionnette où trois gardes républicains juraient contre ce mille-bordels-de-Dieu-de-froid, il ébaucha un sourire de triomphe. Le préfet l'envoyait quérir. Enfin on allait pouvoir se plaindre. La camionnette démarra. Le sourire de Fortuné continua de flotter sur la foule excitée. Fortuné avait raison ! La Ford se perdit dans la boue des ruelles. Elle s'arrêta devant la porte de la préfecture. Le lieutenant sauta du garde-boue.

— Suivez-moi ! cria-t-il sans se retourner, en montant les marches deux par deux ; il empoignait la rampe pour ne pas glisser sur les marches usées. Fortuné grimpa respectueusement. L'antichambre de la préfecture était un salon minable, avec pour meubles un assortiment de sofas imitation Louis XVI. Six chaises de paille complétaient ce mobilier délabré. Le portrait du président de la République, Ing. Manuel Prado, souriait derrière un triple rang de décorations.

— Voilà ton homme ! dit l'officier à un gros type dégingandé aux yeux mongoliens.

— C'est vous, Fortuné ? demanda le secrétaire.

Fortuné se découvrit :

— Oui, monsieur.

— Entrez.

Le bureau de la première autorité politique du département restait dans la note crasseuse de l'ensemble. Devant le modeste écritoire couvert de dossiers bleus attendait, debout, un homme grassouillet aux lèvres épaisses et au double menton florissant. Monsieur Figuerola, préfet du département de Cerro de Pasco, était vêtu d'un costume bleu usé à quatre boutons acheté dans les jours noirs, avant que le président ne s'intéresse à sa personne.

— Vous êtes le sieur Fortuné ?

La question partit comme un coup de poing.

— Oui, monsieur, répondit l'autre, la bouche paillée d'émotion.

Le préfet Figuerola se mit à faire les cent pas dans la pièce. Pour calmer sa colère il martyrisait les jointures de ses mains.

— Vous croyez sans doute que la préfecture est un abattoir, hein ? Et que vous pouvez laisser devant ma porte la merde de vos moutons ?

Fortuné sentit que son âme prenait la poudre d'escampette :

— Monsieur le préfet, je voulais seulement que vous constatiez l'abus ; moi, monsieur...

Le préfet allait et venait devant l'homme qui rapetissait :

— Je vais vous envoyer moisir en taule, moi, avec votre insolence ! Vous vous êtes pris pour qui, triple idiot ? Peut-être pour quelqu'un qui pouvait venir nous les casser avec ses brebis crasseuses ?

La voix blessait.

— Bon. Maintenant je sais que c'est un délit d'apporter la preuve d'un abus, dit le vieux, avide de boire sa coupe millénaire d'humiliation.

Le préfet, qui se dominait pour ne pas gifler cet abruti, se souvint de sa pression artérielle. M. le préfet, grâce à Dieu ! n'était pas né dans ce bled de paumés ! L'altitude l'affectait.

— Ecoutez-moi, crétin ! Ce n'est pas d'apporter la preuve d'un abus qui est un délit. C'est de dégueulasser la porte de l'Autorité !

— La *Cerro de Pasco Corporation* nous oblige à nous plaindre, monsieur. Vous avez bien dû la voir de vos yeux, leur clôture !

— Qu'est-ce que j'en sais moi ! Il y a des années que je suis fonctionnaire. J'ai servi dans presque tous les départements. Jamais je n'ai connu un Indien honnête. Vous ne savez faire qu'une chose : vous plaindre. Vous mentez. Vous trompez les gens. Vous dissimulez. Vous êtes le cancer qui pourrit le Pérou !

— Monsieur, votre tension..., rappela respectueusement le secrétaire.

Le préfet s'assit.

— Qu'allez-vous faire avec toute cette saloperie de moutons ?

— Les emporter, monsieur.

— Et comment ?

— De la même façon qu'ils sont venus, monsieur le préfet.

— Vous êtes fou ? Vous voulez recommencer votre manège d'enfoirés ? Non, monsieur, emmenez-moi ça dans une voiture !

— Nous autres nous n'avons pas de voiture, monsieur, bégaya Fortuné.

— Adressez-vous à la mairie pour qu'ils vous prêtent la benne à ordures !

— Venant de moi, ils ne voudront rien entendre, monsieur.

— C'est bien, dit, résigné, le préfet Figuerola. C'est bien. Monsieur Gomez, appelez de ma part la mairie et dites-leur de prêter un camion à ces imbéciles.

XXI

OU, GRATUITEMENT, LE LECTEUR NON FATIGUÉ VERRA PÂLIR LE DOCTEUR MONTÉNÉGRO

Le docteur Monténégro avait confiance : sa main grassouillette disposerait encore de milliers d'heures pour choisir entre des milliers de pêches. La petite main aux doigts courts s'attarda sur la peau rose du fruit qu'elle choisit. A trois lieues de la desserte où le magistrat hésitait devant la fraîcheur d'un fruit, l'inspecteur Galarza et les autorités de la communauté de Yanacocha contournaient la colline Parnamachay. Hector Chacon talonna *Triomphant*. Sur cette même marche de roc rougeâtre, vingt ans plus tôt, un autre *Triomphant* avait plongé les lèvres dans une flaque. *Triomphant* ne réussit pas à boire. Chacon éperonna plus sec encore. *Triomphant* descendit dans un esclandre de pierres. Un kilomètre en contrebas la communauté s'avançait derrière ses tambours silencieux. Le Nyctalope agita un mouchoir. Sulpicia répondit en faisant flotter un drapeau déteint, un drapeau péruvien.

La douceur pénétrante de la pêche ne convainquit pas le docteur Monténégro, repu après son petit déjeuner. Il regarda les aiguilles de sa montre. Il était onze heures quarante-deux et c'était la dernière matinée de sa vie. Le tapage des chiens écartelait les lointains. Il se leva et franchit le seuil de sa chambre.

L'inspecteur Galarza s'émerveilla devant les sept cascades du fleuve Huarautambo : « Quelle splendeur ! C'est vraiment une terre bénie ! » et il s'arrêta ébloui sur la roche noire et blanche où vingt ans plus tôt ce grand péteur d'Arutingo avait raconté les frayeurs subies le jour où la *Cul Electrique* avait offert une guêpe à la *Chaudefesse*. L'inspecteur Galarza admira la gaillardise des sept chutes. Il se retourna et son visage s'assombrit : cinq cents mètres plus bas, il apercevait la tache de la communauté !

— Vous n'obéissez pas aux ordres, dit-il amer.

Les dirigeants de Yanacocha baissèrent la tête.

— Pardon, monsieur l'inspecteur, s'excusa le délégué. Ce sont des gens de l'autre versant. Ils étaient convoqués depuis une semaine.

Il enleva son chapeau :

— On n'a pas eu le temps d'annuler l'ordre.

Devant une désobéissance aussi impudente, Galarza préféra ne pas s'arrêter.

— Continuons ! soupira-t-il.

L'Indien Ildefonso approcha le rocking-chair. Le docteur Monténégro s'y assit pour jouir du soleil. Les gardes s'approchèrent, flagorneurs. Sulpicia leva la jambe et farfouilla sous son pied autour d'une piqûre d'épine. Un cavalier qui flambait dans une chemise rouge surgit par le chemin de traverse.

— C'est Rémi !

Et Sulpicia se signa.

— Il faut donner à ces pouilleux une bonne leçon une fois pour toutes ! dit le juge Monténégro ; il ouvrait à peine ses lèvres que la mauvaise éducation de la pêche juteuse avait tachées : — Ces Yanacochains ne comprennent que les coups ! La voix se fit plus dure : — Aujourd'hui c'est à Monténégro qu'ils vont avoir affaire ! Il y a trop longtemps qu'on vole impunément des bêtes sur ces montagnes. Des voleurs, voilà ce que sont les autorités de Yanacocha ! Eh bien ! les prisons n'ont pas été créées pour la frime ! Aussi vrai que je m'appelle Monténégro !

Pour gagner les bonnes grâces de l'inspecteur Galarza, le délégué releva sur son passage une touffe de ronces. L'hacienda Huarautambo émergea parmi les roches du chemin. Un cheval écumeux descendit l'autre versant et s'engouffra dans les écuries. Une tunique jaune aux aisselles opaques de sueur sauta à terre. Lala Cabiésès traversa les corridors et entra en suffoquant dans la cour pavée où le docteur Monténégro se revigorait.

— Docteur ! Docteur !

L'habit noir se retourna. Lala Cabiésès criait hors d'haleine. La tunique jaune s'avançait en agitant un papier dans sa main, et sur son visage décomposé l'habit noir reconnut la couleur de la gravité.

— Tenez, docteur ! Lisez !

Et le magistrat découvrit le pouvoir de la littérature. Quelques mots tracés par un écrivain qui ne pouvait même pas s'enorgueillir de sa belle écriture ou de son orthographe (on ne reconnaissait pas le mot « fuyé », ainsi privé du z final) ; quelques lignes de rien du tout griffonnées par un artiste qui n'irait peut-être jamais au-delà de l'obscurité de sa province, l'émurent jusqu'à la pâleur. Là-bas, à l'université, en ces années où la pauvreté l'obligeait à fréquenter l'âpre chemin des bibliothèques, le docteur avait senti ses yeux s'humecter dans les émois de Vargas Vila. Pourtant, ni *Fleur-de-Boue* ni *Aura, la fille aux violettes* ne l'avaient autant bouleversé. Il devint gris cendre. L'inspiration de l'artiste inconnu s'était-elle exprimée en vers ou en prose ? Peu importe ! L'œuvre eut le don de communiquer au magistrat un teint de papier paludéen.

— Qu'avez-vous, don Paco ? s'inquiéta Arutingo.

Déjà la chevauchée apercevait les bosquets de l'hacienda. Les chiens mordaient la bienvenue. La foule traversa les arbres meurtris par les dents d'un hiver prématuré.

— Hector ! cria Fidel, qui tendit un petit sac crasseux à Chacon. Ses yeux n'étaient plus que deux braises, et ceux de Rémi réchauffèrent de loin la main de l'homme qui se proposait de lui donner la mort.

— Hector ! répéta Fidel, d'une voix rauque. Bonne chance !

Les cavaliers s'entassèrent, les montures fatiguées se mêlèrent.

— Et vous autres, vous vous emparez des fusils des gardes civils ! dit Chacon, légèrement pâle. Il ne faut pas qu'ils tirent !

Mélécio de la Vega regarda Hector Chacon, un Chacon au visage grillé par le double feu de midi et de la colère.

Son cœur frémit. « Je ne l'oublierai jamais », pensa-t-il.

— Qu'avez-vous ? Pourquoi n'avancez-vous pas ? demanda l'inspecteur, aiguillonné par le pressentiment. Il découvrait un malaise dans leurs visages inhabités et dans la pierraille du silence, où ne logent que les hennissements et les aboiements.

— Le pont est fermé ! dit Pille-Etables. Neuf nuits plus tôt il avait rêvé que le pont croulait sous les morts. Assis en d'étranges postures ou renversés les quatre fers en l'air par les salves, les cadavres regardaient le ciel avec leurs yeux vides. Il talonna son cheval, moins trempé de sueur que ses mains.

— Qui a la clef ? insista l'inspecteur.

— Le docteur Monténégro a ordonné qu'on ferme le portail. On ne passe pas, informa l'Indien Ildefonso, respectueux et torve.

— Ecartez-vous ! Sortez du pont !

La voix du Nyctalope lâcha un vol de chouettes invisibles. L'inspecteur Galarza voulut répliquer, mais il pataugea dans les yeux du Nyctalope et recula sur le pont vide.

— Ecartez-vous ! répéta Chacon et il obligea *Triomphant* à reculer puis à s'élancer contre le portail qui fermait le pont. La porte trembla. Trois fois Chacon obligea *Triomphant* à donner du poitrail. La porte vacilla. Ce fut le moment où sur la tête de Rémi le Bossu se posa la guêpe verte de l'*huayno*[1]. La porte se voûta. Pille-Etables s'empressa d'introduire une barre entre les gonds rouillés. *Triomphant* sauta par-dessus le bois défloré et s'élança au galop dans l'allée. Les hommes le suivirent. Vingt ans plus tôt, le Sourd avait insulté ici la fatalité. La communauté se vêtit de poussière. Hector pénétra sur la place chauve de Huarautambo. Parmi des mauvaises herbes anémiques, il surprit un homme, un seul, Julio Carbajal, le maître d'école.

---

1. Danse indienne du Pérou. (*N.D.T.*)

— Où est le docteur ? demanda Chacon, que le doute ravageait.
— Il est parti pour la cordillère.
— Il ne savait pas que la confrontation était pour aujourd'hui ?
— Ils attendaient.
— Et alors ?
— Il y a une demi-heure Lala Cabiésès est arrivé.
— Par où ?
— Par le chemin de traverse.
— Et alors ?
— Il avait un papier à la main. Le docteur l'a lu et aussitôt après il a ordonné de partir pour la cordillère.
— Et les gardes ?
— Ils sont partis avec lui.
— Pourquoi se débine-t-il s'il a reçu la notification ? demanda Pille-Etables. Trois nuits plus tôt il avait rêvé qu'en entendant le nom de Chacon le docteur Monténégro pâlissait, mais il n'y avait pas cru. Sa tête, experte à flairer les songes, ne concevait pas que le docteur Monténégro pût abriter la moindre peur envers un misérable mortel.
— Rattrapez-le ! cria l'inspecteur Galarza, bafoué.
— Rivera ! Réquès ! Mantilla !
Le délégué lançait des ordres.
Les cavaliers étincelèrent sur leurs éperons. Ils ne rattrapèrent pas le docteur. Une heure plus tard les chevaux revinrent, grisonnants d'écume.

XXII

OU L'ON PARLE
D'UNE MOBILISATION GÉNÉRALE
ORDONNÉE PAR LES AUTORITÉS
DE RANCAS

Et la lutte continua. Don Alfonso Rivera pensait avec envie et tristesse — avec plus d'envie que de tristesse — aux dons de Fortuné. Cet homme-là, oui, savait parler ! Lui, par contre, s'empoisonnait avec les mots. Un âne ! Il n'était que cela : un âne ! Mais Fortuné moisissait en prison pour avoir outragé l'autorité.

Vêtu de noir, avec une chemise propre non repassée et sans cravate, le délégué traversa la place de Rancas. Dans le vent qui venait du lac pendait, comme une larme, la tempête. Le père Chassan disait sa messe. Rivera trempa ses doigts dans l'eau bénite et se signa. Du haut de son prêchoir, le père Chassan, un géant blanc aux sourcils épais, promettait aux méchants le courroux divin. Rivera soupira. Jésus, Monsieur Jésus allait-il foudroyer *la Compagnie* ? Le père Chassan s'épongea le front avec un mouchoir à carreaux. « Les violateurs et les belliqueux rouleront dans la cendre ! Les bienheureux et les pacifiques, les pauvres sans terre, les piétinés, les dépossédés s'assoiront, eux, à la droite de Dieu le Père ! », tonitrua la chaire vermoulue. L'église exhalait crasse et pauvreté. Peu auparavant, les autorités s'étaient réunies à l'église. Respectueusement, elles avaient supplié le petit père Chassan de recevoir le serment du Conseil. « Et pourquoi, un serment ? — Pour lutter contre la *Cerro de Pasco,* petit père. » Les sourcils touffus du prêtre s'étaient levés comme un vol de corbeaux. « Vous êtes décidés à lutter pour de bon contre la *Cerro* ? — Oui, petit père. » Les corbeaux avaient voltigé contre les murs miteux. « On ne joue pas avec une affaire aussi grave ! Lutter contre la *Cerro* c'est pas de la rigolade. Je ne peux accepter de recevoir vos serments que si vous êtes décidés à lutter jusqu'au bout ! » Le délégué et les autorités s'étaient agenouillés ; leurs larmes formaient entre eux comme une chaîne. Et maintenant la chaire promettait la Colère : « Ceux qui se proclament maîtres de la terre, les princes qui se risquent à la clôturer, tous périront. Et qui osera comparaître devant le Seigneur quand il ordonnera aux os des morts de se lever ? Les pharisiens ? Les publicains ? Ceux qui osent enclore le monde ? Ceux qui osent arrêter le cours des rivières ? Ceux qui obstruent tous les chemins ? »

Le père Chassan bénit les fidèles d'une main velue où l'on sentait plus de rage que de compassion. Les gens plongèrent leurs doigts aux ongles en deuil dans l'eau bénite. Autrefois, le dimanche, sur la place de Rancas, déserte durant six jours, jupons et ponchos pullulaient, mais aujourd'hui la fête n'était plus qu'un lointain souvenir. Ce dimanche-là, pourtant, la place succombait sous la multitude. Depuis une semaine, les employés de la mairie parcouraient la campagne, annonçant une réunion du Conseil. Alfonso Rivera, le délégué, y convoquait tous les gens du pays et promettait, comme il se devait, des amendes aux abstentionnistes.

Les autorités sortirent de l'église, les mains jointes, ferventes. Le délégué sortit à son tour. La neige menaçait. L'œil rancunier du lac Junin n'allait pas tarder à déclencher la révolte du froid. Le secrétaire sonna la cloche. Appel inutile : Rancas, au grand complet, attendait sous les premiers flocons. Le délégué, une nouvelle fois, s'affligea de sa déficience oratoire : il aurait voulu exhaler les déchirements de son cœur, leur raconter qu'un ange bleu lui était apparu en songe et que lui, Rivera, était capable d'offrir sa vie pour s'acquitter de son devoir ; mais, ne trouvant pas les mots qui convenaient, il soupira et essuya son front en sueur.

— Procédez à la lecture des titres ! ordonna-t-il.

L'assemblée se rida. La garde des titres de propriété est l'apanage du délégué. Lui seul et une autre personne (pour le cas où il viendrait à mourir) connaissent l'endroit où sont cachés ces documents qui ne sont lus qu'aux heures critiques.

Un élève du Collège national Daniel A. Carrion, un enfant de Rancas, commença la lecture. Grimpé sur une table, le garçonnet, un être maigrichon, aux pommettes osseuses et aux yeux timides, lisait d'une voix monotone. La lecture démarra à midi douze. Elle dura deux heures. Les gens supportèrent immobiles ou presque cette énumération de bornes, de sources, de pâturages et de lagunes qui prouvait que ces terres, que cette neige qui blanchissait leurs cœurs, appartenaient bien à Rancas. A deux heures de l'après-midi, le lecteur s'arrêta et toussa. Le délégué se leva. Le vent aplatit son chapeau noir déteint.

— Un grand mal s'est abattu sur ce village, mes frères, dit-il, en se tordant les doigts. Une grande souffrance est née de nos péchés. La terre est malade. Un grand ennemi — une compagnie très puissante — a décrété notre mort !

Il s'appuya sur la table. On voyait ses épaules tombantes, comme voûtées par le poids des neiges passées.

— Rancas est petit, mais Rancas luttera ! Une chique peut venir à bout d'un animal ! Une pierre dans un soulier suffit à écorcher le pied d'un homme !

— Il n'y a pas de petit ennemi ! crièrent deux yeux dans lesquels se battaient comme deux chiens la peur et le courage.

Sur le visage de Rivera palpitait la désillusion :

— Les autorités sont à la solde de la *Cerro de Pasco Corporation*. Puisque nos souffrances ne les intéressent pas, nous lutterons seuls ! Mes frères, dimanche prochain, chacun d'entre vous, chaque homme, chaque chef de famille devra apporter un cochon. Je ne sais pas comment vous ferez pour vous en procurer un. Vous le volerez ou vous l'achèterez ou on vous le prêtera. Vous vous débrouillerez, mais je sais que dimanche prochain nous nous réunirons sur cette même place avec nos bêtes. C'est le devoir de la commune d'apporter un cochon, sur cette place, dimanche prochain !

Les gens en restèrent cois. Le délégué était-il fou ? Quelques rires crépitèrent. Et pour quoi faire, des cochons ? Mais le délégué c'est le délégué ! Il fallait obéir.

Il est difficile de trouver des porcs dans la puna. Les bergers s'en méfient. Le cochon, parasite dévastateur vivant en colonie, n'est pas aimé. L'herbe où il fouit est une herbe contaminée. Trois cents cochons ? Les comuneros les plus avisés achetèrent le soir même ceux de Rancas. Le lundi, les porcins se faisant rares, on se mit à explorer les villages voisins. On leur riait au nez.

— Madame, vendez-moi votre cochon.
— Impossible ! Je suis en train de l'engraisser.
— Louez-moi votre cochon, je vous en supplie, madame !
— Tu es fou ?
— Rien que pour une petite semaine, *mama !*
— Et que veux-tu faire avec un cochon ?
— C'est pour respecter une promesse. Une promesse de mes morts !
— Depuis quand a-t-on vu des cochons dans une église, crétin de cholo ?
— Je t'en offre dix soles.
— Qu'est-ce que tu me donnes en gage ?
— Mon poncho.

Là où l'argent échouait, on offrait son travail. Ainsi, les Gallo élevèrent une clôture, la Tufina troqua une courtepointe contre un porc et les Atencio couvrirent une basse-cour. Tout le monde se débrouilla. Le dimanche suivant le curé Chassan sortit de l'église, sourcils arqués : les piaulements couvraient son sermon. Assis sur les dernières touffes d'une place balayée par le vent, les habitants attendaient, impatients. Rivera le délégué écouta la messe jusqu'au bout, mouilla ses doigts dans l'eau bénite, se signa et s'agenouilla ; c'est seulement après avoir dessiné sur son front trois croix ridées qu'il sortit d'un pas lent.

Les employés de la mairie l'escortèrent.

— Barricadez la place !

Les employés barricadèrent la place avec des madriers et des touffes d'herbes. En quelques minutes elle fut transformée en enclos. Quand les menuisiers eurent fini de clouer les dernières planches d'angle, Rivera parla :

— Marquez vos cochons ! cria-t-il. Et laissez-les ici ! La mairie s'en occupera. Revenez dimanche prochain.

Un murmure accueillit ses paroles. Mais on était habitué à l'avarice oratoire du délégué et les visages des autorités ne donnaient pas envie de rigoler. Le délégué c'est le délégué ! On marqua les bêtes et on les lâcha. Les gens respectables s'éloignèrent ; les gobe-mouches et les curieux restèrent dans l'enceinte. Ce soir-là, les porcs dévorèrent les dernières touffes. « Qu'est-ce qu'ils vont manger demain ? » demandèrent, inquiets, leurs propriétaires.

— Rien ! répondirent les employés. Nous avons reçu l'ordre de ne rien leur donner.

— Rien du tout ?

— De l'eau seulement.

— C'est une blague !

Ce n'en était pas une. Le délégué avait ordonné un jeûne absolu. Le lundi, les porcs commencèrent leur chahut. Le mardi, ils cavèrent sous les racines et le sol de la place se cribla de trous festonnés de bave. Le mercredi, les gens se levèrent avec l'énormes cernes autour des yeux : impossible de dormir ! Le jeudi, le directeur de l'école alla en personne protester auprès du délégué : si on ne faisait pas taire les porcs, il se verrait dans l'obligation de fermer l'établissement. Le vendredi, les commerçants au grand complet protestèrent à leur tour. Le samedi, les vieilles commencèrent une prière publique. Le délégué avait-il donc perdu la tête ? Le dimanche, le père Chassan refusa net de dire la messe. « Petit père, ne nous prive pas de l'aide du Seigneur », supplia le délégué. Le père Chassan mobilisa sans succès ses lèvres coléreuses : les piaulements effaçaient le monde alentour.

Les cochons, pécheurs destinés à laver des crimes monstrueux, jeûnèrent huit jours durant.

Rien ne fit fléchir don Alfonso Rivera. Le dimanche, il s'engonça une nouvelle fois dans son costume noir et traversa le village avec un regard de jais. Les gens remplissaient l'école. Le délégué ordonna de fermer les portes. Vaine précaution : on ne l'entendait pas. Comprenant l'inutilité du commerce de la parole il prit un morceau de craie et écrivit sur la gomme noire du tableau : « Chacun va ficeler son cochon. » Les cochons striaient les murs fragiles du dimanche. Il effaça et écrivit : « L'instant est venu de les lâcher dans leurs herbages. » Il effaça et écrivit : « L'instant est venu de lâcher nos cochons dans les meilleurs herbages de la Compagnie. » Il effaça et écrivit : « Je veux voir la gueule des amerlocs quand ils sauront que leurs brebis mangent une herbe contaminée. »

Il souriait jusqu'aux oreilles. L'assemblée se décousit en un formidable éclat de rire. Cela faisait des mois que Rancas ne riait plus. Par malheur, les piaulements empêchaient d'entendre ce crépitement d'hilarité. Mais, à leurs grimaces, à leurs larmes, à leur manière de se tenir le ventre, on comprit que tout le monde se payait une bonne pinte de rigolade. Infecter les herbages de la *Compagnie* avec des cochons affamés ! C'était une idée formidable ! Le délégué écrivit, de son énorme écriture enfantine, les instructions : que chaque homme s'empare d'un cochon et le transporte, pieds et groin liés, jusqu'aux abords des terres de *la Cerro*. Dans ces herbages paissaient des brebis distinguées sur lesquelles une armée de vétérinaires veillaient comme sur un précieux trésor. Un seul de ces moutons mythologiques valait plus cher que toutes leurs brebis maigrichonnes réunies. Mais après s'être nourris d'une herbe contaminée par les porcs de Rancas, combien vaudraient-ils encore ?

Le soleil se couvrait. Ils sautèrent sur la place où les cochons perdaient l'esprit. A deux, à trois, ils les ligotèrent et l'étrange procession abandonna Rancas, en priant. Des femmes, des enfants émaciés, des chiens crasseux marchèrent vers les limites de la *Cerro* avec trois cent quatre cochons. A trois heures, ils apercevaient les premières bornes de la *Compagnie*. Des gardes à la mine patibulaire sortirent en brandissant leurs winchesters. Les balles attendaient que les comuneros franchissent les frontières. Mais les frontières ne furent pas violées. Don Alfonso s'arrêta à hauteur des piquets. Trois cent quatre complices l'imitèrent.

— Qu'est-ce qui vous prend ? cria Olazo, le garde de service, un péquenot osseux. Où emmenez-vous ces cochons ?

— Se promener ! répondit Rivera.

— Attention ! Ne franchissez pas la démarcation ou on vous descend !

Le délégué s'accroupit et détacha son cochon. Celui-ci s'affola à la vue de l'herbage.

— Tout homme, tout animal qui passe, on le fout en l'air ! hurlèrent les pommettes osseuses.

Cochons et balles se croisèrent. Un tonnerre de dents flagella la campagne. Les péons tirèrent trop tard : un millénaire de faim cavait le pâturage. Le monde était un rugissement. Une tempête de piaulements grêlait sur l'herbe délicieuse. Les gardiens tiraient toujours. Huit, dix, quinze cochons roulèrent à l'instant même où ils plantaient la dent dans une herbe que ne viendraient plus paître désormais les somptueux troupeaux de *la Compagnie*.

Le lendemain, la *Cerro de Pasco* abandonnait mille quatre cents hectares.

XXIII

OU L'ON RACONTE
LA VIE ET LES MIRACLES
D'UN COLLECTIONNEUR D'OREILLES

Et surtout n'allez pas confondre *Coupe-le-Vent* avec *Coupe-Oreilles* ! *Coupe-le-Vent* était un cheval qui mourut au moment où le colonel Marruecos fit le voyage de Chinche pour fonder là-bas un nouveau cimetière. Amador, alias Coupe-Oreilles, lui, était un homme. Demandez plutôt à Carmen Minaya, son beau-frère, dont l'oreille fut une des premières victimes d'Amador. Il la lui trancha au septième jour de cette ribouldingue par laquelle Egmidio Loro célébra la première communion de sa fille, la *Bouche Cousue*. Grisé par le céleste événement, Loro enferma au cadenas ses invités et jeta la clef dans les ténèbres d'un intarissable tonnelet d'eau-de-vie. Amarrés à l'honneur du défi, les invités renoncèrent à sortir. Ils mirent sept jours à récupérer la clef. La découverte provoqua une telle allégresse qu'Amador, de sa voix avinée, s'associa au chœur des poivrots :

Rends-moi le chapelet de ma chère maman
et je te laisse tout le reste.

— Arrête ton disque ! Il est rayé ! protesta un

grand escogriffe de vérolé, originaire de Michivilca, qui somnolait dans un coin.

— Si tu ne veux pas m'entendre, mets tes oreilles dans ton gousset ! répondit Amador, vexé.

Vierge de minuit,
ne reste pas nue dans la nuit.

— Essaie un peu de me les enlever ! répondit le Michivilquais, qui se leva et s'avança en retroussant ses manchettes. C'est à peine s'il aperçut l'éclair qui lui subtilisa l'oreille.

— Y a-t-il d'autres amateurs ? demanda Amador, une chandelle de folie dans les yeux. Allez, musique, tas de pédés ! cria-t-il à l'orchestre.

Invités et musiciens se livrèrent à une écumeuse et frénétique fête des adieux. Gagné par la joie générale, Amador dansa jusqu'à sept heures du matin ; après quoi, il reprit les sentiers escarpés des cordillères.

Une preuve aussi irréfutable de dada philharmonique ne convainquit pas les Yanacochains qui continuèrent à ignorer que les oreilles d'Amador, sans musique, s'étiolaient. Même celui qui, par profession autant que par parenté, vivait dans l'obligation de protéger sa mélomanie, son beau-frère, le musicien Carmen Minaya, ne le comprit pas. Non seulement il lui refusa son secours mais encore il le vexa le jour où, au cours d'une nouba babylonienne, Amador demanda à l'orchestre de venir l'aider à poser culotte dans le corral voisin.

— Faites-moi ce petit plaisir ! supplia Amador.

Minaya l'envoya se faire voir à l'endroit où Amador se proposait de déposer l'obole de ses joyaux malodorants.

— Ne m'oblige pas à te caresser les côtes, petit beau-frère !

— Fous-moi le camp, poivrot !

— Ne m'appelle pas poivrot.

Carmen Minaya commit l'erreur de l'empoigner par les revers. Il eût mieux fait d'employer ses mains à protéger ses oreilles, car déjà Amador en brandissait une à bout de bras.

— Vous venez ou vous restez ? cria-t-il à l'orchestre.

Docilement, clarinettes et trompettes l'accompagnèrent jusqu'aux champêtres lieux d'aisances. En chemin, Amador coupa une épine de cactus et épingla l'oreille au revers de sa veste crasseuse. Il dansa jusqu'au matin ; puis arborant toujours l'œillet barbare, il parcourut le village en criant :

— Moi, à Yanacocha, personne ne me la fait !

On ne la lui faisait pas, en effet !

Même au sein de sa propre famille d'ordinaire ingrate envers le talent, on reconnut son génie. Et des clients, il en avait ! Calixto Ampudia, le maréchal-ferrant, fut le premier à lui proposer de négocier ses dons. La veille du Jour de l'An, il découvrit que sa femme le cocufiait avec un jeune maître d'école fraîchement débarqué au village. L'épouse fut truffée de coups mais Ampudia ne voulut pas caresser le petit profiteur ! Le toucher avec ses mains aurait signifié se condamner à finir ses jours au pénitencier ! Il préféra humilier ses deux mètres de grand dépendeur d'andouilles et franchir le seuil d'Amador. Sans un mot, il déposa trois billets orange

sur la table. Coupe-Oreilles dégaina son sourire carié :
— Qu'est-ce qui te manque, Calixto ?
— Les oreilles d'un type de Jauja ! répondit Ampudia en sortant une bouteille d'eau-de-vie de sous son poncho.

Coupe-Oreilles avala une rasade rédemptrice et toussa. Par éducation, il faisait celui qui supportait mal l'eau-de-vie.

— Qu'est-ce que tu veux en faire ?
— Je veux savoir comment sont les oreilles qui écoutent les soupirs de ma femme.
— C'est un caprice qui va te coûter cinq cents soles.
— Si je travaille, c'est pour payer mes caprices !

Sept jours plus tard, Calixto Ampudia connut le velours de l'oreille qui, depuis des mois, écoutait les gémissements de la donzelle.

Cette fois, Coupe-Oreilles comparut devant le tribunal. A la seule lecture du dossier, le docteur Monténégro reconnut que les talents d'Amador Leandro croupissaient dans les élevages. Non seulement il l'acquitta, mais il lui offrit encore un billet de cinquante soles, que l'autre fit aussitôt encadrer par le menuisier du village.

Le même soir, l'Indien Ildefonso l'engageait. C'était un travail de tout repos. En cinq ans — le temps de la première détention d'Hector Chacon — on fit treize fois — treize fois seulement — appel à lui. Sa renommée dépassait les modestes limites de la province. Des propriétaires qui convoitaient les oreilles des gens qui refusaient d'ôter leur chapeau devant eux suppliaient le juge. Le docteur Monténégro, qui était la gentillesse même, acceptait toujours d'étendre le modeste programme d'aide aux sous-développés que Yanahuanca exerçait presque en même temps qu'une grande nation du Nord.

Le couteau d'Amador, unique article d'exportation de la province, implanta la paix dans les élevages.

Le jour où le docteur Monténégro apprit de la bouche de Lala Cabiésès que la main d'Hector Chacon n'avait d'autre désir que de lui serrer la gorge, oui, le jour même où sa pâleur remonta les cordillères escortée par des gardiens et des gardes civils, il pensa avant toutes choses au plaisir qu'il aurait à caresser les deux oreilles du Nyctalope. Le cortège prit pour fuir bien des détours. Personne ne se risquait à adresser la parole au juge. Arutingo lui-même et l'ex-sergent Atala, lugubres, refusaient de commenter les excès regrettables survenus le soir où la *Chaudefesse* avait demandé à la *Culotte de Fer* de lui prêter une épingle, une affaire qui s'était soldée par six cents verres brisés. Ils chevauchèrent durant six heures sans même oser vider l'eau-de-vie de leurs gourdes. Il faisait nuit quand ils regagnèrent Huarautambo. Les premières étoiles pleuvinaient lorsque Coupe-Oreilles entra dans le bureau du docteur.

Trois jours plus tard sept cavaliers aux cols remontés jusqu'aux yeux arrivaient à Yanacocha en bousculant les chiens errants. Ils s'arrêtèrent devant la porte du Nyctalope. Coupe-Oreilles ouvrit la porte à coups de pied, mais la bonne étoile du Nyctalope voulut que ce jour-là il fût allé à Pillao conclure un marché. Le bouillant Coupe-Oreilles prit le chemin du bistrot, paya ses dettes et se fit servir une douzaine de bières. Entre deux canettes, ses acolytes sortaient surveiller les lieux. Le Nyctalope tardait. La vente conclue, l'acheteur lui avait demandé de « rester à partager son modeste repas ». Hector Chacon avait accepté de goûter au ragoût du maître de maison. Ravi d'acquérir pour mille soles un taurillon qui en valait au moins le double, celui-ci avait commandé des bières.

— Paraît qu'il y a ici un homme qui n'a peur de rien ? Un dénommé Chacon ! dit Coupe-Oreilles en se brisant les côtes du dos avec les pouces. Dommage que ces gens qui n'ont peur de rien s'absentent quand je viens leur rendre une petite visite !

Il était sept heures du soir. Une heure plus tard, Coupe-Oreilles comprit qu'une âme charitable avait écarté l'homme qu'il attendait de son chemin.

— Qu'est-ce que vous foutez là comme des cons ? cria-t-il à ses complices.

— Nous attendons des ordres, don Amador, lui répondirent ses hommes de main, qui ne voulaient pas être sevrés de leurs bouteilles.

— Quels ordres, hein ? Quels ordres ? Pour Cha con, je suis là ! Et c'est suffisant !

Il éructa son rhum qui fana les fleurs d'un calendrier resplendissant. Don Amador sortit tout le monde à coups de pied dans l'arrière-train. Le Nyctalope descendait lentement la côte abrupte de Pillao. A trois cents mètres ses yeux découvrirent une femme assise sur une roche, au bord du chemin : Sulpicia. Le Nyctalope flaira le danger. Qui Sulpicia attendait-elle ? Il sauta à terre, attacha son cheval et s'avança à pied, sans faire de bruit. Sulpicia, qui n'avait pas le pouvoir des yeux, ne découvrit sa présence qu'une fois Chacon à trois pas d'elle.

— Hector, tu m'as fait peur ! Dépêche-toi, Hector !

Le Nyctalope renifla la peur de la femme.

— Des gens armés, des gens de Huarautambo sont sur tes traces depuis ce matin, Hector ! Amador guette tes oreilles !

— Où ça ?

— Chez Santillan.

— Prévenez Pille-Etables et le Voleur de chevaux, Sulpicia. Qu'ils viennent là-bas me retrouver !

— Sois prudent, Hector ! Sois prudent !

Sulpicia s'éloigna dans l'obscurité. Une nouvelle fois, le Nyctalope se fondit avec les rochers. Les pressentiments rôtissaient dans la fumée de la nuit. En halant son cheval par la bride, il pénétra dans le corral de sa maison ; il dessella l'animal et lui servit de l'eau et de l'orge. Il se lava lentement le visage et les mains mais ne se peigna pas et sortit vers le lieu où buvait l'homme le plus fort de la province. Amador trinquait avec son ombre que reflétait la bredouillante clarté du kérosène lorsque Chacon se détacha de l'obscurité et franchit la porte. Santillan se décomposa.

Sans demander la permission, Chacon se versa un verre de bière et ostensiblement le renversa.

— Paraît que tu me cherches ?

Seule la moitié de sa bouche souriait. On constata alors la fragilité du désir humain. Tout à la fièvre de le découvrir à tout prix, Coupe-Oreilles avait fouillé Yanacocha, cherchant ce visage qui naviguait maintenant sur l'écume jaune, mais à peine heurtait-il cette face désespérément cherchée que son désir se desséchait.

— Bonsoir, don Hector, salua Coupe-Oreilles dont la bonne éducation soudaine fit trembler la main de Santillan. Bonsoir, messieurs, dit-il en saluant Pille-Etables et le Voleur de chevaux.

Entre le passe-montagne et le cache-nez relevé seuls brûlaient les yeux félins du Voleur de chevaux. Pille-Etables essuya ses mains tachetées de farine.

— Ainsi, mes oreilles te plaisent ?

Le Nyctalope se caressa le lobe de l'oreille gauche. Il s'amusait. Sans respecter la propriété privée de l'homme qui avait acquis la bière avec son argent, il se servit un autre verre.

— Qui vous a dit ça, don Hector ?
— Mon petit doigt !

Pille-Etables, qui n'avait pas l'humour du Nyctalope, envoya rouler d'un revers de main la bouteille :

— Qu'est-ce que t'es venu foutre ? Qu'est-ce que tu cherches, hein, putain de con ?

— J'ai eu un accrochage avec la señora Monténégro, informa Coupe-Oreilles.

Dans ses yeux, des tisons mouraient.

— Quelle sorte d'accrochage ?

Coupe-Oreilles laissa une minute se distiller.

— La señora voulait que je tue les Yanacochains.

Comme s'il cherchait à s'excuser de la grossièreté de sa main, Pille-Etables écarta du pied les tessons épars.

— Et tu lui as répondu quoi ?

Le Voleur de chevaux, qui s'ennuyait, enfonça la main dans un sac de blé ; il commença, par jeu, à faire passer d'une main dans l'autre une poignée de grain.

— Je lui ai dit que je ne voulais plus d'histoires

avec mes frères. Que des bagarres, j'en avais eu assez comme ça ! Je veux être l'ami de mes beaux-frères. Voilà ce que je lui ai dit, mais la señora a pris la mouche et elle m'a foutu à la porte.

— Et ça s'est passé quand ?
— Il y a trois jours.

Le Voleur de chevaux lui envoya sa poignée de blé en plein visage.

— Pourquoi mens-tu, fils de putain ? Hier tu as rencontré mon frère sur le Huajoruyuc. Tu allais avec les péons de Huarautambo et tu leur as ordonné de l'achever à coups de fouet. Tu es venu nous espionner.

— Fais donc les poches à cet idiot !

Chacon était de bronze.

Santillan se colla au mur. Serpents rapides, les mains de Pille-Etables palpèrent les poches de Leandro. Il en retira trois clefs (dont une rouillée), un décapsulateur offert par *Kola Inglesa,* un crayon émoussé, une lettre et un colt 38, qu'il déposa sur le comptoir.

— Pourquoi balades-tu ce revolver ?
— Pour chasser le cerf.

Les mains de Pille-Etables s'étonnèrent. Un billet aux roses inconnus éblouit l'explorateur.

— Qu'est-ce que c'est que ça ?

C'était la première fois qu'ils voyaient un billet de cinq cents soles.

— Mes économies, balbutia Coupe-Oreilles.
— Ainsi, tu balades tes économies quand tu te soûles la gueule ?

La voix de Pille-Etables s'appuyait sur le comptoir :

— Ton petit jeu, c'est fini, Amador ! Va falloir que tu te mettes à table !

Chacon était maintenant de neige.

— C'est bien, accepta-t-il. Nous allons prendre le temps de réfléchir. Et il se tourna vers Santillan :

— Tu as de l'eau-de-vie ?

— J'en ai, don Hector.

— Vends m'en trois bouteilles.

Les mains inquiètes déposèrent trois bouteilles sans étiquette, fermées avec un bouchon de maïs. Les yeux virent à peine les quinze soles chiffonnés sur le comptoir.

— Allons au pays !

Les yeux du Nyctalope lui faisaient mal. Une nuit féline se pelotonnait dans les touffes clairsemées. Les cordillères abritaient une mêlée d'éclairs. Sans les avertissements du Nyctalope, qui déjouait les pierres et les précipices, ils se seraient brisé les reins. Yanacocha était une poignée de feux. Ils parcoururent un kilomètre et descendirent à Urumina. Gardant leurs uniformes de silence, ils descendirent à Antac. Dans la nuit sans étoiles seule la respiration de Coupe-Oreilles scintillait. Ils dépassèrent Yurajirca. Ni Coupe-Oreilles ni ses gardes du corps ne décousaient les lèvres. Ils aperçurent Curayacu.

— Arrêtez ! ordonna le Nyctalope.

Dans le ravin on apercevait les lumières loqueteuses de Yanahuanca. En regardant le clignotement de la ville où veillaient les gardes civils, Leandro reprit de l'assurance. Sa peur imaginait la ville au détour des rochers.

— Qu'est-ce que tu bougonnes ?

— Qui êtes-vous pour emmener les gens en plein

désert ? Mais on ne va pas en rester là ! Vous allez voir ça, quand nous allons arriver au pays !

Les mains de Chacon obligèrent la chemise à s'asseoir sur les roches.

— Assieds-toi, lavette ! Sa voix fouettait :

— Au patelin, tu n'y arriveras pas ! Et comme si, reconnaissant un ami, il arrêtait net la plaisanterie, il le prit par la main et murmura : — Barre-toi !

Coupe-Oreilles sentit qu'une alliance de haine et de dégoût le soudait à une main d'os.

— Allons ! Cours ! Barre-toi !

Coupe-Oreilles entendit bourdonner un mépris plus vaste que la nuit. Leurs simples paroles prouvaient que jamais ils ne lui pardonneraient. Il s'agenouilla, il tremblait :

— Ne me tue pas, tonton.

Avec la peur, il retrouvait la mémoire. Brusquement il se souvint que l'homme dont il cherchait la trace depuis le matin — un matin qui semblait remonter à des mois — était le même qui, vingt ans plus tôt, en tenue d'oncle, par un midi de feu, lui avait appris à pêcher des truites.

— Ne te tache pas avec le sang de ton neveu, tonton.

Il grelottait.

— Alors, tu danses le *huayno* ? railla Pille-Etables.

— Ne me fais pas peur, tonton ! J'ai le cœur qui saute.

— Assez de simagrées ! cria Chacon. Dis-nous la vérité.

— La señora Monténégro finira par le savoir.

— Ici nous nous connaissons tous. Comment le saurait-elle ? Tu veux boire ?

Coupe-Oreilles cautérisa sa peur avec une gorgée de feu.

— C'est bon ?
— C'est une très bonne eau-de-vie, tonton.
— Bois.
— J'ai le cœur un peu embarbouillé, mon oncle.
— Bois, idiot !

Il fit claquer un coup de feu auprès de ses oreilles.

— Et maintenant, vide ton sac, fils de putain !

Dans l'obscurité, les yeux du Nyctalope comptèrent les gouttes de sueur qui trempaient le front de l'homme à la voix émaciée.

— La señora est au courant de tout ce que tu fais, don Hector. Si tu te réunis avec les autres, si tu dors, si tu fais de la route, tout est su à l'hacienda.

La voix de Chacon se velouta :

— Si tu nous dis qui nous trahit, je t'autoriserai à rester avec la communauté.

— Ils se vengeront sur ma famille, tonton.

— Je te donnerai une maison et une terre et je te réconcilierai avec les Minaya.

Coupe-Oreilles soupira :

— C'est la veuve Carlos qui moucharde le plus !

— Elle ne va pas aux réunions. Comment pourrait-elle savoir ?

— C'est une sorcière. Elle a des animaux qui lui racontent tout. Elle a des chiens dressés, des animaux qui écoutent vos discussions et qui les lui répètent.

— Bon. Et ensuite ?

— Elle a aussi des oiseaux, des oiseaux qu'elle nourrit exprès.

— Bon. Et ensuite ?
— La señora veut que tu meures, Chacon.
— Par ta main ?
— J'ai dit oui mais c'était pour rire, tonton !
— Cette peau-de-couilles va nous dénoncer, rechigna Pille-Etables.
— Je vous jure, patrons...
— Cette pédale va nous perdre.
— Par la très Sainte Vierge, je...
— Bois ! ordonna Chacon en lui tendant la deuxième bouteille.

L'eau-de-vie ne le brûlait plus.
— Allez, vide-la !
— La tête me danse.
— Tu nous as mouchardés à Monténégro ? Tu lui as dit que nous voulions le tuer ?
— Oui, tonton.
— Comment l'as-tu prévenu ?
— J'ai envoyé Lala lui porter un papier.
— Et ce papier, que disait-il ?
— « Fuyez, docteur : Hector Chacon est armé pour vous tuer pendant la confrontation. »
— Bon. Ça suffit ! dit Chacon.
— Tu ne vas pas me faire de mal, hein, tonton ?
— L'heure est venue de rabattre le caquet de cet idiot.

L'orage s'éloignait. Coupe-Oreilles découvrait que la voix avait un visage aux pommettes dures, au front étroit et aux cheveux raides.
— Amador, tu as toujours fait justice toi-même et manié le couteau à ta guise. Mais de cela, je m'en fous ! Seulement voilà : pour quelques kilos de beurre, pour quelques faveurs de merde, tu as trahi

ta communauté ! Tu nous as vendus au poids ! Saisissez-le !

Les bras arborescents de Pille-Etables et la force du Voleur de chevaux se collèrent au Coupe-Oreilles.

— Levez-le !

Ils le soulevèrent comme un enfant. Dans le lait que versait la lune sans crier gare le Nyctalope récupéra pour un instant les yeux du gamin avec lequel, en des temps égarés dans sa mémoire, il avait sauté des ruisseaux ou volé des fruits. Mais il démolit les visages que lui proposait le souvenir et les remplaça par la face du traître. Il sortit un mouchoir de sa poche et l'enfonça brutalement dans la bouche de Coupe-Oreilles. Les yeux d'Amador s'emballèrent dans l'asphyxie. Il se tordit comme un serpent mais, peu à peu, son corps s'inonda de panique, de silence, d'air usé.

XXIV

PORTRAIT A L'HUILE D'UN MAGISTRAT

Les porcs ravagèrent mille quatre cents hectares mais ne purent digérer la dose de plomb des winchesters. Les valeureux animaux moururent et la Clôture continua d'avancer. Après avoir englouti quarante-deux coteaux, quatre-vingts collines, neuf lagunes et dix-neuf cours d'eau, la clôture orientale serpenta à la rencontre de la clôture occidentale. Si la pampa n'était pas infinie, force est d'avouer que la Clôture l'était.

Dans la pampa, les rumeurs vont et viennent comme le vent et l'on apprit donc que quelqu'un avait eu l'idée de porter plainte. L'idée ne naquit pas de la cervelle de Rivera le délégué, ni de la jugeote d'Abdon Médrano, ni de la tête de Fortuné, mais un jour Rancas se réveilla avec cette nouveauté. Il est vrai qu'il fallait encore savoir à qui se plaindre ! Le commérage fut tel que les notables se réunirent spontanément, sans convocation, à l'école. Le délégué lui-même et les autorités se rendirent à l'assemblée sans savoir pourquoi : on croyait peut-être, après la bénédiction du père Chassan, qu'une lutte avec la *Compagnie* était possible. Bref, on se réunit. Mais à qui s'adresser ? Au préfet ? Au chef de région ? A la *Cerro* ? On n'eut pas à dépenser beaucoup de salive pour démontrer la stupidité d'une telle démarche.

— Et si nous nous adressions au juge ? suggéra Abdon Médrano. Après tout, c'est la Clôture qui commet le délit ! Personne n'a le droit de barricader les chemins !

Le délégué saisit la balle au bond :

— Oui ! Le juge nous protégera. Protéger les nécessiteux, c'est le travail du juge !

D'où le délégué tenait-il l'idée que la profession d'un juge est d'exercer la justice ? Creusez-vous la tête ! Les notables de Rancas décidèrent de porter plainte. C'était un jour ensoleillé et le gâchis solaire eut peut-être l'heur de festonner les âmes d'espoir. Rien n'affaiblit plus l'homme que les illusions créées par l'espérance ! Les notables fouillèrent leurs malles en quête de vêtements et se mirent sur leur trente et un. Visage, cou et mains bien lavés — certains comme Abdon Médrano exhibaient même une cravate —, ils partirent, le lendemain, pour Cerro de Pasco.

Le palais de justice de Cerro de Pasco n'a pas de trottoir. Des trous profonds encadrent ses deux étages écaillés. Jour et nuit, les solliciteurs s'y pressent et attendent, assis, leur tour pour parler au juge, le docteur Parrales. Le tribunal est une pièce recouverte d'un mauvais stuc et dans laquelle boitillent un bureau minable, quelques fauteuils et quelques chaises. Sur le bureau de Sa Seigneurie, presque enfoui sous une cordillère de dossiers, une photo dans un cadre d'argent prouve l'authentique penchant du juge pour sa famille. L'artiste, en un moment d'heureuse inspiration, a fixé le magistrat assis avec sévérité dans son fauteuil ; derrière lui, sur un fond de lacs et de cygnes sveltes de carton peint, la main timidement appuyée sur l'épaule de la Justice, se réfugient les silhouettes floues d'une femme et de six enfants, incapables de couvrir à très loin près la moitié du corps obèse de Sa Seigneurie.

Rendus presque invisibles par le respect, les délégués de Rancas pénétrèrent dans le bureau. Le docteur Parrales ne leva pas les yeux et poursuivit la lecture d'une feuille de papier timbré. Les comuneros n'en furent pas surpris. Les crève-la-faim du Pérou connaissent mieux que quiconque l'importance minime de leurs affaires et sont toujours prêts à patienter durant des heures, des jours, des semaines, des mois. Eux n'attendirent qu'une demi-heure. Sa Seigneurie avait fini de lire le pourvoi.

— C'est à quel sujet ?

Son visage cuivré était un mur inaccessible.

— Docteur, bégaya Rivera, nous sommes des comuneros de Rancas... nous venons...

— Dépêchez-vous ! Je suis pressé.

— Docteur, je ne sais pas si tu es au courant de l'existence d'une clôture dans la pampa ?

Le comunero tutoie par crainte, mais il s'embrouille et mêle le « tu » et le « vous » dans un susurrement anémique.

— Je ne suis pas au courant. Je ne sors pas de mon bureau.

— La *Cerro de Pasco Corporation* a tendu une clôture. Elle a entouré la pampa et maintenant tout est barricadé ! Les chemins, les villages, les rivières...

— Nous n'avons presque plus de brebis, docteur,

dit Abdon Médrano. La moitié de nos bêtes sont mortes car il n'y a plus d'herbe. Les dents de la Clôture ont brouté tous les pâturages. Même les chemins sont coupés, docteur. Les voyageurs n'arrivent plus à Rancas.

— La foire... La foire n'a pas eu lieu, docteur ! dit le délégué, qui avait retrouvé ses esprits.

— Nous avons perdu trente mille brebis, expliqua Médrano.

— Vous avez eu la peste, alors ? dit le juge.

— Elles sont mortes de faim, docteur ! dit Rivera.

— Je ne suis pas vétérinaire, moi ! dit le juge, excédé. Que voulez-vous ?

— Nous voulons que vous constatiez l'abus, docteur.

— Bon. Mais il faut payer !

— Combien nous coûterait le constat, docteur ? demanda Rivera, enhardi.

— Dix mille soles... peut-être quinze, répondit la voix, qui semblait s'être dégelée imperceptiblement.

— Nous n'arriverons jamais à rassembler autant d'argent, docteur ! A moins que vous ne consentiez à un petit rabais ?...

Les yeux du docteur Parrales fulgurèrent et sa main châtia avec violence le bureau. Un tel tonnerre laissa sans voix les autorités.

— Pour qui vous prenez-vous ? Ce n'est pas un marché ! Je veux vous faire une faveur et vous discutez ? Vous réfléchirez.

— Merci, docteur.

— Quand pouvons-nous revenir ?

Fortuné, sur le seuil, souriait à demi.

— Quand vous voudrez, dit le docteur Parrales, visiblement contrarié.

Ils ressortirent pleins d'enthousiasme. Fortuné se frotta les mains :

— Qu'est-ce que je vous avais dit ?

Ils ne tenaient plus dans leur peau.

— Nous sommes des imbéciles ! Nous aurions dû venir beaucoup plus tôt.

— Dix mille soles, c'est beaucoup. Jamais nous ne réunirons une somme pareille ! dit Rivera, sceptique.

— On pourrait faire une collecte, proposa Médrano.

— Cinq mille soles, six mille soles, ce serait le maximum !

— C'est vrai. Nous n'y arriverons pas.

— Et si nous organisions une fête ? Une kermesse ? suggéra Médrano.

On l'embrassa. Au lieu de se lancer dans une collecte douteuse le mieux était d'organiser une tombola. Quand les gens des autres villages connaîtraient le motif, ils ne tarderaient pas à rappliquer ! C'était une idée de génie ! Une idée que don Théodore Santiago, arrivé à Rancas, compléta : pourquoi n'inviterait-on pas le maire de Cerro de Pasco à y participer ?

— Il nous enverra au diable !

— Qu'est-ce que nous perdons à l'inviter ?

— Il nous achètera peut-être quelques billets.

— Comment pouvez-vous croire à une chose aussi folle ?

— Il n'y a pas de pire démarche que celle qu'on ne fait pas.

— Qu'avons-nous à y perdre ?

La pluie menaçait. Le ciel se durcissait d'écailles

livides. Méprisant la neige imminente, ils se dirigèrent vers la mairie, un bâtiment à deux étages, avec des portes et des fenêtres peintes en vert ; la bâtisse n'échappait pas à l'horreur architectonique de Cerro. Fortuné y entra seul. Il en ressortit rayonnant :

— Entrez ! Entrez ! M. le maire nous reçoit !

Ils décrottèrent leurs souliers avec des pierres : il ne s'agissait pas qu'ils saligotent le plancher de la mairie !

Devant une table recouverte d'un drap vert, Génaro Ledesma, le maire, un homme d'une trentaine d'années, les attendait :

— Bon. En quoi puis-je vous être utile ?

Sa voix était chaude et lente.

— Nous sommes des comuneros de Rancas, docteur, expliqua Fortuné. Je ne sais pas si vous êtes au courant de notre problème, mais la *Cerro de Pasco Corporation*...

— La Clôture ? demanda le maire.

Ils en restèrent baba. Enfin, une autorité reconnaissait l'existence du serpent invisible !

— Vous avez vu la Clôture ! Vous l'avez vue ? demanda Rivera, incrédule.

— Oui, comme tout le monde.

— Vraiment ? Vraiment, vous l'avez vue ?

— Mais oui ! Comment ne l'aurais-je pas vue si elle est aux portes mêmes de Cerro ?

— Alors, docteur, qu'en pensez-vous ? demanda prudemment Fortuné.

— C'est un abus intolérable : la *Cerro* n'a aucun droit !

Il parlait sans se presser. Rivera s'enhardit :

— Nous sommes venus demander un petit soutien à la municipalité, docteur.

— De quoi s'agit-il ?

— Nous voudrions que la mairie nous aide en achetant quelques billets pour notre tombola.

— Quelle tombola ?

— Nous avons organisé une tombola pour payer les honoraires du docteur Parrales.

— Le juge ?

— Oui, docteur.

— Des honoraires à quel sujet ?

— Pour constater l'existence de la Clôture, le docteur nous demande dix mille soles. Or nous pouvons en réunir cinq mille. Si la mairie nous aide, nous compléterons la somme ! dit Fortuné, au comble de l'enthousiasme.

— Est-ce que vous êtes complètement fous ?

Ils baissèrent la tête, consternés.

— Le docteur Parrales n'a pas à vous demander quoi que ce soit ! Il est obligé d'effectuer ce constat. Un juge n'a pas le droit de se faire payer. Il reçoit un salaire de l'Etat. C'est pour lui une obligation de constater les abus !

— Alors, tu ne peux pas nous aider ? demanda Rivera, qui mettait brusquement le cap sur le découragement.

— Vous donner de l'argent pour soudoyer le juge serait un acte immoral. La mairie peut vous aider, mais d'une autre manière.

— Et comment, docteur ?

Le maire réfléchit :

— Cette affaire de la *Cerro* est très grave. C'est même la chose la plus grave que l'on ait vue dans ce département. Et ce n'est qu'un début. Nous ne pouvons savoir comment cela finira mais il faut dénoncer l'opération, mes amis ! C'est l'unique façon de résoudre le problème. Aujourd'hui même je vais en parler à la radio et dévoiler l'abus. Et pour commencer je vais dénoncer le docteur Parrales...

XXV

OU L'ON PARLE
DU TESTAMENT QU'HECTOR CHACON
FIT CONNAITRE DE SON VIVANT

— J'y étais ! J'ai signé ! se vante Rémi en sortant sa bosse.

Mais Rémi parle pour parler. La nuit où le Nyctalope réunit ses enfants pour leur communiquer ses dernières volontés, le Bossu ronflait au cachot du poste. Le sergent Cabrera, partisan décidé de la candidature unique du général Odria[1] — lequel, avec le temps, allait devenir plus bancal que ce bancal de Rémi — avait appris que le bossu colportait à travers la ville un ragot affirmant que les urnes étaient des boîtes magiques où un vote opposé au général se transmuait aussitôt en vote favorable. La plaisanterie valut à Rémi de demeurer quinze jours à l'ombre. Comment aurait-il pu, dans ces conditions, assister à l'ouverture du testament ? Il n'assista à rien du tout, pas plus qu'il ne signa, n'étant pas là pour le faire. Les seuls témoins du testament furent Ignacia, la femme de Chacon et ses enfants, Rigoberto, Fidel et Juana. Hippolyte non plus n'était pas là.

Chacon les réveilla à trois heures du matin. Il

---

1. A l'époque, président du Pérou. (*N.D.T.*)

alluma un bout de bougie, la lumière tituba. Le Nyctalope se mouilla les doigts avec de la salive et tranquillisa la flamme, puis il dit :

— J'ai tué un homme !

— Sainte Vierge ! et Ignacia s'agenouilla. Fidel regarda le visage vieilli et débile de son père : c'était la dernière fois qu'il le voyait. Rigoberto battit des cils en silence. Juana sanglota.

— Mes enfants, j'ai tué un profiteur. Dès que le jour va venir, la police sera là. Il faut que je parte cette nuit !

— Et tu reviendras quand, papa ? demanda Rigoberto.

— Je ne suis pas sûr de revenir. S'ils m'attrapent vivant, la peine sera lourde. Mais pour me capturer, il faudra qu'ils se lèvent tôt !

— Papa, pleurnicha Juana. Vous ne nous avez jamais parlé ainsi !

Le Nyctalope s'assit sur un sac d'orge.

— Ces violences, mes enfants, c'est à cause des pâturages. Si Monténégro nous avait laissé nos terres, rien ne se serait passé, mais maintenant il est trop tard. L'affaire est grave. Je peux mourir à n'importe quel moment. Si je tombe aux mains des policiers, je n'en sortirai pas vivant.

— Liquide-les, papa ! Liquide les grands propriétaires ! dit Rigoberto en avalant ses larmes. Même si tu dois mourir !

— Ne parle pas comme ça à ton père ! gronda Ignacia.

La bougie jaunit les yeux du Nyctalope. Ce visage-là serait celui dont, plus tard, se souviendrait Rigoberto. Avec les années, quand il se perdrait dans les labyrinthes des travaux obscurs, il oublierait les sourires des jours heureux, mais reverrait ce visage comme laqué par la rancœur.

— Quoi qu'il arrive, Monténégro, ça va finir ! Je suis décidé à former une bande pour nous libérer de l'oppression. J'ai des amis prêts à lui faire la peau !

— C'est bien, papa ! dit Rigoberto. Liquide tous les gros !

— Et je ne tomberai pas seul car je tuerai avant ! Si j'en réchappe, vous me reverrez. Et sinon je vous dis adieu !

— Qu'est-ce qu'il y a ? Qu'est-ce qu'il y a, papa ? se lamentèrent de nouveau les femmes.

— Ce que j'éprouve n'est pas de la peine, c'est de la rage ! Je ne souffre pas, je suis calme.

Il se leva.

Ce visage-là serait celui dont se souviendrait Juana. Avec le temps, quand le remords lui rongerait le cœur, la brume qui flottait dans ces yeux-là viendrait la visiter.

Chacon revint s'asseoir sur le sac :

— Il y a trois champs de maïs qui me reviennent : Ruruc, Chacrapapal et Yancaragra. Ces terres m'appartiennent. Les enfants se les partageront. La maison c'est mon grand-père qui l'a construite. Il me l'a laissée. Elle sera pour les hommes.

— Et pour les femmes ? demanda Ignacia.

— Pour les femmes il y aura les terres de Lechuzapampa. Pour toi, Juana, rien. Tu vivras avec ton mari. Obéis-lui en tout. Et ne laisse pas ta mère toute seule.

— Pourquoi ne veux-tu pas que je t'accompagne,

papa ? Je suis un homme déjà ! Je sais tirer ! dit Fidel.

— Ne pleurez pas. Je dois venger les pauvres. Monténégro aura beau avoir mille gardes du corps, je le tuerai ! D'ailleurs, il ne sera pas toujours protégé par ces lèche-culs. Le mois de mai approche. Il faudra bien qu'il sorte surveiller ses récoltes et je débarrasserai la terre de sa présence !

— Je peux aller avec toi, papa. Je porterai les balles. Comme ça, tu pourras dormir, insista Fidel.

— Bousille tous les richards, papa ! répéta Rigoberto.

— Rigoberto, tu devras nourrir les plus jeunes. Ici on te poursuivrait. Il est mieux que tu ailles travailler à la mine Atacocha. Pour le reste, sois tranquille ! Ce mois-ci je vais tous les balayer !

— Du cran, papa ! Les gens disent que tu vas mourir ! Eh bien, que ce ne soit pas pour rien ! Tu as des armes, ne te laisse pas prendre par surprise.

— S'ils n'arrivent pas à tuer un cerf à distance, ils auront beaucoup de mal à me tuer ! Vous avez entendu : je vous donne tout ce que je possède. Il ne me reste plus que deux choses : un calendrier qu'on m'a offert à Yanahuanca et un paquet de serpentins avec lesquels je pensais m'amuser au Carnaval. Voici le calendrier, Rigoberto ; et voici les serpentins, Fidel. Et maintenant, sellez mon cheval. Je m'en vais. Adieu !

XXVI

OU L'ON PARLE
DES HOMMES-TAUPES ET DES ENFANTS
QUI FAILLIRENT S'APPELER HARRY

Un vendredi d'orage, Ledesma le maire aggrava encore la tempête en déchaînant sa foudre et ses éclairs oratoires contre le docteur Parrales. Radio Corporacion transmettait son programme hebdomadaire destiné aux étudiants. Le maire, professeur d'histoire au collège Daniel A. Carrion, profita de l'émotion causée par la voix de Jorge Negrete pour décocher au juge de nouvelles flèches calomniatrices. Quand on lui coupa le micro, les ondes volantes découvertes par Hertz dispersaient aux quatre vents la nouvelle selon laquelle le juge Parrales prétendait enrichir de nouvelles séries sa collection de vignettes bancaires. La ville mijota son bouillon de ragots. Des centaines d'habitants avaient vu défiler les brebis de Rancas. Le centenaire de Daniel A. Carrion, martyr de la médecine, approchait et le préfet ne se résignait pas au ridicule devant les autorités de Lima. Pourtant, les chandelles de la dénonciation n'étaient pas éteintes que la même radio diffusait une autre nouvelle : le docteur Parrales allait poursuivre le maire pour diffamation. La ville s'agita. Où pouvait mener une telle action ? Sans qu'on ait jamais su pourquoi, une épidémie s'abattit sur Cerro de Pasco. Un virus inconnu infecta les yeux des habitants. Apparemment, les victimes jouissaient de l'intégrité de leur vue mais un nouveau daltonisme escamotait certains objets à leurs regards. Un malade capable de signaler, par exemple, les taches d'une brebis à un kilomètre était incapable de distinguer une clôture située à cent mètres. Même les infirmiers du bloc sanitaire comprirent qu'un événement sans précédent dans l'histoire de la médecine leur rendait visite. Hélas ! Cerro de Pasco n'a pas d'ophtalmologue. Aucun redresse-vue n'accepte le poste éternellement vacant de l'hôpital des travailleurs. L'altitude écrasante, le froid, la mauvaise solitude en écartent à jamais les candidats, ce dont le gouvernement profite pour proclamer l'existence du « plein emploi » dans le département. Mais, toute controverse politique mise à part, on comprit vite quelle perte incalculable ce déconcertant virus causait à l'ophtalmologie. Le poste sanitaire aurait peut-être pu d'une certaine manière combler le vide, mais l'épidémie coïncida avec un grand tournoi de canasta. Durant une quinzaine de jours, il n'ouvrit pratiquement pas ses portes. On murmurait que le virus provenait de la forêt, ce qui n'était pas impossible. Les camions qui transportent les fruits de Tingo Maria à Lima passent obligatoirement par Cerro de Pasco. Etaient-ce les fruits ? Les pauvres, les enfants de mineurs ignorent la saveur des pommes et des papayes. Les notables, eux, font leurs délices de la fraîcheur des pêches et de la douceur des bananes de Tingo Maria. C'est peut-être pourquoi le virus les affecta. Figuerola le préfet, Parrales le juge, le commandant Canchucaja, Moreyra le procureur et les chefs du poste de la garde civile cessèrent de voir certaines choses. Par bonheur, le mal était bénin et les activités n'en furent pas pour autant interrompues. Les autorités, et tout spécialement le préfet Figuerola, donnèrent un bel exemple de civisme. Chacun s'acquitta de ses devoirs. L'épidémie fit échouer les manœuvres du maire : personne ne voyait la Clôture. Don Théodore Santiago affirmait que les malades ne voyaient pas non plus les couleurs. Pourtant, un matin, le préfet Figuerola fit arrêter son auto à la porte de l'*Hôtel de France* pour acheter une jolie couverture en laine d'Ayacucho et l'on s'aperçut qu'il distinguait fort bien les couleurs. Les couleurs, oui ! La Clôture, non ! Aux deux sorties de la ville, sur la route de Huanuco et sur le chemin conduisant à La Oroya, les équipes dressèrent deux portes de bois, de six mètres de haut et de la largeur de la chaussée. La ville s'inquiéta. Mais les autorités ne virent pas les portes. Seul le maire échappa à la maladie ; peut-être parce qu'il était natif de Trujillo, ou parce qu'il avait l'habitude de boire du thé à hautes doses, l'épidémie le respecta. Du haut de son immunité il convoqua une réunion extraordinaire du conseil municipal ; il voulait simplement vérifier que la moitié des édiles — les propriétaires d'une formule sanguine apriste[1] — étaient eux aussi victimes de l'épidémie. L'autre moitié hésitait. Des amis empressés informèrent messieurs les conseillers, et notamment les commerçants, qu'ils étaient à deux doigts de se gagner une petite place sur la liste noire

---

1. Apriste : membre de l'A.P.R.A., parti révolutionnaire péruvien, devenu conservateur. (*N.D.T.*)

de *la Compagnie* ; alors une autre maladie les attaqua : le paludisme dentaire. La réunion fut des plus violentes. Certains conseillers reprochèrent au maire d'avoir déposé une plainte prématurée alors qu'il restait tant d'autres chemins pour la Justice. Après six heures de débats, le Conseil se mit d'accord sur une motion rassurante : les bons offices de la Municipalité serviraient d'intermédiaires entre les communautés et la *Cerro de Pasco Corporation.*

Le maire sollicita une entrevue. Le surintendant de la *Cerro,* Mr. Harry Troeller, la fixa à quinzaine. Le maire insista et rendez-vous fut pris à quatre jours de là. La nouvelle se propagea. Le jour de la rencontre, un vendredi, une foule de comuneros accompagna le maire et les conseillers. Les édiles entrèrent dans l'imposante Maison de Pierre à six heures et en ressortirent quatorze minutes plus tard : la *Cerro,* elle aussi, ignorait tout de la clôture. Il fallut cinq minutes au conseiller juridique de *la Compagnie,* le docteur Iscariote Carranza — un gros métis sur le visage duquel deux petits yeux de souris et un nez de navet avaient élu domicile — pour en informer le maire. Les neuf autres minutes et quarante-quatre secondes furent occupées par la voix du surintendant lui-même, Mr. Harry Troeller, qui, puisqu'il avait le plaisir de rencontrer le bourgmestre de l'orgueilleuse Cerro de Pasco profitait de l'occasion pour aborder un problème infiniment plus grave que celui de la présumée clôture : comme M. le maire le savait, la *Cerro de Pasco Corporation* était propriétaire des centrales électriques de Llaupi et de Salepétrin (et, soit dit en passant, c'en fut vraiment un pour les ouvriers imprudents qu'on y fusilla en 1931 !).

Donc, dans lesdites centrales naissait la force électrique dont profitait la très altière cité de Cerro de Pasco. Et à quel prix, hein ? A dix centavos le kilowatt ! Etait-ce un tarif normal ? Non, évidemment non ! Alors ? C'était une aide, une gentillesse accordée à l'aristocratique Cerro de Pasco. Par bonté, *la Compagnie* absorbait, depuis des décennies, le déficit ; mais M. le maire n'ignorait pas non plus que le prix des minerais baissait sur le marché mondial. Quel dommage que M. le maire ne parlât pas anglais ! Bref : la *Cerro* ne pouvait plus supporter un tel effort et avait le regret de lui communiquer qu'à partir d'aujourd'hui elle se voyait dans l'obligation de vendre sa lumière à trente centavos le kilowatt. M. le maire répondit que, effectivement, la *Cerro de Pasco Corporation* vendait son électricité à dix centavos le kilowatt. La municipalité la revendait à trente centavos ; la petite différence constituait depuis longtemps pour la mairie un revenu grâce auquel on avait réussi, entre autres choses, et pour ne citer qu'un exemple, à habiller l'équipe de football de la ville : culottes noires, chemisettes jaunes avec CERRO écrit en lettres bleues et chaussures neuves à crampons. Et pas plus tard que ce dernier dimanche, les courageuses chemises jaunes avaient écrasé par cinq buts à un ces grands crâneurs du Callao. Ce qui n'était d'ailleurs qu'un commencement, car il semblait difficile qu'une autre équipe pût arrêter la *furia* du Onze de Cerro. Le championnat était aux portes. On allait voir comment les botteurs de l'équipe... Mr. Troeller s'excusa : il ne savait même pas qu'il fût possible de jouer au football à une hauteur aussi invraisemblable. Le maire se mit à rire et dit que... Mr. Troeller regretta d'être obligé d'insister : on allait tripler les tarifs ou il coupait la lumière. Le maire s'indigna. Fallait-il croire que la Clôture avait quelque rapport avec la brusque hausse du courant ? Le docteur Iscariote Carranza, à son tour, se mit à rire, bon enfant. « Je vous en prie, nous sommes en démocratie, non ? » Mr. Troeller, lui, ne riait pas. Il regrettait beaucoup d'insister. Ah ! et puis il y avait aussi cette petite facture impayée. S'il ne se trompait pas, l'honorable Municipalité de Cerro de Pasco devait à la *Cerro de Pasco Corporation* quarante-quatre mille huit cent vingt soles quarante centavos, montant d'un arriéré d'éclairage. Il avait le regret de dire que si l'honorable Municipalité ne réglait pas la somme dans les quarante-huit heures, la *Cerro* suspendrait ses services. Le maire, qui sentait la moutarde lui monter au nez, dit qu'il lui semblait que *la Compagnie* traitait le Conseil comme on traite un vulgaire garnement. Le docteur Carranza se remit à rire. « Je suis très surpris — reprit Ledesma — qu'une compagnie aussi puissante que la *Cerro de Pasco Corporation* qui, soit dit en passant, reconnaît dans son dernier bilan un bénéfice net de cinq cents millions de soles, chancelle parce qu'on lui en doit quarante mille et quelques. L'argent ne fait pas le bonheur. Au contraire, il corrompt les âmes. Gauguin lui-même... » Mr. Troeller lui répondit par un sourire en coin : on voyait bien que M. le maire, un professeur au bout du compte, était un humaniste. Le docteur Iscariote Carranza rappela que, si ses renseignements étaient exacts, M. le maire écrivait des vers. Le poète acquiesça, modeste. « Mais nous, poursuivit Iscariote, nous faisons partie du commun des mortels, nous sommes des travailleurs, monsieur le maire. Pour les économistes, le monde est différent : il faut toujours cinquante milliards de centavos pour obtenir cinq cents millions de soles. » Non, vraiment, il le regrettait, mais il ne pouvait rien faire : ou ils payaient la facture ou on leur coupait la lumière !

— Cet amerloc de Troeller est un joli fils de putain ! dit le maire, en sortant furieux.

Une définition aussi claire n'empêcha pas Cerro de Pasco de se réveiller dans les ténèbres, le dimanche suivant. Cerro est une ville habituée à l'obscurité ; la brièveté du jour, la neige incessante, le brouillard l'obligent à maintenir l'éclairage électrique vingt-quatre heures sur vingt-quatre, ce qui n'empêche pas les gens de se fourvoyer dans les ruelles. Privée de cette consolation blafarde des lampadaires, Cerro se métamorphosa en tunnel. Ce n'était pas la première fois ! Bien avant l'arrivée de l'inoubliable barberousse, Cerro de Pasco avait vécu dans l'obscurité. On ne connaissait pas alors la lumière électrique. Le travail délirant dans les mines décimait les masses indiennes et les filons affaiblis languissaient, manque de bras. En dépit de toutes les surveillances, les Indiens fuyaient. Il n'y eut plus d'autre solution que de les enfermer à vie dans les mines. Des racoleurs, beaux parleurs, parcouraient les provinces, éblouissant les uns et les autres par leurs promesses de salaires colossaux. On versait des avances. Séduits par de bons alcools, alléchés par des coupons de tissu, des chemises et même des souliers, les péons se laissaient recruter. A Cerro de Pasco ils s'enfonçaient dans les tunnels pour ne jamais en ressortir. Des sentinelles en armes montaient la garde dans l'humidité de chaque issue. Ils vivaient et mouraient dans les galeries. De temps en temps, les contremaîtres ramenaient un homme-taupe à la lumière du jour : le malheureux lui-même suppliait qu'on le rendît à ses ténèbres. La lumière, trop forte, le blessait ! Tout ce que les hommes-taupes obtinrent ce fut d'accueillir en bas leurs parents. Des familles entières, chiens compris, descendirent vivre dans les puits. Des milliers d'hommes-taupes travaillaient, mangeaient, forniquaient dans une ville souterraine aussi vaste que Cerro de Pasco. Une race aux yeux spéciaux, celle des enfants-taupes, grandissait dans les galeries, sans croire aux fables d'un soleil différent de celui des torches qui les entouraient. On ne saura jamais combien de familles-taupes vécurent ici. Elles ne sont pas enterrées au cimetière de Cerro de Pasco, mais dans un charnier souterrain.

En l'an 1960, les choses n'allèrent pas aussi loin. L'obscurité dans laquelle Mr. Troeller plongea la ville bouscula simplement les horaires. Même la banale intention de sortir acheter un pain devint une entreprise chimérique. Aller chez le coiffeur était toute une expédition : personne ne trouvait la rue qu'il cherchait. Les gens trébuchaient dans les ténèbres. De l'intransigeance de Mr. Troeller bénéficièrent les rancuniers, qui en profitèrent pour caresser les côtes de leurs ennemis. Pour le seul et pur plaisir de voir tomber des gens respectables, les garnements tendaient des cordes d'un coin de rue à l'autre. Tout roula sens dessus dessous et l'âge d'or, tant désiré, des amis du bien d'autrui arriva. Cacus régna dans la pénombre. Les mendiants prirent de l'embonpoint et les plus miséreux n'acceptèrent plus de se nourrir qu'avec des poules. La ville, furieuse, se divisa en deux camps : ceux qui répétaient mais-pourquoi-nom-de-Dieu-de-merde-cherchons-nous-des-poux-dans-la-tête-aux-Ricains et ceux qui affirmaient Bravo-cette-fois-la-petite-guéguerre-est-commencée. Dans la seconde faction s'alignaient les cœurs percés par Cupidon. La nuit crépitait de baisers. Les filles sortaient acheter du pain et revenaient avec un enfant. Les amants bénissaient la *Cerro de Pasco Corporation*. Les femmes adultères prirent l'habitude d'entreposer dans leur chambre un sac de pommes de terre pour calmer les excès de bile des maris cornards. Grâce au caractère tempétueux de Mr. Troeller, les pères pète-sec, les époux abusifs et les mères impossibles trouvèrent leur châtiment. Maris bafoués et pères leurrés inspectaient en vain ruelles et places : le vent de Cerro ne tolérait pas les torches.

Dans son bureau ruisselant de lumières, Mr. Troeller ne sut jamais combien de cœurs déversaient vers lui leur gratitude. Neuf mois plus tard, la querelle opposant la ville à la *Cerro* se traduisit par un relèvement de la courbe démographique. Des couples reconnaissants rêvèrent de donner le prénom de Harry aux nouveaux citoyens. Mais la *Cerro de Pasco Corporation* ne sut pas tirer profit de la situation. Une distribution de layette et même de simples cartes de félicitations auraient suffi. Un moyen aussi simple de développer ses relations publiques ne traversa pas l'esprit de la Maison de Pierre, qui perdit ainsi une belle occasion !

XXVII

OU LE LECTEUR FERA, AUX FRAIS DE LA PRINCESSE, CONNAISSANCE AVEC L'INSOUCIANT PIS-PIS

Les mauvaises langues, uniques archives de la province, ne sont pas d'accord. Doña Joséfina de la Torre, doyenne des commères, proclame sans ambages qu'il s'agit là d'une aberration alors que doña Eduvigis Dolor, la concubine du « toubib », jure ses grands dieux qu'elle l'a entendu des lèvres mêmes du morticole. Bon, mais qui a été témoin de la scène ? Certains historiens affirment que dès que le docteur Monténégro apprit la triste fin de Coupe-Oreilles, il laissa rouler une grosse larme. De pitié, disent les uns ; d'allégresse, disent les autres. Les chroniqueurs qui qualifient de larmes de crocodile les hoquets du docteur affirment qu'il arborait un sourire identique à celui que Lucifer exhibe sur le célèbre Jugement dernier de l'église de Yanahuanca ! Enfin il tenait là, bien dans ses mains, les autorités de Yanacocha. Escorté de notaires et de gardes civils, le docteur reconnut le cadavre de l'infortuné Coupe-Oreilles. Contredisant les historiens qui claironnent que les juges, au Pérou, sont incapables de pleurer, l'habit noir essuya une deuxième larme et fit transporter Coupe-Oreilles à Yanahuanca. Ainsi Amador entra dans la ville comme certains politiciens : porté triomphalement sur des épaules d'hommes. Et ici les scolastiques s'empêtrent. La commisération fut la plus forte. Au lieu d'expédier le cadavre au poste sanitaire, l'habit noir voulut qu'il fût conduit à son domicile. Coupe-Oreilles connut donc le destin des grands artistes : la mort lui ouvrait des portes restées closes de son vivant. L'habit noir fit chasser les curieux. Seul resta avec le défunt son frère Procopio, plus nerveux d'être assis dans des meubles de plastique vert que bouleversé par le refroidissement du cadavre. Là, tandis que le Coupe-Oreilles commençait à gonfler, le docteur Monténégro expliqua à Procopio que les autorités de la communauté de Yanacocha avaient privé l'art du couteau d'un de ses virtuoses les plus illustres. Malheureusement, les preuves manquaient, mais pour redresser les torts la justice veillait. Le docteur sanglota : « Si nous égratignions un tant soit peu le visage d'Amador, les coupables ne se moqueraient plus de ta famille. — Ce serait un péché, docteur », dit Procopio, attristé. Le juge répliqua par la définition théologique : « Le péché serait que les criminels se moquent de la justice. Et alors, le coupable, ce serait toi. » Il planta ses yeux, hélas ! trop petits pour une aussi grande scène, dans les yeux de souris de Procopio qui, de la philippique, retint seulement l'idée de sa possible culpabilité. « Comme vous voudrez, docteur », murmura-t-il. On appela l'Indien Ildefonso, lequel pénétra dans la salle visiblement ému. En proie à une frénésie justicière, il transporta le mort dans les cours intérieures. Se contenta-t-il de griffer Coupe-Oreilles ? Ce n'est pas certain car lorsque le cadavre revint, il exhibait des bosses multicolores comme provoquées par un déluge de coups de pierres et de coups de bâtons. En contemplant ce déploiement impressionniste Procopio faillit s'évanouir mais trois cents soles charitablement offerts pour les « frais de veillée funèbre » le réconfortèrent. Tant il est vrai que le jus de l'argent vous ragaillardit plus vite que celui des fruits ou des foies.

Ce midi-là, le « toubib » opina que Coupe-Oreilles avait perdu la vie après avoir été, de toute évidence, lapidé par la foule. Soucieux de défendre la réputation de la célèbre aveugle, le tribunal de première instance de Yanahuanca lança aussitôt l'ordre de capturer les présumés coupables. Invités cordialement par le sergent Cabrera, les dirigeants de la communauté de Yanacocha prirent le chemin du cachot. C'étaient Agapito Roblès, Blas Valle, Alejandro Gui, Sinforiano Liberato, Félicio de la Vega, Jorge Castro, José Réquès et les trois Minaya : Carmen, Amador et Anacleto.

Une semaine plus tard ils reçurent de la prison de Huanuco une invitation écrite : celle-ci leur offrait pour un an l'hospitalité.

Seul Hector Chacon, le Réprouvé, n'entendit pas tonner la justice : favorisé par la grêle, il franchissait alors les limites de la province. La neige qui effaçait les chemins ne l'arrêta pas : sept jours après son départ il descendait sur Huamaliès, où habitait le compagnon le plus courageux qu'il eût connu durant ses cinq années de détention : Pis-pis, l'homme au sourire d'or.

Ce n'était pas la mauvaise haleine d'une bouche pourrie ni un coup de pied de mule qui avaient privé Pis-pis de ses dents : c'étaient les femmes. Pour les éblouir il s'était fait arracher sa merveilleuse denture d'ivoire et l'avait remplacée par ce sourire fulgurant. Il pouvait s'offrir ce caprice : il cultivait des coquelicots et soulageait les haciendas de leurs surplus de bétail. Pourtant, au cours d'une expédition, il avait commis l'erreur de rire et un péon avait reconnu son allégresse dorée. Une fois en prison il voulut troquer son rire d'or contre des dents d'argent, plus discrètes. Ses compagnons le dissuadèrent de commettre un tel attentat.

Il est vrai que ce n'était pas seulement pour le faste de sa bouche que les gardes républicains appréciaient Pis-pis : ils craignaient son pouvoir d'expert en poisons. Le jour où sa mère, désespérée d'être obligée de nourrir sept bouches, l'avait abandonné sur la place de Huanuco, Pis-pis avait eu la chance d'échoir entre les mains de don Angel de los Angeles. Le grand maître des poisons l'avait emmené dans la forêt et lui avait appris le pouvoir des herbes. Et c'est ainsi que Pis-pis avait été le mystérieux bras droit de don Angel de los Angeles durant le célèbre défi, un duel qui n'avait pas été provoqué par don Angel mais par la bêtise d'un gouvernement obstiné à caser un diplômé sans situation. On raconte que lorsque la ville apprit que le gouvernement lui envoyait un médecin, le gouverneur chevaucha durant trois jours pour expédier le télégramme suivant : PRÉSIDENT DE LA RÉPUBLIQUE, PALAIS DU GOUVERNEMENT LIMA PÉROU AMÉRIQUE DU SUD STOP AI L'HONNEUR VOUS INFORMER VILLE N'A PAS BESOIN MÉDECIN STOP SANTÉ PARFAITE GRACE SERVICES INAPPRÉCIABLES DON ANGEL DE LOS ANGELES STOP TIERS POPULATION PLUS QUE CENTENAIRE STOP BAISE LES MAINS

VOTRE EXCELLENCE STOP GOUVERNEUR PADILLA.
Un texte aussi salutaire n'empêcha pas l'arrivée d'un gros type exsudant : c'était le nouveau praticien. Les gens, habitués aux visites de charlatans qui se fatiguaient vite du climat et s'éloignaient en maudissant l'atmosphère malsaine des mares, le tolérèrent. N'importe quel autre chrétien aurait compris que la seule chose qui lui restait à faire était d'ausculter les quintes du poker mais le bouffi refusa d'en prendre son parti et commença à enquiquiner don Angel. L'herboriste, momifié par la reconnaissance publique, ne broncha pas, mais un dimanche qu'il traversait la place, le morticole le provoqua en lui jetant au visage, devant une foule qui bavait d'incrédulité :

— Ecoute-moi, sorcier de merde. Si tu es un homme, je t'attends ici dimanche. Et nous verrons bien si tu es capable de te guérir toi-même !

Don Angel soupira et le dimanche suivant, monté sur son cheval noir, il se présenta sur une place où l'on s'entassait. Pour voir le spectacle on était venu de dix lieues à la ronde.

Chacun des deux adversaires devait avaler trois doses. Don Angel demanda à boire d'une traite les trois poisons du docteur puis il mâchonna trois brins d'herbe et se mit à transpirer : violet, jaune et bleu. Pis-pis, qui avait alors treize ans, épongea sa sueur avec un mouchoir tacheté de croix tracées sous la lune à son dernier quartier. Le toubib avala le breuvage préparé par don Angel avec un sourire satisfait ; cinq minutes plus tard, il perdait son sang. Piqûres, tampons, rien n'y fit : il n'arrivait pas à endiguer la fuite éperdue de son sang. Il se vida par le nez, par la bouche, par les oreilles, par le fondement. Comment, avec un tel maître, Pis-pis, son disciple, n'aurait-il pas flanqué la frousse aux gardes républicains eux-mêmes, désireux, en outre, de mériter des breuvages capables de leur attirer la sympathie des ingrates ou de tripler la puissance de leurs assauts sexuels ?

Quand Hector Chacon s'enfuit de Yanahuanca, il n'avait qu'une pensée en tête : Pis-pis. Il comprenait que tout seul il n'affronterait jamais victorieusement le mépris d'airain des gardes civils. Sur le chemin de Huanuco, il rêva de former une bande armée capable d'expulser avec des balles et rien que des balles les grands propriétaires.

De malheureux, il n'y avait pas que les hommes : par Pille-Etables il connaissait aussi les souffrances des animaux. Alors il songea à réunir les désespérés puis à revenir tuer Monténégro. Pis-pis l'aiderait. L'homme au sourire si coûteux s'était promis de se venger des exploiteurs, et en prison Chacon l'avait souvent entendu dévider l'écheveau des abus. Non ! Pis-pis n'était pas le premier venu ! Et déjà Chacon voyait les mains de Pis-pis saupoudrer l'eau des gardes civils, griller les tripes des soldats à coups de poison et obliger les affameurs à pisser le sang.

Il aperçut Huamaliès. Il s'arrêta, attacha son cheval et se lava le visage dans l'eau d'une source. Il traversa le village et reconnut, au bord du chemin, la maison de Pis-pis. De loin, on entendait grésiller les rires. Une femme bien en chair, un beau brin de fille, sortit sur le seuil.

— Je suis bien chez Pis-pis ?

La femme le balaya de ses yeux méfiants.

— Pis-pis et moi nous avons vécu cinq ans dans la même cellule, madame.

Des yeux pleins de malice entrouvrirent la porte, puis de gros souliers la violèrent complètement : un homme rougeaud tendit les bras et un sourire. Il riait en se tapant sur les cuisses.

— Mon petit Chacon, mon petit Chacon, quelle joie de te revoir ! Et après tant de temps, Chaconcito ! Si tu savais comme j'ai souvent pensé à toi, frérot ! Mais tu n'aimes pas beaucoup rendre visite aux pauvres gens. Venez, vous autres, que je vous présente Chacon, mon compère !

Ils s'embrassèrent. Deux hommes sortirent. Le premier, l'homme le plus maigre que Chacon eût jamais vu de sa vie, était vêtu d'un pantalon déchiré et d'une veste de cuir en lambeaux. L'autre, énorme, musclé, nacra un sourire amical.

— Je vous présente Hector Chacon, mon compère.

Pis-pis lui donnait des claques dans le dos.

— C'est souvent que nous avons entendu votre nom, don Chacon ! dit le plus maigre.

Pis-pis tapota l'arrière-train de sa femme :

— Tu vas nous tuer une poule et préparer une bonne fricassée à mon compère.

La pièce était une mêlée de chaises, de sacs de pommes de terre, de selles et de harnais. Six bouteilles de bière vides et six bouteilles pleines témoignaient d'une allégresse antérieure aux retrouvailles.

Pis-pis déboucha une autre bouteille.

— Que nous vaut le plaisir de cette visite, compère ?

— Je suis venu te voir au sujet de la promesse que nous nous étions faite en prison.

— On peut entrer ? demanda du seuil un homme

solide et musclé, un habitant de Choras, le village voisin.

— Je te présente Chacon, dit Pis-pis, et dans les yeux du nouveau venu la méfiance se dissipa.

— Je suis Hector Chacon, de la province Daniel A. Carrion.

— Je vous connais bien, monsieur Chacon ! dit l'homme de Choras.

— A la vôtre ! dit Pis-pis. Moi j'aime trinquer avec des hommes et pas avec des mauviettes ! Mais qu'est-ce qui t'arrive, compère ? Tu as l'air tout drôle. Parle en toute confiance. Nous sommes entre amis.

— Un coup de poisse, Pis-pis. J'ai tué quelqu'un.

— J'ai beaucoup entendu parler de ce docteur Monténégro ! cracha Pis-pis quand Chacon eut achevé son récit.

Douze autres bières attendaient l'heure d'être avalées par les gorges en colère.

— Cela fait vingt ans qu'en abusant de ses pouvoirs, ce juge humilie tout le monde ! Et celui qui le défie est aussitôt coffré. L'homme a deux prisons : une dans son hacienda et l'autre au département.

Le maigrelet parla :

— J'ai entendu dire que la prison de Huarautambo n'a pas de fenêtre.

— Oui, elle n'a qu'une ouverture de la taille d'un poing, juste ce qu'il faut pour expédier une pomme de terre par jour au prisonnier.

— Et que comptes-tu faire ? dit Pis-pis en débouchant une autre bouteille.

— Je vais récupérer ma terre en leur faisant la guerre. Avec les grands propriétaires les transactions sont impossibles. Alors ce sera une guerre à mort !

— Ton délégué, qu'est-ce qu'il en pense ?
— Il est en taule.
— Et le président de la communauté ?
— En taule aussi !
Le maigrelet se leva :
— Nous ne devons pas permettre de tels abus !
— Hector a raison, dit Pis-Pis. C'est un mensonge d'affirmer que nous sommes libres. Nous sommes des esclaves. La seule façon de s'en sortir c'est de les tuer !
— Et cela, messieurs, nous pouvons le faire dans la province Daniel A. Carrion, dit Chacon. La mort des riches, elle doit partir de Yanahuanca. Et je suis prêt à y laisser ma peau ! Peux-tu m'aider, compère ?

Il regarda timidement Pis-pis. Celui-ci fit caramboler ses yeux espiègles.
— Tu peux compter sur moi, Chaconcito. Qu'est-ce qu'il te faut ?
— Des carabines et des conseils.
— Ces injustices-là nous devons les affronter dans le sang, dit le maigrelet, enthousiaste. Il faut que ça soit comme une révolution.
— Ils doivent être armés, dit Pis-pis.
— Nous le serons aussi, poursuivit le maigrelet. Ce genre de truc ça me connaît. Et il y a plus d'une manière de mettre une troupe en échec !
— Commençons par Monténégro, dit Chacon.
— Je suis prêt, compère.
Avant de la déflorer, les petites mains de Pis-pis caressèrent une autre bière.

XXVIII

OU IL EST PROUVÉ QU'IL EXISTE UNE DIFFÉRENCE ENTRE LES OISEAUX-MOUCHES ET LES BREBIS

Dans presque tous les villages de la province de Cerro de Pasco — et dans presque toute la République du Pérou — les meilleurs sols sont des terrains vagues soumis aux outrages des pluies malodorantes de la nécessité humaine. Ces terrains sont des monuments à l'espérance. La municipalité les réserve pour des édifices publics imaginaires. Chaque fois que le préfet ou le député promettent une école ou un poste sanitaire, l'optimisme municipal réserve un terrain. Conseillers et administrés assistent alors à la pose solennelle de la « première pierre ». On ne pose jamais la deuxième. Le hameau le plus modeste compte ainsi des douzaines de « premières pierres » : marchés, écoles, postes de secours, offices vétérinaires, avenues imaginaires offrent leur unique pierre à la candeur publique. Le Pérou tout entier est une première pierre. Cerro de Pasco, capitale du département, possède, bien entendu, beaucoup plus de « premières pierres » que n'importe quelle autre ville de la région. La mairie de Cerro dispose par là même de nombreux terrains, envahis par la mauvaise herbe.

Une telle incurie permit aux comuneros de solliciter du Conseil l'autorisation de mener paître leurs troupeaux de famine sur l'emplacement des chimériques édifices publics. Le Conseil, que ce collier de bave qui agonisait sur la route de Huanuco apitoyait, accepta de prêter ses terrains. Leur herbe soutint les troupeaux de Rancas durant deux semaines, après quoi les comuneros demandèrent la permission de parquer leurs bêtes sur le stade municipal. Le terrain de football, sur lequel les sémillants maillots jaunes de Cerro venaient de déconfire par 4 à 1 ces m'as-tu-vu de l'équipe première de Huancayo, leur fournit encore neuf jours d'herbe. Et octobre décéda.

Le 1er novembre, jour des Morts, est une grande fête pour Cerro de Pasco. De tous les coins du Pérou, qu'il s'agisse des villes poussiéreuses de la côte, des villages caniculaires de la forêt ou de ceux de la plaine de Huancayo, les natifs de Cerro montent visiter leurs défunts. C'est la seule semaine durant laquelle il est difficile de trouver un abri. Comme les fleurs ne poussent pas à Cerro de Pasco, les familles s'acharnent à offrir à leurs morts le luxe insolite des couronnes. Arums, roses, géraniums, lis, rameaux de saint Joseph arrivent des terres chaudes par camions. Le 1er novembre, une foule envahit le cimetière. Durant une matinée, celui-ci retrouve sa grandeur passée, celle du temps où Cerro se vantait de ses douze vice-consuls. La foule prie et sanglote devant les tombes ; à midi, elle sort se consoler auprès des cantines volantes qui se disséminent sur un kilomètre. On mange, on boit et on danse jusqu'à la nuit à la santé des inoubliables défunts. Rendu enchanté par la baguette magique du souvenir, le cimetière se métamorphose en ville pour un jour. Durant les trois cent soixante-quatre autres, il ne reçoit qu'une seule visite : celle du vent.

Or ce 1er novembre 1959, les morts reçurent plus de fleurs que jamais.

Les comuneros de Rancas, de Villa de Pasco, de Yarusyacan, de Yanacancha, de Huayllay se rendirent eux aussi en visite au cimetière. Ils n'apportaient pas de fleurs mais venaient pleurer, anxieux de converser avec leurs morts. N'ayant pas d'argent pour acheter les merveilles qui fumaient sous les tentes des petits marchands — bouillon de tête de mouton, canard au riz, cochon rôti ou chevreau à la nordique — ils se contentèrent de déjeuner de maïs grillé, assis parmi les tombes.

C'est alors que don Alfonso Rivera aperçut un oiseau-chanteur. Le passereau noir voleta sans méfiance et se posa sur une tombe ; puis il secoua sa petite tête et, en sautillant, s'approcha picorer un thyrse de saint Joseph.

— Regardez l'oiseau ! susurra le délégué. Regardez cette petite créature du Bon Dieu !

Leurs yeux continuèrent de mâchonner le Jirishanca, un pic neigeux inaccessible et indifférent égaré dans la nuque du ciel.

— Regardez-le ! Regardez-le !

— Qu'est-ce qui vous arrive, don Alfonso ? demanda Médrano.

Ses yeux étincelaient.

— Regardez comme il mange les fleurs ! Ses bras désignaient maintenant tout le cimetière : — Et toutes ces fleurs ! Toutes ces fleurs si belles et si succulentes ! Pour être mangées ! Pour être sucées !

— C'est un très beau cimetière, don Alfonso, accorda Médrano.
— Oui, toutes ces fleurs ! Toutes ces fleurs qui ne demandent qu'à être mangées ! A être mâchées !
— Que voulez-vous dire, don Alfonso ?
— Ces fleurs-là sont capables de nourrir nos moutons !
— Don Alfonso !
— Volons-les, dit le délégué, excité.
— Hum... hum...
— Pourquoi les voler ? dit Médrano. On nous en fera peut-être cadeau. Mais oui ! Le maire a le droit d'offrir les fleurs. Ici elles pourriraient.
— Ils ne voudront pas, dit Gora.
— Ce serait manquer de respect aux morts.
— On ne perd rien à essayer, dit le délégué.
— Nous en faire cadeau ! insista Gora. Ils préféreront les laisser pourrir !
— S'ils nous les donnaient, nos moutons seraient sauvés pour une semaine, dit Fortuné.
— Ils diront que c'est un sacrilège, affirma Gora.
— Ce qu'il faut c'est gagner du temps.
— Pour quoi faire ?
— Je ne sais pas, dit le vieux. Je ne sais pas. Mais tu ne serais pas content d'amener ici tes petits moutons ?

La cloche du fossoyeur les obligea à sortir, mais ils ne s'éloignèrent pas. Ils restèrent près de la porte à discuter. Il faisait déjà nuit quand ils descendirent à Cerro de Pasco et ils parlèrent encore durant tout le trajet qui les ramena à Rancas.

Le lendemain, très tôt, ils allèrent rendre visite à la mairie de Cerro.

— Les fleurs du cimetière ?

Le maire demeura un instant perplexe, puis il partit d'un grand éclat de rire.

— Ce serait possible, docteur ?

— Pourquoi pas ? dit le maire. Mais je ne peux pas vous l'accorder sans consulter les conseillers.

Les fleurs du cimetière ? L'honorable conseil municipal poussa les hauts cris et le conseiller Malpartida hurla au scandale. Que diraient les administrés ? Le très respectable problème des comuneros allait-il devenir aussi un problème pour la ville ? Cerro de Pasco était déjà durement touché et la hausse des tarifs de l'électricité n'était qu'un avertissement. Alors, attention ! Les fleurs des morts étaient sacrées. Si on ne respectait même plus les tombes, jusqu'où irait la déchéance ?

Le maire insista. Au train où allaient les choses, les comuneros seraient bientôt les hôtes et les propriétaires du cimetière.

— On ne sait pas s'ils sont morts ou vivants. En tant que futurs occupants du cimetière, ces fleurs-là leur appartiennent peut-être déjà. C'est une question d'heures...

Et il attaqua en s'appuyant sur la loi. La Constitution de la République du Pérou est explicite : nul n'est obligé de faire ce que la loi n'ordonne pas et nul n'est empêché de faire, vous m'entendez, messieurs ? nul n'est empêché de faire ce qu'elle n'interdit pas. La loi interdisait-elle de donner les fleurs du cimetière ? La savante jurisprudence péruvienne ne codifie aucune interdiction stipulant : « Au cas où une compagnie étrangère clôturerait toutes les terres libres, il serait interdit aux comuneros

de Pasco de parquer leurs troupeaux au cimetière. »
— Les parquer ? s'indigna le señor Malpartida. Ne vaudrait-il pas mieux en retirer les fleurs ?
— Et comment voudriez-vous les retirer ?
— Ne serait-il pas préférable de laisser les bêtes entrer dans le cimetière ?
— Ce serait une profanation !
— On ne peut parler de profanation que s'il y a intention. Or quelle intention sacrilège pourrait-on prêter à des brebis ? Et d'ailleurs il y a, en cet instant même, des animaux dans le cimetière.
— Quels animaux ?
Ledesma souriait, Ledesma, le maire :
— Des petits oiseaux qui picorent les fleurs !
Les brebis peuvent-elles commettre un sacrilège ? Quelle différence y a-t-il entre un agneau et un oiseau-chanteur ? Est-ce une profanation que de sortir les fleurs du cimetière ? Et comment le faire ? En les jetant par-dessus les ronces du mur ? Un débat de six heures fut consacré au délicat problème théologique. C'était bien leur droit. Au début de la Conquête, les philosophes espagnols eux aussi avaient débattu, et non pas durant six heures, mais durant soixante ans, pour savoir si les Indiens appartenaient ou non au genre humain. Et n'était-on pas allé jusqu'à la chaise gestatoire pour entendre un pape qui brandissait les clefs du royaume affirmer ex cathedra que ces êtres découverts aux Indes avec un corps, des visages et des gestes étonnamment semblables à ceux des hommes étaient, effectivement, leurs prochains ?
Le débat municipal de Cerro de Pasco dura moins longtemps. A quatre heures du matin on approuva la motion suivante : « Le conseil municipal de Cerro

de Pasco autorise les communautés de la région à introduire leur bétail dans le cimetière de la ville pour que ledit bétail, qui est actuellement dans une situation de famine, se nourrisse grâce aux fleurs déposées par les familles le 1er novembre de l'année en cours. »

Ajoutons, à l'honneur du senor Malpartida, que la motion fut votée à l'unanimité.

XXIX

OU L'ON PARLE D'UNE INSURRECTION GÉNÉRALE ÉQUINE OURDIE PAR PILLE-ÉTABLES ET LE VOLEUR DE CHEVAUX

Le docteur Monténégro vivait gardé par les fusils de la vaillante garde civile et la méfiance de quatre cents compères. « Comment cinq hommes, dans ces conditions, pourraient-ils le vaincre ? Je vous le demande ! », insinuaient les langues bien pendues, qui parlaient pour parler. Effectivement, ils n'étaient que cinq contre sept cents hommes armés, mais ces cinq-là n'étaient pas les premiers venus !

Pour commencer, Hector Chacon, le Nyctalope, y voyait aussi bien le jour que la nuit ; oui, ses yeux sondaient aussi bien la lumière que l'obscurité. C'est dire dans quels pièges il pouvait entraîner la garde civile ? Et puis, le Voleur de chevaux et Pille-Etables organisaient sournoisement de leur côté une insurrection équine à Yanahuanca. Patiemment, Pille-Etables expliquait aux chevaux de la province la portée mondiale de la conjuration. L'œil mouillé, les canassons réalisaient que l'aurore de la liberté dans les pampas approchait. Avec toute la solennité nécessaire, ils s'engagèrent à se révolter ; ils n'attendaient qu'un signe pour envoyer rouler les gardes civils qui oseraient entreprendre une poursuite, après la mort inévitable du docteur Monténégro. Des chevaux illustres prirent la tête de la rébellion et recrutèrent même, à l'aide de juments aux croupes délirantes, plus d'un destrier de l'honorable garde civile. *Guillemot* et *Belle-Etoile*, les deux vainqueurs du Grand Prix du 28 juillet, menaient le complot et compromettaient même des poulains aussi scandaleusement réactionnaires que *Brise-Bottes, Sept-Vents*, ou *Fleur de Romarin*. Le chœur des montures expédierait au fond des ravins les gardes civils aussitôt qu'un noiret aux yeux jaunes annoncerait que Monténégro pendait à un arbre. Et ce ne serait là que le début de la grande insurrection car des forêts de Huanuco Pis-pis émergerait alors, Pis-pis, terrible ambassadeur des philtres, des coquelicots et des poisons. Il suffirait de verser dans l'eau des gardes civils des poudres ferrugineuses pour qu'ils se vident de leur sang par tous les bouts : le nez, la bouche, les oreilles et le fondement. Tout cela sans compter les pouvoirs du rêve qui permettaient à Pille-Etables d'anticiper les battues. Et puis, ils n'étaient pas cinq, mais six, avec cette particularité que l'un d'entre eux, leur compère de Choras, ne desserrait pas les dents. Au cours d'un voyage mystérieux, il avait égaré sa voix. Pendant tous ces mois où ils cheminèrent ensemble, il ne prononça que trois phrases : « Voilà les pluies qui arrivent », « Mieux vaut attendre la récolte » et « Gare à la malchance ! » Le maigrelet, lui, pointait le tir nickelé de ses questions avec une précision fatale :

— Compère, pourquoi ne nous avez-vous pas dit que les chevaux allaient se révolter ?

— Je voulais en être sûr, répondit Chacon.

— Et qu'attendent les animaux pour se soulever ?

— Monténégro sera encore chaud qu'un poulain couleur de suie s'en ira porter la consigne aux autres poulains.

Pis-pis, enthousiaste, déboucha une bouteille d'eau-de-vie.

— Nous pendrons le juge et nous commencerons une révolution totale !

— Pour avoir la terre il faut massacrer les caciques.

Chacon mâchonna un sourire cruel. Le compère de Choras souriait avec indifférence.

— Quand nous aurons expédié le juge en enfer, ils nous enverront les soldats, dit Pis-pis. Mais nous contre-attaquerons. Je suis prêt à rassembler deux cents cavaliers dans ce département.

— C'est la bonne route à suivre, compère, dit le maigrelet. De la justice on ne peut rien attendre que des déboires. Il y a cinquante ans que ma communauté, celle d'Ambo, est en procès pour ses terres.

— Et ce n'est rien, précisa Pis-pis. Dans le sud du pays, la communauté d'Ongoy est en procès depuis quatre siècles. Sept délégués y ont laissé leur peau. C'est tout ce qu'ils ont pu obtenir !

— Regardez, une maison ! signala joyeusement le maigrelet.

— Non ! dit Chacon. Continuons ! Profitons du jour pour avancer. Demain matin nous serons à Tuctuhuachanga. De là, nous poursuivrons à pied. A cheval, on pourrait nous reconnaître : six cavaliers, c'est suspect !

Ils chevauchèrent toute une nuit de lune et arrivèrent à l'aube à Tuctuhuachanga, livides de gelée blanche. Le vent les griffait avec tous ses chiens.

Dans la descente, le maigrelet repéra une cabane abandonnée. Ils sautèrent de cheval, dessellèrent leurs bêtes et entrèrent dans la hutte. Quand ils se réveillèrent le soleil était haut, alors ils mangèrent et attendirent la venue du soir. Il se mit à pleuvoir. Au crépuscule, ils descendirent à Yanahuanca. Au bout d'une lieue, ils aperçurent deux cavaliers : une femme et un enfant. Chacon s'écarta, mais trop tard !

— Hector ! lui crièrent-ils. Hector ! Viens un peu ici !

C'était la voix de Cirila Yanayaco.

— Oui, Hector, viens ! Viens, Hector !

— Où vas-tu, Hector ?

— Je vais à Yanacocha acheter du bétail.

— N'y va pas, Hector ! dit doña Cirila Yanayaco, avec de grands gestes. Les gardes te cherchent dans tout le pays. Ce matin, ils sont allés chez toi, et, furieux de ne pas t'y trouver, ils ont embarqué les chevaux de ton frère Théodore.

— Et que fait Théodore ?

— Huit chevaux, qu'ils lui ont pris ! Alors il va et vient et il pleure.

— Il vaut mieux que nous allions chez toi pour voir la situation, dit Pis-pis.

La Cirila Yanayaco émigra vers la nuit de Tuctuhuachanga.

XXX

OU L'ON APPRENDRA L'UTILITÉ
NON NÉGLIGEABLE DES CASSE-PATTES

Rivera le délégué s'était trompé : les fleurs du cimetière durèrent huit jours ; le neuvième jour, les brebis elles-mêmes comprirent la vanité de vouloir brouter à tout prix et elles se couchèrent un peu partout, entre les tombes. Une semaine après son initiative, Rivera convoqua une assemblée. Devant trois cents visages en deuil, il reconnut son erreur : si le jour où la Clôture était née il s'était méfié, la nuit, mère du serpent fatal, aurait peut-être avorté. Oui, mais voilà, il ne s'était pas méfié ! La pampa a toujours appartenu à ceux qui la foulent. Maintenant la terre, toute la terre connue, vieillissait esseulée derrière une clôture que les pieds d'aucun homme n'étaient capables de suivre. Il fallait des journées de voyage pour atteindre les villages les plus proches. Fortuné, qui se rouillait, le pauvre, dans la prison de Huanuco, avait raison : on ne pouvait plus reculer. Il fallait se battre.

Le silence pleuvinait. On comprenait que pour arracher cette épine de ses propos, don Alfonso hantait depuis des semaines les ruelles de l'insomnie et arpentait comme un dément les pierres de Rancas dans un froid atroce.

Ils décidèrent d'attaquer.

A trente kilomètres du lieu de leur deuil, renversé dans un fauteuil de cuir, une lettre dans les mains, un homme blond aux yeux bleus rêvait. Cette beauté qui embrase la tête de tous les porteurs de rêves illuminait comme une lampe sa face de Saxon. La lettre que Harry Troeller, surintendant de la *Cerro de Pasco Corporation*, relisait, véhiculait d'époustouflantes nouvelles. A Cleveland, on murmurait que la *Cerro de Pasco Corporation* et la *Picklands Mather Company* fusionnaient pour accoucher d'un géant qui serait l'un des plus grands producteurs miniers de l'Amérique latine. Troeller calcula : les ventes de la nouvelle compagnie dépasseraient largement les cinq cents millions de dollars. Mr. Koening, président de la *Cerro,* assurait que les bénéfices minimaux du colosse dépasseraient les soixante-quinze millions de dollars. Mr. Koening avait raison. Le monde vivait l'époque des mégathériums. Dans un univers de géants, les faibles n'ont pas droit à l'herbe. Les yeux de Mr. Troeller s'irisèrent. Et si lui, Troeller, ajoutait à l'actif de ce fabuleux empire, maître de douzaines de mines, de chemins de fer, de fonderies et de ports, un million d'hectares ? Non pas les cinq cent mille hectares que Carranza, son gros métis d'avocat, lui disait correspondre à l'espace que la Clôture pourrait entourer, mais un million d'hectares. Et il rêva d'un enclos infini, il rêva d'une nation prisonnière d'une clôture plus longue que la neige. Un million d'hectares au Pérou ? La Direction manifesterait quelque surprise. Oui, monsieur, dirait Mr. Koening et peut-être parlerait-on, l'espace d'un instant, de Harry, ce garçon perdu dans les anfractuosités andines.

Il décida d'attaquer.

Le 27 fut un jour de soleil, le 28 il neigea. Le 29, par une matinée d'un bleu incroyable, un train s'arrêta devant la halte. Les Ranquais sortirent nerveux et bien décidés à se bagarrer, mais les wagons vomirent des gardes républicains et cent hommes de *la Compagnie*.

Protégées par les fusils — de vieux mausers 1909 acquis grâce à une collecte publique dans le but de récupérer par les armes les provinces captives de Tacna et d'Arica — les équipes débarquèrent. Une demi-heure plus tard, toujours précédés par les fusils pieusement destinés à se dorer sous le soleil des batailles, les hommes en blouson se mirent en marche vers le seul territoire libre de Rancas : la porte Saint-André.

— Les casse-pattes !

Le « casse-pattes » est un tube de métal de quelques pouces de diamètre. Enterrés verticalement, les casse-pattes transforment n'importe quel sol en un tissu de trous qu'aucune brebis ne peut franchir sans enfoncer dedans une de ses pattes. Pour la délivrer, il faut faire appel au couteau.

— Les casse-pattes !

Dans la beauté du midi métallisé par les fusils qui au début du siècle furent à deux doigts de s'immortaliser, les équipes s'avancèrent. Egoavil, renfrogné, cria ses ordres. Les hommes en blouson commencèrent à enterrer les casse-pattes. Rancas suivait le travail, atrocement fasciné. La *Cerro* barricadait l'unique passage qui restât libre. Les trois quarts du troupeau avaient péri. La pampa était un ossuaire colossal. Pourtant, jusqu'à ce matin-là, on pouvait encore sortir du village les bêtes survivantes. Lorsque les équipes auraient fini de semer de casse-pattes la voie ferrée, aucun animal ne franchirait plus la porte Saint-André. Don Théodore Santiago avait raison : Jésus-Christ crachait sur Rancas. Et non seulement sur Rancas. Des visages de cuir semblables à ceux d'ici semaient des casse-pattes dans tous les villages. Qui nierait désormais qu'on les enfermait ? Les corbeaux de la tempête renversèrent le bref mais glorieux règne du midi : il allait pleuvoir. Le ciel s'aigrit. Rivera, immobile dans le vent, comprit que si quelque chose n'était pas tenté ils resteraient à jamais prisonniers de ces barbelés. La bouche sèche, il fouilla sous son poncho et prit dans ses mains en sueur sa fronde pour le bétail. Il regarda le ciel dédaigneux, les képis indifférents des gardes, les pioches au travail, les maisons affaiblies et pâles, les vautours aux aguets...

— Houjoujouiii... hurla-t-il, empêtré déjà dans le tourbillon de la fronde.

— Houjoujouiii...

C'était un cri de buse. La pierre claqua net sur la tête d'un garde qui glissa de sa monture, le visage plein de sang.

— Houjoujouiii...

Ils se précipitèrent sur les gardes qui, surpris, se laissèrent entourer. Ils ne pouvaient plus tirer. La rage des Ranquais dansait dans les pierres des frondes. Les équipes ensanglantées fuyaient. Les gardes, ayant repris leurs esprits, chargèrent avec leurs chevaux et piétinèrent les manifestants qui, renversés à coups de crosse, allaient rouler sur le fleuve glacé. Ils ne cédaient pas. Le jour s'évanouissait. En une seconde l'après-midi grisonna tandis que se décortiquaient les cailloux d'une terrible tempête de grêle.

— Demi-tour ! brailla le caporal qui, avant de s'éloigner avec ses hommes, leur cria encore : — Tas de fumiers ! Mais vous verrez ce que ça coûte d'attaquer la Force armée !

Ignorant que le Code militaire stipule que « l'individu ou les individus qui osent attaquer la Force armée sont passibles du Conseil de guerre et que... etc. », les comuneros dansaient. La tempête ne cédait pas. Le chemin succombait sous la fureur de la grêle. Le délégué cracha une dent et envoya chercher des pioches et des barres de fer. On arracha les casse-pattes et sous la tempête on se mit à renverser les piquets. Trois cents mètres de barbelés furent frappés d'étourdissement. Les Ranquais criaient et dansaient comme des possédés. La Clôture en miettes, ils lâchèrent les dernières brebis, épuisées. Marcelino Muñoz — qui était le troisième à l'école — eut l'idée d'élever un épouvantail. Dans le soir violet il planta l'épouvantail sur la montagne de casse-pattes déconfits. Dans la bagarre les gardes avaient abandonné une capote et une casquette. Marcelino demanda la permission d'habiller l'épouvantail en garde républicain. Rivera le délégué le lui accorda. Qu'arrive-t-il quand l'homme est obligé de revenir aux chemins de la bête ? Que se passe-t-il quand, arrivé aux frontières de son infortune, rendu à sa terreur de boucher traqué, l'homme doit choisir entre redevenir un animal ou découvrir l'étincelle d'une grandeur ?

Fortuné avait raison : reculer aurait signifié blesser les nuages avec son cul !

XXXI

OU L'ON ÉVOQUE LES PROPHÉTIES DES ÉPIS DE MAIS

— Hector ! cria Ignacia en lâchant le couteau avec lequel elle épluchait les pommes de terre. Mais qu'est-ce que tu viens faire ? As-tu perdu la tête ? Tu ne sais donc pas qu'ils te cherchent partout avec leurs armes et tout ? La garde civile sait que tu erres avec des inconnus.

La femme se prit la tête à deux mains :

— Mon Dieu ! mais qu'est-ce que j'ai fait au ciel pour qu'il me fasse autant souffrir ?

— Tais-toi, ma fille, tais-toi, et donne-moi à manger.

Ignacia se leva, mais elle se laissa aussitôt retomber sur son siège, grise d'effroi : des bottes carillonnaient sur le pavé de la cour. Le revolver de Chacon fulgura dans la pénombre. Il porta l'index à ses lèvres et alla se cacher derrière une pile de sacs d'orge qui occupaient la moitié de la pièce sans fenêtres.

La tête d'un homme fluet au visage asiatique et aux cheveux raides apparut.

— Théodore, qu'est-ce que tu veux ? demanda Ignacia, soulagée d'apercevoir le frère du Nyctalope.

Un pantalon crotté et un pull-over crasseux s'abattirent sur le banc.

— Qu'est-ce qui t'arrive, Théodore ?

L'homme leva ses deux yeux pareils à deux mares affolées :

— A cause de ton mari on m'a pris mes chevaux ! Et pourtant je ne me mêle de rien ! Mon seul malheur c'est d'être le frère d'Hector. Que veux-tu que je fasse, hein ? Huit chevaux et une jument, qu'ils m'ont emmenés ! Et comment les sortir de là ? Comment payer l'amende ? Avec quoi vais-je travailler ?

Mais il se tut : l'obscurité venait de cracher le visage en colère du Nyctalope.

— Ecoute, Théodore, ne sois pas lâche et n'insulte pas les femmes ! Affronte les hommes ! Si tu parlais comme ça au juge, tu récupérerais tes chevaux. Tu n'es pas sur leur liste noire. Pourquoi ne réclames-tu pas ? Ou alors c'est que tes chevaux sont des chevaux volés ?

— Non ! Tout le monde les connaît.

— Pourquoi ne réclames-tu pas, dans ces conditions ?

— Et s'ils me mettent en prison ?

— Pourquoi te mettraient-ils en prison ?

Théodore baissa la tête.

— Je sais que tu travailles pour le bien de la communauté, Hector, mais c'est moi qui subis la vengeance. La main du docteur est lourde. Où irons-nous, au bout du compte ?

— Jusqu'où nos pieds nous conduiront, Théodore !

— J'ai peur de réclamer, je n'ai pas le courage d'aller au poste.

Il s'interrompit et sortit. On l'entendit sangloter à la porte.

— Ils ont tous la frousse, soupira Ignacia.
— Et pourquoi ?
— Ils croient que la police, par ta faute, va se mettre à tuer et à incendier.
— Ils parlent à tort et à travers.
— Tu as changé, Hector. Avant tu n'étais pas ainsi. Tu es un autre homme, maintenant. Moi-même, ta femme, je ne te reconnais plus !

L'hostilité éclairait comme un mauvais kérosène la pièce obscure.

— Ignacia, nous allons libérer les chevaux de Théodore.
— Mais ils sont aux mains de la garde civile !
— N'aie pas peur, Ignacia ! Ecoute-moi bien car j'ai peu de temps. Demain, tu iras chez Monténégro. Tu frapperas à sa porte et tu lui diras : « Mon mari est venu à Yanacocha avec quatre inconnus armés. »
— Aïe ! doux Jésus !
— Mon mari est venu avec des hommes décidés à tout et j'ai eu peur. Tu lui diras : « Chacon pense attaquer l'hacienda pour se venger de la séquestration des chevaux de Théodore. Relâchez-les pour qu'il n'arrive rien. »
— Et s'il me demande autre chose ?
— Réponds-lui par des larmes. Tu descendras à Yanahuanca de bonne heure demain matin, dit Chacon en s'éclipsant.

Ignacia passa la nuit à se retourner sur sa peau de bique, mais à sept heures du matin elle descendit, les yeux rouges, à Yanahuanca. Tête basse, elle traversa la place. L'ombre d'un garde civil obstruait la rue. Ignacia enleva en tremblant son chapeau. Le garde, le regard plein d'eau-de-vie, ne vit pas la frayeur du chapeau. Ignacia s'avança, mais quand elle aperçut à une cinquantaine de mètres la grande bâtisse à trois étages dont les murs roses, les portes bleues et les toits verts écrasaient l'horizon, elle hésita et recula. Elle marcha comme une femme soûle à travers toute la ville jusqu'à midi, heure à laquelle elle se présenta devant la porte bien gardée.

— Entre, ma fille ! Entre ! dit le docteur Monténégro, en redressant son chapeau. Qu'est-ce que c'est que cette histoire dont vient de me parler Ildefonso ?

— La pure vérité, docteur. Mon mari est ici avec des inconnus. Ils viennent pour cela, pour vous tuer.

Le docteur Monténégro achevait de déjeuner d'un grand bol de chocolat et l'on put voir immédiatement les pernicieux effets du chocolat sur un hépatique : il devint vert.

— Je savais que ton mari arrivait avec des gens armés, dit l'hépatique. Je n'avais pas besoin que tu me préviennes, mais peu importe ! Je sais comme ça que tu es une femme loyale. Tu as bien fait de venir me voir. Si tu agissais toujours de la sorte, bien des malheurs seraient évités.

— Je veux que mes enfants aient un père, docteur.

— Et que pense faire ton mari ?

— Tuer et voler dans votre hacienda si on ne relâche pas les bêtes du Théodore. Relâchez-les, docteur. J'ai peur.

— Qu'est-ce que tu crains, ma fille ? Tu es innocente. Et je te protège comme autorité.

— J'ai peur pour mes enfants, docteur.

— Il faut toujours être loyale, Ignacia. Ah ! si tous ces hypocrites étaient comme toi ! Et pour que tu voies qu'on y gagne toujours à bien se conduire, je vais les relâcher, les chevaux.

— Chacon est prêt à tuer. Relâchez-les, docteur.

— Je le fais pour toi et non parce que ton mari me fait peur. Je ne vais pas changer mes habitudes ni renoncer à la justice à cause de quatre zigotos !

Il haussa la voix :

— Finette ! Finette !

Dame Josette, qui écoutait par la porte entrebâillée, entra. Elle aussi semblait très affectée par les désastreux effets du très célèbre chocolat de Cuzco.

— Finette, mon petit, va trouver le secrétaire et dis-lui qu'il aille de ma part au poste pour leur demander de relâcher les chevaux de Théodore. Ce n'est pas la faute de ce malheureux s'il est de la famille d'un bandit. Combien y a-t-il de chevaux, Ignacia ?

— Neuf, docteur.

— Ce Théodore est riche. Neuf chevaux ! Bon, ma fille, à bientôt !

— Merci, docteur.

— Où me dis-tu que se trouvait ton mari ?

— Docteur, comment saurais-je où il se trouve ? Cet homme-là a complètement oublié sa maison.

L'habit noir montra le tartre de ses dents.

— Il doit être auprès de ses petites chéries. On dit que ton mari est un chaud lapin.

— Et alors, docteur ?

— Bon, si tu entends parler de quoi que ce soit, préviens-moi. Il ne t'arrivera rien. Tu es sous la protection de l'autorité.

Une affection soudaine pour les enfants du Nyctalope jaillit dans le cœur du docteur Monténégro. Ce qui divise les chroniqueurs. Certains soutiennent que le docteur demanda à Ignacia combien d'enfants elle avait et comment ils s'appelaient. D'autres affirment que le docteur sortit simplement un billet de dix soles de sa poche et le remit à Ignacia, stupéfaite.

— Voilà pour leur acheter des friandises, Ignacia.

Au même instant, le père des enfants si affectueusement évoqués sautait de son cheval dans un goulet rocheux aux murs abrupts.

— Nous sommes à Yerbabuenaragrac, dit Chacon, les yeux brillants. Des deux côtés c'est la montagne. Monténégro passera forcément par ici samedi, pour se rendre à Huarautambo.

— Forcément ?

— Il n'y a pas d'autre passage !

Le maigrelet caressa le ventre de sa carabine.

— C'est ici qu'il laissera son sang !

— Il ne nous reste plus qu'à cacher nos chevaux et à attendre. A boire et à manger, nous en avons plus qu'il ne nous en faut. Moi je vais me placer en éclaireur et je vous avertirai en lançant des pierres. Il ne s'agit pas de bousiller des innocents !

— On ne va pas tarder à voir tomber tous ceux qui disent : « Cette terre est à moi », commenta le maigrelet.

— Le problème c'est que nous ne connaissons pas Monténégro, dit Pis-pis, contrarié. Et nous pouvons nous tromper de cible.

— Soyez sans crainte, je vais y veiller. Dormez tranquilles.

Ils attendirent le jeudi, le vendredi et le samedi, oui, les vingt-quatre heures du samedi et les neuf cent soixante heures des quarante samedis suivants. Le docteur Monténégro n'apparut pas. En vain les membres du « Comité pour l'exécution du plus grand fumier de Yanahuanca » (l'expression est de Pis-pis) s'ennuyèrent à Yerbabuenaragrac. Ni les cartes ni les souvenirs ne les consolèrent. Le docteur Monténégro s'enferma dans sa grande maison. En proie à une neurasthénie soudaine, le juge n'en sortit même plus pour les affaires du tribunal. La très dévouée garde civile lui amenait les accusés dans son patio. Et la rumeur se répandit : tant que les membres du « Comité pour l'exécution gratuite du plus grand fils de pute né sur la terre » (texte de Pis-pis) ne seraient pas sous les verrous, le docteur ne quitterait pas ses appartements. Les responsables du « Comité pour l'exécution publique de la plus illustre fleur de con de la province de Yanahuanca » (paroles et musique de Pis-pis), dégoûtés, n'eurent plus d'autre ressource que de consulter Pille-Etables.

— Qu'est-ce que tu vois dans tes rêves, Pille-Etables ?

Pille-Etables ne voyait rien.

— Je n'aperçois qu'une pampa. Oui, c'est tout ce que je distingue, une pampa.

— Monténégro ne sortira pas de son bureau tant qu'on ne saura pas où tu es, annonça le Voleur de chevaux.

— Comment le sais-tu ?

— Le sergent Cabrera l'a dit chez lui. Sa cuisinière l'a entendu.

— Que faisons-nous ? demanda le maigrelet, découragé.

— Il faut attendre, dit Pis-pis. Ces fils de putes,

même s'ils ont peur, sont âpres au gain. Ils ne laisseront pas filer les récoltes.

— Attendre jusque-là ?

Chacon s'assombrit :

— Non, mes frères, c'est trop long ! Regagnez plutôt vos villages. Vous êtes en train de vous faire du tort. Rentrez là-bas. J'irai vous cherchez après les récoltes.

Pis-pis se mordit les ongles.

— Vous avez raison, compère.

— Vous nous préviendrez et nous partirons aussitôt vous rejoindre, dit le maigrelet en caressant la panse de son fusil. Ces messieurs aussi seront à vos ordres.

— Et toi, qu'en penses-tu ? demanda le Voleur de chevaux.

— Je vais consulter le maïs. Voir s'il me dit ce qui m'attend !

Pis-pis, qui venait de parler, étendit par terre son poncho marron et jeta dessus une poignée de maïs.

— Toi, tu es Monténégro, dit-il en désignant un grain noir. Il souffla, rejetant la fumée de sa cigarette.

— Et toi, Chacon. Et il désigna un grain blanc.

— Et toi, tu es Yerbabuenaragrac. Il désigna un grain rouge.

Il répandit les grains sur le poncho et souffla trois fois. A trois reprises, il jeta le maïs. La sueur perlait sur son visage :

— Je n'y comprends rien. On voit toujours surgir des parents qui trahissent.

— Des parents ?

Il jeta à nouveau le maïs.

— Oui, les parents nous font du mal. Le mieux c'est de vérifier. Et il prit d'autres grains. Il les baptisa rapidement :
— Toi, tu es Chacon.
Il souffla.
— Toi, tu es la maison de Chacon.
Il souffla. Trois bouffées de sa cigarette.
— Alors ?
— Il y a un parent qui te donne, Hector !
— Mais c'est impossible !
— Et c'est chez toi que ça va se passer.
— Ils ont peur de moi. Chez moi, personne ne vient jamais, dit Chacon en ajustant sa jugulaire.
— Attention, Hector ! Sois prudent !

XXXII

OU L'ON PRÉSENTE GUILLAUME LE BOUCHER DIT GUILLAUME SERVICE-SERVICE

Le commandant G. C. Guillaume Bodenaco a deux surnoms aussi usuels : Guillaume le Boucher et Guillaume Service-service. Mais lequel est le vrai ? Les fanas de l'ordre rappellent que « le devoir est le devoir » et ils ajoutent : « Un officier est un officier », anaphores qui possèdent l'avantage de nous abandonner à notre nuit, comme l'a fait la *Cerro de Pasco Corporation* envers Cerro de Pasco. Les adversaires de Guillaume le Boucher soutiennent que le sang faisait perdre la tête au commandant. Nous, le sang, nous le mangeons frit, avec des oignons et des herbes qui flattent l'odorat. « Nous ne parlons pas de ce sang-là, prêchent les adversaires. Nous parlons du sang humain. » Les fanas répliquent : « Alors, Willy était un anthropophage ? » Ce à quoi on leur répond : « Non, il n'était pas anthropophage, mais il aimait se baigner dans le sang des autres. » Et l'on sort paperasse sur paperasse et l'on rappelle que durant le second mandat du président-ingénieur-docteur-sous-lieutenant Manuel Prado, le commandant Bodenaco a participé à des douzaines d'*expulsions*. Grâce à sa valeureuse intervention on vit se refroidir durant ces six années un plus grand nombre de cadavres que durant nos batailles épiques (la moitié des morts de la bataille de Junin et le double des héros de la bataille du Deux-Mai, y compris les pertes espagnoles, parmi lesquelles deux victimes de la colique). Ainsi avons-nous vécu sous la seconde présidence de ce sympathique humoriste qui, dans un élan d'inspiration, distilla cette goutte d'élixir philosophique : « Au Pérou il y a deux sortes de problèmes : ceux qu'on ne résout jamais et ceux qui se résolvent tout seuls. » L'ignorance des culs-terreux empêcha la propagation d'un axiome aussi intéressant. Les problèmes ruraux furent résolus à coups de fusil et l'on fusilla en six ans cent six paysans. Guillaume le Boucher ou Guillaume Service-service participa à presque toutes les expulsions. Pour mettre un terme définitif aux discussions, l'auteur décide de désigner le commandant Bodenaco tout à tour par ses deux surnoms. Une telle méthode écartera tous les reproches. Guillaume Service-service connaissait son métier. Sur le terrain, son premier soin était d'inviter les paysans à se retirer des terres envahies. Les paysans s'obstinaient lourdement à rester sur leurs terres en marmottant des paroles inintelligibles ; ils montraient des documents graisseux et agitaient des petits drapeaux de la République. Première erreur : l'usage des couleurs nationales, interdit aux civils sans autorisation, exaspérait les sentiments patriotiques de Guillaume le Boucher. Le règlement est catégorique : le pavillon péruvien est réservé aux institutions et aux autorités.

Dans cette situation, un matin, Guillaume Service-service s'arrêta à la croisée des chemins de Cerro de Pasco et de Rancas et descendit de sa jeep. Instantanément, une colonne de lourds camions bourrés de gardes d'assaut se figea sur place. Au même endroit et quelque cinquante mille jours auparavant, un autre chef avait arrêté ici ses soldats : c'était le général Bolivar, qui se préparait à livrer dans cette pampa la bataille de Junin. Oui, presque à la même heure, quelques minutes plus tôt ou quelques minutes plus tard, Bolivar contemplait les toits verdâtres de Rancas.

Un cavalier s'approcha :

— L'ennemi est en train de traverser Reyes, mon général, dit l'aide de camp, gris de poussière.

Bolivar s'assombrit. Canterac [1] lui échappait ! Sur son visage, mille kilomètres de marche inutile se pulvérisèrent.

— Qu'en pensez-vous, mon général ?

C'était le général Sucre, petit, fatigué.

— Il faut à tout prix les forcer à se battre, maugréa Bolivar. A quelle distance est notre infanterie ?

— A deux lieues, mon général.

On ne voyait plus l'uniforme du général Lara sous son poncho noir.

— Faites donner les hussards ! ordonna Bolivar.

Lara donna des ordres et les aides de camp s'éloignèrent au grand galop. Par la trouée de Chacamarca Bolivar regarda se déployer la cavalerie. Les escadrons gagnaient lentement la pampa. A trois kilomètres, le nuage de poussière qui montait de Reyes

---

1. Bolivar, Sucre, Lara : héros de la guerre d'Indépendance en Amérique latine, vainqueurs de la bataille de Junin, le 6 août 1821. Canterac : chef des troupes espagnoles. (*N.D.T.*)

s'immobilisa. Canterac tournait bride. L'horizon n'était qu'une éclosion de cavaliers vertigineux. Quinze cents hussards s'éventèrent comme les plumes d'un gigantesque paon de mort. Les hussards se délectèrent de la beauté de leur ligne et parcoururent trois cents mètres au trot, puis éperonnèrent : la pampa exhala un éclair de pattes et de lances à terre. Bolivar pâlit :

— Que se passe-t-il ? Pourquoi notre cavalerie ne se déploie-t-elle pas ?

Guillaume le Boucher, lui, ne pâlit pas. Il regarda avec ennui la plaine sur laquelle la garde républicaine s'avançait à pas de tortue. Un navrant ramassis d'andouilles ! Pourtant, il prit la chose avec philosophie, s'appuya contre la jeep, prit une cigarette, l'alluma et rejeta une première bouffée.

C'est nous les rois d'la ribouldingue.
C'est nous les champions du tambour,
mais si nous devons jouer du flingue
rien ne nous résiste alentour.

Tout en fredonnant, Guillaume le Boucher revoyait avec attendrissement le sculpteur de l'archicélèbre morceau : le major Karamanduka. Durant un autre raid, quarante ans plus tôt, le roi de la ribouldingue avait conçu les paroles immortelles : le jour où la garde républicaine, sous le commandement du major Karamanduka, était allée massacrer les ouvriers de Huacho qui réclamaient la journée de huit heures.

La garde républicaine, mauvaise troupe, s'avançait à pas de fourmi.

Passe-moi la bouteille,
passe-moi la bouteille

fredonna le commandant Bodenaco. Le bidasse aime la musique. Le Pérou a eu onze guerres. Fortuné surgit des rochers. Il portait un pantalon moucheté de graisse et une chemise sale à carreaux. La guerre de 1827 avec la Bolivie, nous l'avons gagnée. Notre promenade sur le Titicaca, c'est les perdants qui l'ont payée.

Tâte-toi, mon colon,
mon vin est bien trop bon

fredonna Guillaume Service-service. Cela faisait plus de deux heures que Fortuné avait débarqué du camion. Celui-ci, comme tous les camions du Pérou, avait sa devise : « C'est quand même moi que ta sœur préfère. » La guerre de 1828 contre la Grande Colombie, nous l'avons perdue : un général qui devint président trahit un autre général. Fortuné avait purgé sa peine — manque de respect à l'autorité — à la prison de Huanuco. La deuxième guerre de 1838 contre la Bolivie, nous l'avons perdue. Pour économiser une ration, ils avaient laissé Fortuné filer la veille au soir. La guerre de 1837 contre le Chili, nous l'avons gagnée, mais le Pérou permit à l'armée chilienne encerclée de se retirer intacte au son de marches triomphales. Fortuné avait demandé la permission de dormir sous « C'est quand même moi que ta sœur préfère », lequel était parti à trois heures du matin pour Cerro de Pasco. La seconde guerre de 1839 contre le Chili, nous l'avons perdue. Disons, pour être juste, que parmi les vainqueurs se trouvaient deux futurs présidents du Pérou : Castilla et Vivanco. Fortuné était arrivé à Cerro à huit heures du matin, pressé de rentrer chez lui, mais il n'avait pu résister à l'odeur d'un consommé d'agneau qui bouillonnait sous une des tentes de la place. Il lui restait trois soles.

C'est nous les rois d'la ribouldingue.
C'est nous les champions du tambour

chantait le major Karamanduka, qui déjà fauchait par une première rafale la marche des blouses blanches.

— Un peu de bouillon, s'il vous plaît, demanda Fortuné.

La gargotière, une femme aux fesses monumentales, cloua les yeux sur la route.

— Qu'est-ce qui se passe, commère ? interrogea Fortuné, soucieux de gagner les bonnes grâces de la matrone pour que le bouillon ne tarde pas trop.

Le virage vomit le premier camion de policiers. La troisième guerre de 1841 contre la Bolivie, nous l'avons encore perdue : quelqu'un, en pleine bataille d'Ingavi, tira dans le dos du président Gamarra. Les camions, bourrés de gardes d'assaut, s'avançaient lourdement. Les conversations s'étiolèrent. Le bourdonnement de la foule se calma.

— Aujourd'hui, ils expulsent Rancas, murmura un des clients.

Fortuné, la gorge nouée, reconnut un comunero de Junin.

— Oui, aujourd'hui, c'est l'expulsion, répéta l'homme.

Fortuné essaya d'avaler tout ce qu'il pouvait du bouillon brûlant. La guerre de 1859, nous l'avons gagnée sans tirer un coup de feu. L'Equateur paya les pots cassés : on décida que le perdant financerait l'excursion à Guayaquil, mais sans qu'on sache pourquoi, ce fut le Pérou qui fournit l'argent, les vivres et l'équipement. La gorge de Fortuné refusa la brûlure du bouillon. Sa main tremblante tendit les trois derniers soles et il s'approcha de la halte. Cinq minutes plus tard il sautait dans un camion au moment où celui-ci ralentissait dans la côte ; l'asthmatique portait la devise : « Moi aussi j'ai été le dernier né du Salon. » Ils ne firent que quelques kilomètres : à Colquijirca, une colonne de soldats, fusil au bras, arrêtait le trafic. La guerre de 1879, illuminée par la torche solitaire du *Huascar*[1], nous l'avons perdue. L'ex-« dernier né du Salon » prit place dans la file. Fortuné sauta à terre avant d'être aperçu par le chauffeur. La garde civile vérifiait les identités. Mais cette guerre, comment aurait-on pu ne pas la perdre, si le nouveau président, le général Iglesias, était allé combattre les ennemis habillé et armé par les Chiliens ! Dans un groupe de mineurs coiffés de casques jaunes, Fortuné aperçut un comunero de Ondorès :

— Pssst !

— Qu'est-ce qu'il y a, Crapaud ? Qu'est-ce qui vous arrive ?

---

[1]. Vaisseau péruvien qui lutta seul contre cinq croiseurs chiliens avant d'être coulé par eux. (*N.D.T.*)

Le vieux arqua les sourcils et porta l'index à ses lèvres :
— Shhh... Shh...
— Qu'est-ce qu'il y a ?
— Ecoute, ils expulsent Rancas. Il faut que j'aille là-bas. Prête-moi ton casque !
— Et comment je vais passer, moi ?
— Avec ta carte d'identité. Prête-moi ton casque !
— Voilà, Crapaud.
Ils franchirent le contrôle, mêlés aux autres mineurs. Les gardes civils, excités, vérifiaient à la va-comme-je-te-pousse. Dans la panique de la retraite, la guerre perdue, les colonels désespérés écrivaient : « Envoyez-nous encore des cordes si vous voulez que nous vous envoyions des volontaires. » Le barrage franchi, Fortuné parcourut d'un pas calme quelque trois cents mètres, puis il se mit à trotter. La pampa resplendissait. La guerre de 1930 avec la Colombie, nous l'avons perdue. Des pressentiments amers couraient en tirant la langue. Pourtant, entre 1910 et 1911, dans le Putumayo, on a extrait quatre mille tonnes de caoutchouc au prix de trente mille vies humaines. Un prix avantageux : sept vies par tonne. Chaque touffe, chaque pierre de cette steppe étaient pour lui différentes, inoubliables. La guerre de 41 avec l'Equateur, nous l'avons gagnée : trois parachutistes descendirent sur Puerto Bolivar et s'en emparèrent. Le vieux courait, courait. Donc nous avons perdu huit guerres contre l'étranger, mais halte-là ! des guerres, et beaucoup, nous en avons gagnées contre nous-mêmes, Péruviens. Et d'abord, la guerre non déclarée contre l'Indien Atusparia et qui a fait mille morts. L'Histoire ne les mentionne

pas, mais il faut dire à sa décharge qu'elle n'a pas oublié les soixante martyrs du conflit de 1866 contre l'Espagne. En 1924, le troisième régiment d'infanterie a gagné — et c'est sa seule victoire — la guerre contre les Indiens de Huancané. Bilan : quatre mille morts dont les squelettes firent s'enfoncer d'un demi-mètre sous leur poids les îles de Taquilé et du Soleil. Dans cette pampa où l'homme a si peu d'heures chaudes pour le consoler, Fortuné avait grandi, aimé, vécu et travaillé. Il courait, courait. En 1924, le capitaine Salazar a barricadé et brûlé vivants les trois cents habitants de Chaulan. Au loin, les toits de Rancas fulgurèrent. En 1932, Année de la Barbarie, cinq officiers ont été massacrés à Trujillo : mille fusillés ont payé la note. Quant aux combats des six années de présidence de Manuel Prado, nous les avons aussi gagnés : 1956, combat de Yanacoto, trois morts ; 1957, combats de Chin-Chin et de Toquepala, douze morts ; 1958, combats de Chepén, d'Atacocha et de Cuzco, neuf morts ; 1959, combats de Casagrande, de Calipuy et de Chimbote, sept morts ; 1960, combats de Paramonga, du Pillao et de Tingo Maria, seize morts.

> *C'est pour nous autres un grand bonheur*
> *d'être les enfants de Lima*
> *et de protéger son honneur.*

La voix bien timbrée du major Karamanduka avait composé cette chanson quarante ans avant que la mémoire de Guillaume le Sanguinaire, sentimentalement, ne la fredonne : le jour où son régiment avait réduit les grévistes de Huacho à un caillot de sang.

Fortuné se rappela le nom de ses moutons : *Coton, Plumette, Amédée, Fleur des Champs, Fanion, Noiraud, Coquette, Joli-Trèfle, Rigolo, la Flemme* et *Fortuné*. Ses yeux se liquéfièrent.

Guillaume le Boucher aperçut Rancas, bien net, au fond de sa ligne de mire. Rancas, son objectif.

*Mais si nous devons jouer du flingue
rien ne nous résiste alentour.*

XXXIII

OU L'ON ÉVOQUE LES RAISONS QUI OBLIGÈRENT HECTOR CHACON A SE DÉGUISER EN FEMME

Quand Arutingo, le cavalier aux fesses de volcan, désire humilier Yanacocha, il demande : « Chacon était-il l'homme le plus courageux de cette province ? » Les gens, qui voient venir le grabuge, esquivent la question, mais notre compère meurtrit le comptoir et dit d'une voix pâteuse : « Est-ce qu'il l'était, oui ou merde ? — Oui, don Ermigio. Il l'était. » L'ivrogne avale un autre petit verre et éclate de rire : « Alors, pourquoi est-ce qu'il s'est déguisé en femme ? » Inutile de le nier. Par une nuit pluvieuse, Chacon s'était habillé en femme avec des vêtements fournis par la Sulpicia. Et comme la Sulpicia n'avait qu'un change, elle lui avait prêté le châle et le chapeau d'une veuve. Cette nuit-là, Chacon avait passé une jupe, un châle et un chapeau de femme. C'était la vérité, mais il était vrai aussi que depuis des mois le juge Monténégro se calfeutrait chez lui. L'homme qui aimait tant se promener sur les places et méditer à son balcon avait changé brusquement de goûts ; ne trouvant plus de charmes aux joies du paysage, il renonça à ses promenades et s'exila au fond de chambres écartées. Les notables, qui attendaient le passage du premier citoyen de la ville, moisirent aux coins des rues. Le magistrat priva le département de son habit noir. Le tribunal de première instance s'engorgea de dossiers. Ce fut le siècle d'or de César le greffier. Le pacifique secrétaire accourait tous les matins chez le juge avec une montagne de documents et franchissait la haie de malembouchés qui gardaient sa porte ; une heure plus tard, il retraversait le portail bleu, les sentences sous le bras. Chemin faisant, il devait subir l'assaut des familles des condamnés. « Et mon mari, don César ? — Il est libre. — Et don Policarpo ? — Il sort à la fin du mois. » Le docteur s'apitoyait sur les malheurs du genre humain. Il allait et venait dans ses corridors, en silence, le visage sombre, en inclinant son chapeau tantôt à gauche et tantôt à droite. Sa main de pierre s'adoucissait, elle comprenait la nécessité, elle pardonnait les erreurs et réduisait les peines ; on aurait dit que celui qui n'avait jamais demandé les faveurs de l'amitié tournait maintenant la tête avec fermeté vers les attraits de l'affection. Le docteur ne sortait plus, mais il fallut des mois pour que les gens aient le courage d'occuper la place à l'heure où, en d'autres temps, l'habit noir contemplait la débâcle solaire. Un soir, sur le coup de six heures, un couple d'amoureux intoxiqués par le bonheur se risqua à faire un petit tour sur la place. Le lendemain, ils recommencèrent et ni les gardes civils ni les commerçants n'osèrent intervenir. « Pourquoi le docteur ne se promène-t-il pas ? », interrogeaient les commis voyageurs, étonnés. « Il étudie », leur répondait-on de mauvaise grâce. Qu'étudiait-il ? Dévidait-il les mystères du cosmos ? Voyageait-il à travers les labyrinthes des sciences secrètes ? Parcourait-il les sentiers de la magie ? Tous les jours on voyait les contremaîtres quitter sa porte bleue et revenir avec les achats ou les envois de l'hacienda : chevreaux, poulets, conserves, eaux-de-vie. De livres, point ! D'ailleurs, où auraient-ils pu les acheter ? Dans la province, personne n'en vend. L'almanach *Picot* est la seule lecture accessible. « Le docteur pratique la magie noire. C'est des chouettes, oui, que les contremaîtres lui apportent. Je les ai vues », informait en secret Rémi le Bossu.

Une nuit où le ciel tonnait, le Nyctalope sauta le mur de la cour de Sulpicia et se glissa dans l'obscurité jusqu'à la cabane où la vieille disposait ses peaux pour dormir.

— Qui est là ? s'alarma Sulpicia, la main sur le manche d'une machette rouillée.

— C'est Chacon, maman.

— Dieu soit loué ! D'où sors-tu, Hector ?

— N'allumez pas la lumière, maman !

— Viens te chauffer, Hector, tu dois avoir froid. As-tu mangé ?

Il grelottait et ne répondit pas.

— Qu'est-ce que tu manges là-haut, Hector ?

— Très souvent je ne mange pas.

— Et où dors-tu ?

— Je dors là où la nuit me surprend. Mais je ne me plains pas. Pour tuer cet homme on peut endurer toutes les souffrances !

Sulpicia secoua la tête :

— Tu ne le tueras jamais, Hector. Le docteur Monténégro ne sort plus de chez lui et il est gardé jour et nuit par trois cents péons. Il ne montrera pas le bout du nez tant qu'ils ne t'auront pas capturé. Des patrouilles te cherchent partout avec l'ordre de te faire la peau.

— Je sais, maman.

— La garde civile surveille tous les coins de la place. Pour s'infiltrer chez le juge il faudrait être une araignée !

— Répétez un peu, maman.

— Je dis qu'il faudrait être une toute petite araignée !

Sous la chaleur dense du foyer, les yeux de Chacon flamboyèrent.

— Et si je me déguisais ?

Sulpicia se retint pour ne pas rire :

— Si tu te déguisais en quoi, Hector ?

— Si je me déguisais en femme...

Cette fois le rire fut franc :

— La tête des gens s'ils voyaient Chacon déguisé en femme !

— Mais si j'arrivais à me glisser jusqu'à la chambre de Monténégro déguisé en cuisinière ?

— On rirait. Ah ! ça, oui, tout le monde rirait !

— Et si je revenais avec la tête de Monténégro sous mon jupon ?

La clarté de la bougie dévorait les traits de la vieille.

— Consultons la coca, Hector.

Il ne grelottait plus. Ils s'assirent et prirent une poignée de feuilles de coca. Au cœur limpide qui l'interroge, la feuille de coca prédit son destin. Si elle râpe la bouche, c'est l'annonce d'un danger ; si elle se ramollit en une boule douceâtre, on ne court aucun risque. Ils s'agenouillèrent.

— Maman coca, vous qui savez tout. Maman coca, vous qui connaissez les chemins du bien et du mal, du danger et du risque. Maman coca, Chacon veut se déguiser en femme pour tuer un exploiteur. Y a-t-il du danger ? Feuille verte, maman verte, maman feuille, avertis-nous ! J'ai foi en vous, moi qui me méfie de l'animal, moi qui me méfie de l'eau, moi qui me méfie du métal. J'ai foi en vous et en vous seule, maman feuille !

Ils n'étaient plus que deux mâchoires.

— Petite maman, dame verte, maman feuille, Sulpicia te parle. Sulpicia veut connaître la vérité. Que va-t-il se passer si Chacon change de vêtements ? Que va-t-il se passer si nous descendons tuer l'homme au cœur noir ? Vont-ils nous capturer ? Allons-nous vivre ou mourir ? Feuille, petite feuille, réponds-moi.

— Ma feuille est douce.

Chacon rayonnait :

— Ils ne vont pas m'attraper. Que dit la vôtre, Sulpicia ?

— La coca accepte, répondit la femme, soulagée. J'ai tout juste un change, Hector. Je vais te prêter un jupon, mais ce n'est pas suffisant. Tout près d'ici il y a une veuve à qui j'ai rendu service en lui baillant des pommes de terre ; elle ne me refusera pas un peu de linge. Attends-moi, Hector, attends-moi.

Sulpicia revint une demi-heure plus tard avec un châle bleu effiloché et un chapeau de feutre mâchonné par les pluies. Et le courageux Hector Chacon s'habilla alors en femme.

— Allez jusqu'à la place, Sulpicia, et achetez-nous quelque chose.

Quand Sulpicia reparut elle avait la mine décomposée.

— Chacon, les choses vont mal. Le sergent Cabrera m'a fouillée !

Les mâchoires vertes s'immobilisèrent :

— Comment cela ?

— Il m'a arrêtée et m'a demandé : « Qu'est-ce que tu fais là ? Pourquoi te balades-tu par ici à cette heure ? »

— Qu'est-ce que vous lui avez répondu ?

— Je viens de Cerro de Pasco, mon sergent, et je cherche une auberge. Il m'a enlevé mon chapeau et m'a dit : « Est-ce que tu ne serais pas par hasard Hector Chacon ? »

— Que faut-il faire, alors ?

— Si tu te montres, ils te coincent, Hector ! Sauve-toi !

— Je vais aller chez moi.

— Chez toi ?

— Les gardes me cherchent dans la montagne. Ils ne pourront jamais imaginer que je me cache chez moi.

Maigre et barbu, les pommettes bien dessinées, Chacon la regarda. La tête forgée au creuset des privations dansota pour la dernière fois dans les yeux de la vieille.

Il était minuit et le ciel, à grands coups d'éclairs, rouvrait avec acharnement les hostilités. Chacon se faufila par la porte de sa maison. Dans l'obscurité, il contempla un visage cendré par la peur : Ignacia. « C'est moi ! C'est Hector ! », murmura-t-il, mais il vit que non, elle n'avait pas peur. Sans allumer la

287

bougie, il se traîna jusqu'à la peau de mouton où était allongée Ignacia et se mit à baisser son pantalon. Avant d'avoir eu le temps de dire un mot, Ignacia sentit entre ses jambes l'agréable pression de sa verge dure. Ils s'ébattirent jusqu'à l'aube, puis Hector s'assit et alluma une cigarette :

— Qu'est-ce que tu as, Ignacia ?

— Est-ce que tu as toujours l'intention de faire justice toi-même ?

— J'irai jusqu'au bout, Ignacia !

— La communauté a peur. Il y a des gardes civils partout ! Même dans notre soupe !

— Il faut s'y habituer.

— Que vas-tu faire si tu es tout seul, Chacon ? S'il t'arrive quelque chose, qui s'occupera de tes enfants ?

— Si je dois mourir, je mourrai. Et si je dois vivre, je vivrai. C'est mon destin !

Ses yeux la brûlèrent comme une cigarette.

— Je ne peux pas abandonner le combat, Ignacia. Et maintenant c'est une lutte à découvert. Avec des balles !

— Tu as beaucoup changé, Chacon ! Je ne te reconnais plus.

— Je ne serai jamais à l'aise avec les riches. Ils se moquent de nous. Plutôt que de mourir en prison, je préfère mourir en les combattant.

Elle était fatiguée, lasse de ces nuits sans homme, de tous ces soucis.

— Ecoute, Chacon, il faudrait monter les pommes de terre au grenier. Tes enfants ne pensent qu'à jouer, ils ne m'aident pas.

— Je vais t'aider. Je vais rester ici.

— Personne ne viendra t'y chercher. Les gardes

inspectent les maisons de tes chéries, mais pas la tienne.

— Les pauvres, commes elles ont leurs hommes prisonniers ou traqués, elles se sentent bien seules...

— Il fait jour, Hector. Tu dois être fatigué. Je vais te préparer ton déjeuner. Couche-toi. Repose-toi. Mon pauvre vieux, comme tu dois mal dormir dans ces maisons lointaines !

— Il arrive que le jour me surprenne à marcher.

— Ici tu peux te reposer sans crainte.

— Je vais dormir, ensuite je trimbalerai les pommes de terre.

— Je vais aux commissions. Je reviens.

Ce ne fut pas elle qui revint mais la garde civile. Et ici les hagiographes se fourvoient. Ceux qui veulent brûler le Nyctalope lui susurrent qu'Ignacia l'a dénoncé et affirment même qu'en ce matin pluvieux la misère de sa femme a tendu la main pour recevoir une poignée de billets orange. Rémi le Bossu, lui, n'est pas d'accord et quand il ressuscite de ses attaques (elles sont de plus en plus nombreuses, il ne se passe pas de jour qu'il ne roule, la bouche pleine d'écume), il affirme : « C'est sa fille ! C'est Juana ! Je l'ai bien vu dans mon *huayno*. » Juana ? Serait-ce Juana ? « On avait désigné son mari pour le service militaire. Ampudia avait vingt-huit ans, mais ils avaient triché sur l'âge. Juana en avait des tisons dans le ventre. Elle l'a échangé contre Hector. » Et le bossu ajoute : « J'ai vu son nom rayé sur la liste des conscrits. » Impossible ! On ne permet à Rémi d'entrer à la gendarmerie que pour enlever les ordures.

Chacon plongea dans un sommeil noir. Cela faisait des mois qu'il ne dormait pas sous un vrai toit. Il rêva qu'une épine le blessait. Il levait la jambe et regardait la plante de son pied couverte de petits cailloux qui s'y alignaient comme des grains dans un épi de maïs. Il les arrachait rien que pour sentir que sa peau s'abandonnait à un vide sans os. Il était si las qu'il se réveilla seulement lorsqu'il entendit hurler les chiens et les fusils. Il ouvrit les yeux. Les balles grêlaient sur la fenêtre du grenier. La garde civile cernait la maison. Pour l'intimider, ils tirèrent durant une heure. Accroupi derrière des sacs, le Nyctalope entendait chuinter les balles dans les boiseries. Vers midi, les tirs se clairsemèrent. Un silence mordu par les chiens s'abattit sur l'effroi de Yanacocha. Ses yeux se traînèrent vers une fente.

— Chacon ! criaient les gardes civils. Ne tire pas ! Ce sont les enfants de l'école !

Les yeux du Nyctalope, capables de suivre un lézard par une nuit sans lune, distinguèrent neuf gardes et une douzaine de tireurs retranchés derrière les tabliers des gamins de l'école. Il en reconnut quelques-uns, regarda son revolver et soupesa le petit sac, lourd de balles.

— Merde !

— Chacon ! hurla le sergent Cabrera. Si tu ne tires pas, je te laisse la vie sauve !

Il entrouvrit la fenêtre et papillota dans l'or de midi. Son regard s'arrêta sur Yanacocha, il vit les enclos, le chemin de Huarautambo, la tête de *Lunanco,* les mises en garde de Pis-pis, l'échec de la révolte des chevaux, ses trente ans de prison et les fusils braqués comme des aimants sur sa poitrine. Il descendit l'escalier.

Le sergent Cabrera le regarda avec joie, avec envie, avec rogne :

— T'as glissé sur la banane, misérable fils de pute ! cria-t-il.

Et il lui envoya un premier coup de poing.

XXXIV

DE LA CONVERSATION QUE TINRENT FORTUNÉ ET LE DÉLÉGUÉ DE RANCAS

Le vieux aperçut les toits de Rancas. Il s'arrêta sur une roche. Cinquante mille jours plus tôt, le général Bolivar s'était arrêté au même endroit : le matin de son entrée à Rancas. Bolivar voulait la Liberté, l'Egalité, la Fraternité. O ironie du sort ! On nous a donné l'Infanterie, la Cavalerie, l'Artillerie. Fortuné s'avança en suffoquant dans la ruelle. Sur le plâtre de son visage on pouvait voir le malheur.
— Ils arrivent ! La garde d'assaut arrive !
Il respirait, la bouche grande ouverte.
— D'où arrivent-ils ?
— De Paria !
Il s'assit, épuisé. Quelque cinquante mille jours plus tôt, le major Razuri — qui, cinq jours plus tard, commanderait la charge des « hussards du Pérou » — avait esquivé ici la ruade d'un poulain effrayé par le tourbillon orange d'un papillon.
— Au secours ! Au secours, Vierge Marie !
— Notre dernière heure est arrivée !
— Il faut faire quelque chose !
— On va nous tuer comme des chiens !
— Comment ça, on va nous tuer ? L'uniforme

est là pour protéger les Péruviens et non pour les attaquer !

— Où est le délégué ? demanda Fortuné.

Des hommes et des femmes aux visages décomposés virevoltaient sur la place. Le vieux pensa sans le vouloir aux mouches abêties par la lumière des lampes.

— Nous ne sommes pas des mouches, dit-il tout haut.

— Qu'est-ce qu'il y a, Fortuné ?

Théodore Santiago avait repris ses hurlements :

— Le péché ! Le péché ! Pourquoi n'a-t-on pas terminé l'autel ? De l'argent, on en a toujours trouvé pour le plaisir et pour le vice ! Mais pour le Bon Dieu, hein ? Qui a pensé au Bon Dieu ? Pécheurs ! Voyous ! Dépravés !

— Taisez-vous, nom de Dieu !

— Effrontés ! Impies ! A genoux !

— Silence ! brailla Fortuné en attrapant Santiago par les revers noirs de son veston, encore mouillés des larmes de Tarsila Santiago. — Silence ! Ce n'est pas l'heure de crier mais de se battre ! Aujourd'hui nous jouons le tout pour le tout. Armez-vous ! Prenez des bâtons, des pierres, tout ce qui vous tombera sous la main ! Nous jouons le tout pour le tout. Vous m'entendez ?

Quatre-vingts mains salies par le travail ramassèrent des pierres. En se baissant ils regardèrent Rivera le délégué.

— Ils arrivent par où ? cria le délégué en courant.

— De trois côtés ! dit le petit Mateo Gallo, découragé. Paria, Pacoyan, et la grand-route !

Par le chemin des haciendas trois cents cavaliers suivaient le trot du docteur Manuel Iscariote Carranza. Quelque cinquante mille jours plus tôt, au même train ou presque, le général Necochea, chef de la cavalerie des forces de libération, avait emprunté le même itinéraire.

— Ils vont tous nous tuer, pleurnicha une femme.
— Du calme ! Du calme ! dit Rivera. Il ne vous arrivera rien. A Villa de Pasco, Adam Ponce a résisté aux soldats. Y a-t-il laissé sa peau ? Non ! Il est là tranquillement à son café. Et pas plus tard qu'hier je l'ai vu attablé devant une bonne soupe. Alors du calme ! Et tout va s'arranger !

Brusquement il se tut. Les visages d'acier des gardes marchaient sur la porte Saint-André. Quelque cinquante mille jours plus tôt, les éclaireurs du général Cordova — dont le régiment allait fonder cinq jours plus tard dans cette pampa la République du Pérou — avait franchi la même enceinte. Les gardes d'assaut s'avancèrent et, arrivés à une trentaine de mètres, saisirent leurs mitraillettes. Les Ranquais regardèrent, fascinés, l'atroce beauté cadencée de leur marche. Don Mateo Gallo — qu'ils n'allaient pas tarder à empaqueter comme une momie ! — crut voir les gueules des mitraillettes devenir plus grandes que celles des canons géants qui avaient défilé un jour sur le Champ-de-Mars, pour commémorer la bataille de Junin. Un lieutenant maigre, au visage criblé de taches de rousseur et ravagé par le mal des sommets, se détacha. Rivera alla à sa rencontre :

— C'est à quel sujet, messieurs ? demanda-t-il, d'une voix que sa pâleur rendait plus fluette.
— Vous, qui êtes-vous ?

— Je suis le délégué de Rancas, mon lieutenant. Je voudrais savoir...

Sa voix prit la poudre d'escampette. Le lieutenant le regarda, rigolard. Trois années de service lui avaient appris que l'uniforme enraye les voix les plus courageuses. Le délégué suait à grosses gouttes pour récupérer la parole réfugiée dans ses intestins. Il voulait parler, le renseigner, dire au lieutenant qu'eux, les comuneros, étaient sur leurs propres terres, que si on leur en laissait le temps ils exhiberaient des titres de propriété délivrés par le tribunal de Tarma, des parchemins rédigés bien avant que lui, le lieutenant et même son arrière-grand-père ne fussent nés, que le seul fait de vivre sur cette pampa en hostilité permanente avec le soleil était déjà un exploit, que ces pâturages ne rapportaient rien, que sur ces sols où l'ensoleillement ne dure qu'une heure un sac de semence produit, dans le meilleur cas, cinq sacs de pommes de terre, qu'eux connaissaient à peine le pain, que seul durant les bonnes années ils pouvaient acheter à leurs enfants des biscuits salés, que...

Ce fut Fortuné qui parla.

— Que nous vaut votre visite, mon lieutenant ?

— Nous avons l'ordre de vous expulser. Vous avez occupé des terres qui n'étaient pas à vous. Allez, ouste ! Décampez ! Et tout de suite !

— Nous ne pouvons pas quitter ces terres, mon lieutenant. Nous y sommes nés ! Nous n'avons rien occupé. Ce sont d'autres gens qui nous envahissent...

— Vous avez dix minutes pour déguerpir !

L'uniforme retourna vers la file grisâtre.

— C'est la *Cerro de Pasco* qui nous envahit, mon lieutenant. Les Ricains nous cernent et nous traquent comme des rats. Cette terre-là n'est pas à eux. Elle appartient à Dieu. Je connais bien l'histoire de la *Cerro*. Vous n'allez pas me dire qu'ils l'ont apportée sur leur dos ?

— Plus que neuf minutes.

L'escadron de gardes républicains convergeait vers la porte Saint-André.

— Ici on n'avait jamais su avant ce que c'était qu'une clôture, mon lieutenant. Nous n'avons jamais su ce que c'était qu'un mur. Depuis l'époque de nos grands-parents et même avant, les terres appartenaient à tout le monde. Il a fallu que ces Ricains de merde arrivent pour que nous apprenions l'usage des barbelés, des pieux et des cadenas. Les cadenas, oui, c'est eux qui les ont introduits. Et pas seulement les cadenas. Ils...

— Plus que cinq minutes, murmura le galonné.

Le vieux regarda les flammes. Les escadrons commençaient à incendier les cabanes.

— Pourquoi brûlez-vous nos maisons ? Pourquoi nous attaquez-vous ? Vous ne respectez ni père ni mère ! bougonna-t-il. Vous ne savez pas ce que c'est que de gagner sa vie. Vous n'avez jamais tenu une bêche, vous n'avez jamais ouvert un sillon...

— Plus que quatre minutes.

— Le Gouvernement ne vous paie pas pour nous déposséder, messieurs. Mais pour nous protéger. Nous n'avons manqué de respect à personne. Même pas à l'uniforme.

Il montra la tenue kaki :

— Ce n'est pas l'uniforme de la patrie.

Il agrippa sa veste :

— Le véritable uniforme, le voici ! Ces haillons, ces chiffons...

— Plus que deux minutes.

Les gens fuyaient en poussant des cris sauvages. L'incendie grandissait. Une larme sillonna la pommette de cuivre.

— Vous nous prenez pour des bêtes. Vous ne nous parlez même pas. Si nous nous plaignons, vous ne nous voyez pas ; si nous protestons... Je me suis plaint au préfet. Je lui ai apporté les moutons, mon lieutenant. Et savez-vous ce qu'il m'a dit ?

Le lieutenant sortit lentement son revolver.

— C'est fini, dit-il. Et il tira.

Une faiblesse universelle destitua la rage. Fortuné sentit que le ciel s'effondrait. Pour se protéger des nuages, il leva les bras. La terre s'ouvrit. Il essaya de se cramponner à l'herbe, de s'agripper aux rives de la nuit vertigineuse, mais ses doigts ne lui obéirent pas et il roula en ricochant jusqu'au fond de la terre.

Des semaines plus tard, dans leurs tombes, leurs sanglots apaisés, et alors qu'ils s'étaient habitués à l'obscurité humide, don Alfonso Rivera lui raconta le reste. On les enterra si près que Fortuné écouta les soupirs de don Alfonso et réussit à ouvrir un trou dans la boue avec une branchette. « Don Alfonso ! Don Alfonso ! » appela-t-il. Le délégué, qui se croyait condamné à jamais aux ténèbres, sanglota. Il pleura toute une semaine, puis se calma et, complètement rasséréné, lui apprit que lui, Fortuné, avait glissé dès la première balle, à plat ventre, sur son sang.

— Et après, que s'est-il passé ?

— « Maintenant vous savez que c'est sérieux ! » cria le lieutenant. Les nôtres s'égaillèrent comme des plumes de poule et je ne pus les arrêter. « Je vous laisse encore cinq minutes », annonça le lieutenant.

— Et que s'est-il passé ? demanda Fortuné en agrandissant patiemment l'orifice.

— J'ai eu l'idée d'apporter un drapeau. Les couleurs nationales, tout le monde les respecte, j'ai pensé.

— Voilà une belle preuve d'imagination, don Alfonso !

— J'ai donc ordonné qu'on aille chercher le drapeau de l'école. C'est don Mateo Gallo qui s'en est chargé.

— Bonne idée, car vous ne pouviez pas abandonner votre poste, don Alfonso.

— Quand il est revenu avec le drapeau, les gardes entouraient Rancas. Une ceinture de capitaines s'avançait de trois côtés à la fois. Venant de Paria, c'était le docteur Iscariote Carranza avec trois cents cavaliers qui nous tombaient dessus.

— Merde alors !

— Egoavil, lui, arrivait de Pacoyan avec deux cents hommes, et par la grand-route c'était le commandant Bodenaco en personne...

— Et alors ?

— « Chantons notre hymne national ! » j'ai dit. Je n'avais plus de voix, don Fortuné. Finalement, nous avons entonné : « Nous sommes libres. Restons-le toujours. » Je pensais : « Ils vont se mettre au garde-à-vous et saluer. » Mais le lieutenant a piqué une rage : « Pourquoi chantez-vous l'hymne, imbéciles ?... Lâche ça ! », m'a-t-il ordonné. Mais je n'ai pas lâché. Le drapeau c'est sacré !

— Ce drapeau a un écusson brodé qui nous a coûté six cents soles, si mes souvenirs sont exacts.

— J'y ai pensé, don Fortuné ; alors les gardes m'ont balancé une douzaine de coups de crosse ; je suis tombé mais j'ai continué à chanter : « Que le soleil nous refuse ses rayons plutôt que de manquer à la promesse solennelle... » La fureur les a pris et ils m'ont broyé le corps avec leurs fusils. Ils m'ont fendu la bouche. « Lâche ça ! — Non ! — Lâche ça, fumier de merde ! — Non ! » Ils m'ont donné un coup de baïonnette et ils m'ont coupé la main. « Lâche ça ! » Un autre coup de sabre m'a fait sauter le poignet.

— Et les autres ?

— Ils s'étaient débinés. J'étais resté tout seul.

— Et après ?

— J'ai vu la graisse de ma main et j'ai pensé : « Ils m'ont eu ! J'suis foutu ! Avec quoi, maintenant, pourrais-je travailler ? » Et c'est à ce moment-là que j'ai entendu la salve.

— Et après ?

— Après, je ne sais plus. Je me suis réveillé ici, consolé par ta voix, Fortuné.

— Eh bien, moi je sais ce qui s'est passé après ! dit une voix violette.

— Qui est là ? Qui parle ?

— C'est moi, c'est Tufina.

— Ah ! vous aussi, on vous a tuée, la vieille ! Les salauds !

— Ne blasphème pas, Fortuné. Vois où tu es ! Pense au Bon Dieu !

— On vous entend mal, doña Tufina, dit Fortuné. Vous ne pourriez pas percer un petit trou ?

— Impossible ! Je n'ai plus de doigts. Ils me les ont écrasés.

— Fils de putes !

— Raconte ! Raconte, maman ! dit Rivera. Que s'est-il passé ? Mes enfants ? Que leur est-il arrivé ?

— Je les ai vus. Ils étaient vivants. Ils pleuraient sur ton corps. Ta femme criait : « Le drapeau est un mensonge ! L'hymne est un mensonge ! »

— Tu les as vus ? Vraiment ?

— Ils étaient blessés. Mais vivants, don Alfonso !

— Racontez-nous la suite, doña Tufina, dit Fortuné, qui voulait qu'on ne fît plus souffrir le délégué.

— Tu es tombé, Alfonso. Les gardes s'avançaient en semant la mort. Les balles, ça fait le même bruit que du maïs qui grille. Oui, du maïs qui grille. Ils s'avançaient, mais de temps en temps ils s'arrêtaient et arrosaient les toits d'essence. Les maisons brûlaient. J'ai vu tomber Vicentina Suarez. Alors la rage a pris les gens et les pierres ont volé. C'est à ce moment-là que don Mateo Gallo est tombé.

— Il n'y a pas eu d'autre résistance ?

— Si, si, il y en a eu d'autres ! Les gamins de l'école sont montés sur la colline et ils ont voulu faire rouler un rocher.

— Mais c'est impossible. La pente n'est pas assez forte !

— Ils ont échoué : les rochers ne roulaient pas. Les gardes les ont poursuivis et ont tiré. Le petit Marcelino a été touché.

— Celui qui avait construit l'épouvantail ?

— Oui, Alfonso. J'ai vu tomber le gosse et alors mon sang n'a fait qu'un tour ; j'ai pris ma fronde et j'ai visé un des gardes à la tête, mais il m'a tiré dessus avec sa mitraillette et je me suis retrouvée sur le dos, le ventre ouvert.

— Tu étais déjà morte ?
— Non, la mort est venue dans l'après-midi.
— Et personne ne t'a aidée ?
— Qui aurait pu m'aider ? Rancas n'était qu'un brasier ! Oui, Rancas n'était que cela : un incendie, des cris et des balles, de la fumée, des larmes !
— Ma pauvre Tufina !
— J'ai vomi l'âme jusqu'à cinq heures. La dernière chose que j'ai vue c'est la fumée des bombes lacrymogènes.
— Chuuuut ! murmura Rivera. Chuuuut ! Ecoutez ? On descend d'autres morts.
— Qui ça peut bien être ? dit Tufina.
— Si ce sont des Ranquais, ils apportent des nouvelles, dit Rivera.

Pour ne pas effrayer les fossoyeurs en train de creuser, ils se turent. Ils n'ouvrirent plus la bouche jusqu'au moment où les dernières pelletées étouffèrent le bruit du matin. Délicatement, très délicatement, ils essayèrent de communiquer avec le nouveau venu :

— Qui est là ? Qui êtes-vous ?

Seule la rumeur tranquille d'un chant très doux leur répondit.

— C'est un ange ! dit Tufina.
— Comment t'appelles-tu, petit ?

L'ange continua de chanter. Ils n'obtinrent aucune réponse, mais au bout de trois jours les heurtoirs d'un nouvel enterrement retentirent. Dans la crainte que les fossoyeurs n'ensevelissent le mort loin de leurs appels, ils demeurèrent silencieux.

— Qui êtes-vous ? demanda Fortuné.

Le bourdonnement des « Notre Père » redoubla.

— Pardonne-moi, petit Jésus, si je ne m'agenouille pas ! Excuse-moi si je ne t'embrasse pas la main ! supplia celui qui venait d'arriver.

— C'est Fortuné qui vous parle, don Théodore !

— J'ai péché ! Par ma faute, par ma très grande faute, tu as été condamné et crucifié !

— Calmez-vous, don Théodore ! Le plus dur est fait !

— Qui es-tu ?

— Je suis Fortuné.

— Ne me fais pas peur, Crapaud.

— Qu'est-ce qui vous est arrivé, don Théodore ?

— J'en ai vu de dures, don Alfonso ! Le jour du massacre les gardes m'ont bourré les côtes de coups de crosse. J'ai craché le sang et je ne me suis pas soigné. Une erreur car j'ai attrapé un refroidissement. Deux semaines de souffrances. Hier seulement, j'ai trouvé le repos.

— Quelles nouvelles, là-haut ? demanda Rivera, en toute simplicité.

— Tout est sens dessus dessous, délégué ! La police traque tous les bavards. Ils ont emmené beaucoup de prisonniers. Le maire de Cerro lui-même est en prison à Huanuco. Tu avais raison, Crapaud. Ce n'est pas Jésus-Christ qui nous punit, ce sont les Américains.

— Vous êtes convaincu maintenant, don Santiago ?

— Tu m'as convaincu, Fortuné !

— Mais enfin, que s'est-il passé ? s'impatienta Rivera.

— Les grands propriétaires veulent effacer jusqu'au souvenir des communautés. Ils ont vu comment la *Cerro* nous a massacrés à sa guise. Alors ils se surpassent. L'école 49357, vous vous en souvenez ?

— L'école d'Uchumarca ?

— Oui. Le lendemain du massacre, les Londoño ont ordonné sa fermeture. Ils en ont fait sortir les enfants, ils ont vidé le local, ils ont démoli la toiture et ont mis des cadenas. Maintenant ce n'est plus une école, c'est une porcherie.

— Pourtant, l'école avait un écusson que le Gouvernement nous avait envoyé, dit Rivera, surpris.

— Il n'y a plus d'enfants dedans ! Il y a des cochons ! Et c'est la même chose dans toute la pampa. Mes frères, nous sommes de trop sur cette terre !

— Chuuut ! avertit Tufina. En voici d'autres qui arrivent.

— Qui est-ce ?

— Peut-être des gens de chez nous ?

— Dieu seul le sait ! soupira Fortuné.

NOTE DU TRADUCTEUR

Alors que ce livre était en cours de traduction, Hector Chacon a été libéré, le 28 juillet 1971, à la suite d'une campagne de presse sans précédent, soulevée précisément au Pérou par la publication de *Roulements de tambours pour Rancas*.

TABLE DES MATIÈRES

Avertissement 11

I. Où le lecteur entendra parler d'une très célèbre pièce de monnaie 15
II. Où l'on parle de l'exode universel des animaux de la pampa de Junin 22
III. Sur un conciliabule que ces messieurs de la garde civile auraient aimé surprendre en temps utile 27
IV. Où le lecteur oisif visitera l'insignifiant village de Rancas 33
V. Où l'on parle des visites que les mains du docteur Monténégro rendent à certaines joues .. 36
VI. Sur l'heure et le lieu où naquit la Clôture .. 43
VII. De la quantité de munitions requise pour faire passer le goût du pain à un chrétien 47
VIII. Où l'on parle des mystérieux travailleurs et de leurs non moins mystérieuses activités 59
IX. Où l'on raconte les aventures et mésaventures d'une balle de chiffon 65
X. Où l'on parle du lieu et de l'heure où le serpent de barbelés apparut à Yanacancha ... 79

XI.	Sur les amis et les copains que rencontra Hector Chacon, le Réprouvé, à sa sortie de la prison de Huanuco	83
XII.	Où l'on parle du chemin suivi par le serpent.	93
XIII.	Où l'on parle de l'incroyable chance du docteur Monténégro	98
XIV.	Où l'on parle des mystérieuses maladies qui frappèrent les troupeaux de Rancas	113
XV.	Où l'on raconte l'étrange histoire d'un malaise cardiaque qui ne fut pas provoqué par la tristesse	117
XVI.	Où l'on parle des différentes couleurs que prirent les visages et les corps des habitants de Cerro de Pasco	126
XVII.	Les souffrances de Rémi le Bossu	133
XVIII.	Où l'on parle des combats anonymes de Fortuné	140
XIX.	Où le lecteur se divertira avec une partie de poker	148
XX.	Où l'on parle de la pyramide de brebis que les habitants de Rancas érigèrent sans vouloir rivaliser pour autant avec les Egyptiens	173
XXI.	Où, gratuitement, le lecteur non fatigué verra pâlir le docteur Monténégro	188
XXII.	Où l'on parle d'une mobilisation générale ordonnée par les autorités de Rancas	194
XXIII.	Où l'on raconte la vie et les miracles d'un collectionneur d'oreilles	203
XXIV.	Portrait à l'huile d'un magistrat	217
XXV.	Où l'on parle du testament qu'Hector Chacon fit connaître de son vivant	225

XXVI.	Où l'on parle des hommes-taupes et des enfants qui faillirent s'appeler Harry	229
XXVII.	Où le lecteur fera, aux frais de la princesse, connaissance avec l'insouciant Pis-pis	238
XXVIII.	Où il est prouvé qu'il existe une différence entre les oiseaux-mouches et les brebis	247
XXIX.	Où l'on parle d'une insurrection générale équine ourdie par Pille-Etables et le Voleur de chevaux	254
XXX.	Où l'on apprendra l'utilité non négligeable des casse-pattes	258
XXXI.	Où l'on évoque les prophéties des épis de maïs	263
XXXII.	Où l'on présente Guillaume le Boucher dit Guillaume Service-service	272
XXXIII.	Où l'on évoque les raisons qui obligèrent Hector Chacun à se déguiser en femme	282
XXXIV.	De la conversation que tinrent Fortuné et le délégué de Rancas	292

Achevé d'imprimer
sur les Presses d'Offset-Aubin
86000-Poitiers
le 7 avril 1973.

Dépôt légal, 2ᵉ trimestre 1973.
Editeur n° 3819. — Imprimeur n° 4288
Imprimé en France.